徳間文庫

有栖川有栖選 必読！ Selection 1

招かれざる客

笹沢左保

徳間書店

C O N T E N T S

THE UNINVITED GUEST

1960

Design：坂野公一（welle design）

Introduction

有栖川有栖

笹沢左保について「ぼんやりと知っている」という人に、どんな作家だと思っているか尋ねたら、次のような答えが返ってくるのではないか。

昭和・平成の流行作家で、驚くほど多作だったベストセラー作家。〈木枯し紋次郎〉シリーズの作者。よくドラマ化されるサスペンス小説の作者……。

どれも作者の一面ではあるが、忘れてはならない貌《かお》がある。謎解きの興味を前面に出した本格ミステリの傑作を数多く書いた作家だということ。

活躍した領域が広く、多方面で大きな成功を収めた作家にしばしば起きる現象として、「その作家は本格ミステリも書いていましたっけ?」と意外に思う新しいファンが出てくる。「書いていましたっけ?」どころではない。

金田一耕助のような名探偵が何十もの難事件を解決する、というシリーズは創らなかったが、本書『招かれざる客』でデビューするや、『霧に溶ける』『人喰い』などトリックと仕掛けに満ちた傑作を連打したのみならず、晩年になっても手を変え品を変え、謎解きの味わいが濃厚な作品を書き続けた。

本格ものなど造作もなく楽に書けたから、あるいは手堅く売れるから書いた、というわけではない。それどころか、本格ものは仕込みに手間と時間がかかって面倒だし、売れ筋のジャンルでもない。

作者がデビュー（一九六〇年）した頃は、松本清張の『点と線』（一九五八年）を発火点とする社会派推理小説のブームの只中。リアリズムが重視され、浮世離れした謎解き小説は古臭いものという見方が支配的だった。横溝正史は連載中だった金田一耕助ものの『仮面舞踏会』を中断し、七〇年代半ばにカムバックするまで休筆してしまう。

そんな時期に笹沢左保は、いかにも本格ミステリらしいトリックや罠《わな》をいくつも仕込んだ渾身の長編（投稿時のタイトルは『招かざる客』）を第五回江戸川乱歩賞に投じている。主催者が求める傾向を読んだり、市場の動向をリサーチしたりして本格ものを選んだはずもない。本格ものが好きだから書く、という情熱がそうさせたのだ。

惜しくも栄冠は逃したが高く評価され、新章文子の受賞作『危険な関係』のわずか五カ月後に『招かれざる客』は世に出た（当時の筆名は笹沢佐保）。稀代の流行作家であると同時に稀代の本格ミステリ作家でもある笹沢左保は、このようにして作家人生のスタートを切った。

〈有栖川有栖選　必読！　Selection〉は、数多《あまた》ある笹沢ミステリの中から本格ミステリの傑作を選りすぐって、まだその面白さを知らない――ある意味では幸福な――本格ファンにお届けする。弾丸《タマ》はたくさんあるので、どうかご支援のほどを。

この序文は、お楽しみの前の前口上のようなもの。巻末で本編の内容についてあらためて触れるので、どうか読後にお付き合いください。

笹沢は、前述のような社会派ブームの中で、リアリズムと本格ものは水と油のように分離してはいないことを実作で示し、〈新本格推理〉を提唱した。昭和の末から平成の初めにかけて興った〈新本格〉ムーブメントに先立つこと約三十年。まだ東海道新幹線も開業していない時代に書かれた〈もう一つの新本格〉をじっくりと味わっていただきたい。

帯《おび》で謳ったとおり、密室の謎ありアリバイ崩しあり暗号の解読あり……と盛りだくさんだ。作中で描かれる風物や価値観は現代のものと違えども、これも帯に書いたとおり、謎解きの面白さはいささかも古びていない。

1960年 初刊 講談社

招かれざる客

THE UNINVITED GUEST

（註）

これは一種の実録である。

「たとえ公訴《こうそ》後であっても、刑事訴訟法三百三十九条にあるように、《被告人が死亡した時は決定で公訴を棄却《ききゃく》しなければならない――》のである。まして逮捕《たいほ》直前に犯人が急死したとなれば、事件そのものが解消するのもやむを得ない。結局は、永久に逮捕出来ない犯人なのである」

と、当時話題を撒《ま》いた、例の珍しいケースの連続殺人事件である。

従って、第一部の（事件）は、主観の入らないように小説的叙述は一切避けて、関係資料だけを収録した。その為《ため》に、重複する箇所があったり、無味乾燥だったりする点は御容《ごよう》赦《しゃ》願いたい。

第二部の（特別上申書）の提出者である倉田《くらた》警部補は、警視庁捜査一課の中堅どころとして捜査活動では常に最前線を歩いている。最近、練馬の女社長殺し、大森《おおもり》海岸の白骨死体事件、それから芝《しば》公園偽装心中などで活躍した地味なタイプの人である。

身長が一米《メートル》七十三糎《センチ》ありながら、体重が五十五キロという痩躯《そうく》で、おまけに神経質そうな薄手の顔から、一見して「鶴」を連想させる風貌である。西洋剃刀《かみそり》のような冷たさを感じさせるが、反面、警部補という官職に似合わず情熱的な詩人肌でもある。滅多に笑顔を見せないし口数も少なく、憂鬱な表情で独り言をブツブツ呟《つぶや》くのが、この人の癖だ。

現在、夫人と妹さんと、今年中に出生予定の二世と、三人半の家族で東京都世田谷《せたがや》区池《いけ》尻《じり》の都営住宅に住んでいる。

〈事　件〉

1

　参考資料を提供する前に、まず連続して発生した二つの殺人事件についての全貌を説明しなければならない。

　公《おおやけ》に発表されたものを引用すべきであるから、三月十日発売の某週刊誌別冊に掲載された犯罪特別レポート〈逮捕不可能な犯人。災害死と刑死の差は？〉の全文を紹介してみよう。

　追いつめられた犯罪者が覚悟の自殺を遂げる例はある。しかし、逮捕寸前の犯人が偶発事故で死亡したという実例は珍しい。言い換えるならば、この大型トラックの下敷きになった男は、たとえ交通事故という災害を避け得たとしても、やがては絞首台《こうしゅだい》に上らなければならない運命にあったのだ。災害死と刑死の間にどれだけの差があるだろう？　立ち消えとなった連続殺人事件をふりかえって詳細《しょうさい》にレポートした。

――東京大手町《おおてまち》にある中央官庁の一つ「商産省《しょうさん》」では、昨年夏以来ゴタゴタの絶え間がなかった。と言っても汚職問題や人事紛争ではなく、省側と組合（全商《ぜんしょうさん》産労働組合。組合員一万。高倉正美《たかくらまさみ》委員長）の対立という、いわば純粋なゴタゴタであった。

事の起りは、昨年の夏、商産省所有の土地を、ある政治家の仲介でゴルフ場として業者に払い下げる、という噂《うわさ》が省内に乱れ飛んだのが始りであった。

この払い下げ運動の背後には少々不純な匂いがする、という観方《みかた》もあったが、それは別としても、全商産労組がこの問題を黙視するわけがない。と言うのも、その土地は多摩川河畔《かはん》にある約三万坪の平地で、組合は数年前から、この土地に職員寮を建てて、グラウンド設備をして欲しいと、省側に対して職場要求をし続けて来たからである。

確かにこれは無理もない要求であった。どういうわけか、商産省には職員寮の設備が少ない。部局長クラスのいわゆる「官舎」ともなれば別だが、一般職員用の家族寮などは皆無に等しい。また、グラウンドにしても同様で、商産省は大世帯でありながら、テニスコートらしき広場さえ満足に所有していないのだ。

年中行事のようなベースアップ闘争や、手の届きそうもない政治問題とは違って、職員一人一人に密接な関係のある身近な問題だったから、組合の反対闘争〈土地払い下げ阻止〉に全職員が完全に団結してしまった。

大慌《おおあわ》てに慌てたのは省側である。もともと全商産などという組合は労働組合と称してはいても、内容は職員組合であった。年輩者と女子職員が組合員の大多数をしめている上、ホワイトカラーは実行面でまとまりにくい、という弱味を持っている。地方の現業機関を除いては、過去、お体裁《ていさい》程度の闘争をやった経験があるだけだった。いわば看板だけの労働組合である。

それが俄然《がぜん》、いかなる処分も乗り越えて実力行使も辞せず——という結束ぶりを見せたのだ。最初の中《うち》、省側は知らぬ存ぜぬの一点ばりだったが、騒ぎが大きくなれば世論も沸くだろうし、下手にかき廻されれば妙なほこりも出兼《か》ねないので、急遽《きゅうきょ》、組合懐柔《かいじゅう》の策に出た。〈職員寮の建設は必らず近い将来実現するよう努力したい〉という確約とも見とおしともつかない妥協案である。勿論、組合側はこれを一蹴《いっしゅう》した。

あっさり蹴られた省側は、最後の強硬手段ともいうべき組合幹部に対する〈処分通告〉を、昨年十二月の末に行なった。

処分理由は〈違法の実力行使を計画した〉というものであり、組合委員長以下全執行委員が一ヵ月の停職処分を受けたのである。これは弱体組合の全商産にとって、創立以来の大事件であった。

それに加えて、この処分通告の席上、組合側が思わずアッと声をあげた奇怪な出来事が起った。

以下、その時の記録である。（全商産労組提供のメモによる）

委員長「一方的な処分通告を受入れるわけにはいかない。まず、処分理由を具体的に明らかにして貰《もら》いたい。我々は今日まで団体交渉を続けて来ただけで、実力行使は勿論の事、闘争らしいものは何一つやっていない。思い当らない理由で処分されるのは、我々としても納得《なっとく》出来ない」

省側人事部長「充分協議した上でとった措置《そち》だから再考する余地《よち》はない」

委員長「我々の団体交渉権は法律で認められているのだ。何ら違反事実がないのにも拘《かかわ》らず処分に就いて協議するとは何事だ」

人事部長「あくまで法に基《もと》づいて処分したのである」

委員長「貴方達《あなたたち》は土地払い下げ問題を有利に展開させる為にこのような手段をとったので

はないか。我々は、不当労働行為として提訴《ていそ》するかも知れない」
人事部長「処分理由は、国家公務員法九十八条に違反したからであり、同八十二条に基いて処分したのだ」
委員長「九十八条違反と言うが、具体的に我々が何をしたのか説明して貰いたい」
人事部長「争議行為を企《くわだ》て、その遂行《すいこう》を共謀し、そそのかし、あおってはならない、という条文に違反したのだ」
委員長「驚くべき言いがかりだ。一体その証拠があるのか」
人事部長「証拠はある」
委員長「確固たる証拠があるならば、この席上で公開すべきだ。是非見たい」
人事部長「見せる必要はない。しかし、組合の計画内容を私の口から喋《しゃべ》ってみる事も出来る」
委員長「それでも結構だ。喋ってみなさい」
（人事部長は組合の計画を詳細に述べる。組合側は騒然となる）
委員長「（顔面蒼白《そうはく》になって）どんな方法によってその内容を知り得たのか。執行委員だけが知っている組合の極秘文書の内容を省側が何故摑《つか》む事が出来たのか。もし、その極秘文書を組合書記局から盗み出したのだとしたら、重大問題だ」

人事部長「答える必要はない」

（以上で物別れとなり団体交渉打ち切り）

これは組合側の完全なる敗北であった。省側代表の人事部長の口から、秘密計画の詳細を寸分違《たが》わず滔々《とうとう》と述べられては、返す言葉もなかった。

しかし、どうしてそれが省側に知れてしまったのか。考えられるのはただ一つだけだった。スパイがいて、それが極秘文書を入手して人事部長に渡したのに違いない——という事である。

全商産労組の組織は、東京にある商産省（本省）と全国の地方機関、つまり地方商産局とか地方事務所などの全職員のうち、課長以上の管理職を除いた全部が組合員という事になっている。その約一万人の組合員の中から二十名の執行委員を選んで、この人達を全商産労組の代表である本部役員としている。そしてその下部機関として、全国の各支部にそれぞれ若干名ずつの支部役員がいるわけだ。

この二十名の本部執行委員のうち、十五名がいわゆる専従役員だ。つまり、商産省職員としての身分は保証されているが、給料などは省側から支給されず、組合費で賄《まかな》われ、その代り省側から一切拘束されないで組合業務に専念する人達である。

残りの五名の執行委員は非専従役員と言って、規定の勤務時間は一般の職員と同じように公務員としての職務にたずさわり、勤務時間外つまり退庁時間の五時以後などに組合役員としての仕事をする。この五名は全員が本省職員であった。

さて、全商産本部は本省の中にある。本省の建物の一部を借りて〈全商産労働組合本部書記局〉という看板をかけている。此処《ここ》に二十名の執行委員と八名の書記がいるのだ。

全国へ組合指令を発するのもこの書記局であり、いわば全商産労組の心臓部で、幾ら職員組合だの御用組合だのと言われる形式的な組合だとしても、この書記局だけへは、省側の管理職員は気易《きやす》く入ってくる事を許されなかった。

また、省側も過去組合に対して何の干渉も介入もしなかった。団体交渉にまで持ち込むような紛争も滅多に起きなかったし、お互いの情報交換も適当にやって、何か問題が起きそうになると、事前の電話一本でマアマアと片付けてしまう。「諒解《りようかい》のもとに、が原則だ」という美名《びめい》にかくれて、省側も組合側も大目《おおめ》に見合い庇護《ひご》し合っていたわけである。

だから、今日までの慣行として、書記局から人知れず何物かが持ち出されて省側の手に渡る、というような事は金輪際《こんりんざい》考えられなかった。

確かに、今度の土地払い下げ阻止闘争は今までのような馴《な》れ合いでは解決しない、深刻なものだった。とは言え、立入禁止した書記局で行なった、秘密執行委員会で決定されたばかりの極秘文書の内容が、どうして省側へ筒抜けてしまったのだろうか。秘密会議でこういう内容のものが検討された、と知っているのは二十名の執行委員と一部の書記だけである。

苦《にが》い団体交渉の席を立って、ゾロゾロと書記局へ引き揚げて来た執行委員達は、ぶつける相手のない猜疑《さいぎ》と非難の眼のやり場に困った。その後直ちに、事後対策の執行委員会が開かれ、それは徹夜で続けられた。二十名の、どの顔も沈痛だった。まさか、この二十名の中にスパイが——時折そんな疑惑が閃《ひらめ》いて、その場の空気を一層重苦しくした。停職処分も執行部総辞職も肚《はら》一つで仕方がないとあきらめがつく。だが、許せない裏切行為をした者が、ノホホンと素知らぬ顔でこの建物の中にいると思うと、憎悪が破裂しそうであった。

このスパイ行為は確かに憎むべき破廉恥《はれんち》である。スパイの目的は、その功名《こうみょう》を省側に押売《おしうり》して頼まれもしない忠誠を誓う事だ。勿論《もちろん》今の時代にこんな方法で立身出世は出来はしない。省側も、秘密文書は素直に受取っただろうが、そのスパイを褒《ほ》めはしない。人物、行動、下の部類というレッテルを貼られ、その出世は逆に遅れるのが当然だ。

それを知らずに尾を振り媚《こび》を売る。しかも、多くの同僚達の願いを犠牲にしてであった。執行委員達は頭をかかえた。

組合員の間では、互いに妙な眼で探り合いを始めている。まるでスパイ狩りのような冷たい緊張感が職場に漲《みなぎ》っている。何がきっかけで大混乱におちいるかわからなかった。

次の朝、結論が出た。まず書記の中に糸口《いとぐち》を発見しようというのである。書記は八名いる。この人達は商産省の職員ではなく、組合が給料を支払って雇っているのだ。そして懸命に糸をたぐった結果、一月中旬、ついに二名のスパイの存在がはっきりした。

一人は、人事部管理課勤務の商産省事務官鶴飼範夫《つるがいのりお》氏（27）であり、もう一人は、組合臨時書記の細川《ほそかわ》マミ子さん（24）である。

鶴飼氏は勿論組合員の一人だが、人事部管理課の職務は主として対組合のお目附け役である。と言っても、組合の文書を書記を通じて盗み出したのは非常識な行き過ぎで、職務どころか窃盗罪を構成するのだ。その手引きをしたという細川さんは、土地払い下げ反対をめぐって多忙となる事を予測した組合が、一年間の期限つきで雇った三人の女子臨時書記の中の一人であった。この細川さんの推薦者は誰であったかを調べてみると、それは本部執行委員である亀田克之助《かめだかつのすけ》氏（28歳、本省職員で非専従役員）だとわかった。亀田克之助氏は更に鶴飼氏と親友の間柄で、細川さんの推薦も実は鶴飼氏に強く要請されて引き受けたのだ、という事がはっきりした。つまり、鶴飼氏は最初からそのつもりで細川さんを臨時書記として送り込み、極秘文書持出しの手引をさせたというわけだ。細川さんも鶴飼氏に頼まれた事を素直に認めた。

問題は鶴飼氏と細川さんの関係である。スパイが手先に使うのは、腹心《ふくしん》の部下か深い縁故にある者でなければならない。その辺を探ると、驚いた事に細川さんは鶴飼氏と内縁関係にあり妊娠中の軀《からだ》だったという事がわかった。二人は同郷の長崎の人で、長崎時代からの恋人同士だったという。将来の結婚を約し、鶴飼氏は既に数年前に上京して商産省に勤務していたのだが、細川さんは、昨年北九州を襲った二十一号台風による土砂崩れで一度に両親を失い、兄弟身寄りがないところから、鶴飼氏を頼って上京し、そのまま同棲生活に入ったのである。

これでこのスパイ事件の簡単な仕組みは忽《たちま》ち明るみに出たのだが、さて、このスパイ事件は鶴飼氏個人が出世を夢みてやった出来心か、それとも彼の背後に糸を引くもっと大きい何ものかがあるのか、という点で組合が徹底的に省側を追及する方針を決めたのも束《つか》の間《ま》、それが不可能となる大事件が発生して、人々の関心は意外な方向へ転換せざるを得なかったのである。

その事件は、まったくとんでもない処《ところ》から発覚《はっかく》の芽を突《つ》ン出《だ》した。

二月七日午前十時頃、東京都江東《こうとう》区亀戸《かめいど》にある城東《じょうとう》石炭のトラック運転手谷後《やご》正平《しょうへい》さん（41）が、妙なものがあった、と城東警察署へ届け出た。その妙なものというのは、縦の長さ二十五糎《センチ》、横の長さ十糎、厚味六糎の赤レンガを手拭いの一方の端に固く結びつけたもので、手拭いのもう一方の端を持って恰度《ちょうど》分銅《ふんどう》をふり廻すようにすれば、原始人が動物を撃ち倒す道具――とすぐ連想させた。

ただそれだけのものだったならば、子供が作った遊び道具で警察へ持ち込む事もない、と谷後さんも判断しただろうが、その妙なもの――赤レンガにも、一眼でそれとわかる黒っぽく変色した血痕がこびりついていたのである。

城東警察の係官達は、この「妙なもの」を殺人または傷害に使用した凶器だ、と断定した。

「これを何処《どこ》で手に入れましたか？」

という係官の質問に対する谷後さんの答がまた変っていた。

「私の車の荷台にあったんです」

谷後さんの話を綜合《そうごう》するとこうだ。

――一昨日の夜七時三十分頃、仕事を了《お》えて会社へ戻って来た谷後さんは、そのまま真直ぐに空車を車庫まで運転して行った。以前はトラック置場に乗り入れるだけでよかったのだが、半年程前、二台のトラックが積荷ごと盗難にあってから、神経質になった社長の発案で、車庫を造り、トラックは必らずその中へ駐車させて、その上、車庫の戸締《とじま》りは運転手の責任とするという事になっていた。

帰社したのは谷後さんが一番最後で、同僚の運転手達の大半は帰宅してしまっていたから、谷後さんが車庫の鍵を厳重に点検した。

昨日の日曜日は月一回の定休日だったので、谷後さんが再び会社に出勤したのは今朝の七時である。いつものように事務所で今日一日の運送区間の指示を貰《もら》って、車庫から愛用のトラックを裏庭の反対側にある石炭積込場まで運転して来た。

ふと、運転台の後ろのガラス窓越しに、石炭滓《かす》で真黒に黒光りする長方形に眼をやった谷後さんは、おやっと思った。何物もないはずの其処《そこ》に、ポツンと異物があったからだ。

まるで戦場のような朝の石炭積込場であったから、谷後さんにはその異物の正体を詮索《せんさく》しているひまがなかった。急いでそれを運転台に投げ入れると、もう、石炭の積込み、そして発車と、目先の仕事に追いまくられて、谷後さんが改めてその「妙なもの」を手にしたのは、第一便をすませての帰りの車の中であった。

谷後さんは、その足で城東警察署に届け出たのである。

もしこれが殺人または傷害の凶器だとしたら、一体何処《いったいどこ》で谷後さんのトラックに投げ込まれたものかを調査する必要があった。まだ死体が発見されてない殺人事件でもあったならば重大問題だし、そうなれば、この「妙なもの」が此処《こ こ》まで運ばれて来た経路を逆にたどってみる事だけが唯一の手がかりとなるからだ。

谷後さんの話だけでもハッキリする事は、「妙なもの」が、トラックへ投げ込まれたのは一昨日の夜だという点である。しかも、谷後さんのトラックが空《から》で走っていた時間は、最後の荷下《におろ》しがすんでから会社に帰りつくまでの約三十分間、即ち七時頃から七時三十分頃までの間と限定される。この間トラックがどこからどこへどういう道を走って来たのか調べれば見当ぐらいはつくはずだった。

「その最後の荷下しは何処でしたか？」

と係官の一人が尋ねた。

「商産省です。大手町の――」

谷後さんはゆっくり答えたが、その言葉が終らない中《うち》に、係官達の緊張した視線が一斉にテーブルの上の「妙なもの」に集中した。赤レンガを縛った手拭いには〈職員と家族の文化祭商産省〉と、紺色の字が染めぬかれてあったからだ。

その日の午後。商産省の裏庭は興奮を圧縮したような異様な静寂《せいじゃく》に包まれていた。

城東警察から連絡を受けて直ちに出張した警視庁捜査一課と所轄《しょかつ》の丸の内警察の係官達

が、キビキビした動作で広い裏庭をあちこちと動き廻っていた。

商産省ビルの一階から七階までの窓という窓には、人の顔が鈴なりになって、それぞれ熱っぽい眼で裏庭の人影を追っていた。

高いコンクリート塀に囲まれた五百坪あまりの裏庭には、倉庫代りの小屋が三棟と、屋根だけの駐車場があるだけだ。地面には石炭ガラが敷きつめられて、恰度《ちょうど》裏庭の中央あたりに、スチーム用のボイラーの煙突がニョッキリと立っている。

別にこれと言って複雑な凹凸《おうとつ》があるわけではないから、三十分もたたない中に裏庭の捜査は終ってしまった。しかし、何処にも何の異常もなかった。人命に危害を加えたと想像させる足跡一つ発見出来なかったのである。

係官達は拍子《ひょうし》抜《ぬ》けの面持《おももち》で、裏庭の隅々から、煙突の根元あたりへ集って来た。

だが、その中で、丸の内警察の刑事の一人が、しきりと空を仰いでいた。やがて、その刑事は、参考人として同行してもらった谷後さんを呼び、

「石炭を下し終ってから、トラックを停めて置いた場所はどの辺ですか?」

と訊いた。谷後さんはその刑事を、殆《ほと》んどビルの壁面に密着するような地点へ案内して行った。成程《なるほど》其処には、地面の石炭ガラを砕《くだ》いて乱れた二条の車輪の跡が残っていた。

「凶器を故意にトラックの荷台へ投げ込んだとは限らんです。もし、停車中のトラックの

中へ自然に落下した……としたら」

　半分は谷後に話しかけ、後の半分は独り言のように呟《つぶや》いて、その刑事はトラックが停っていたと思われる位置に立ったまま視線を真上に向けた。

　その視線を遮蔽《しゃへい》したのは、黒く塗装された鉄製の階段であった。それは、ビルの壁面に沿って地上から七階まで、稲妻形《いなずまがた》に続いていた。

　非常階段である。

　次の瞬間、その刑事はもうカンカンと足音を響かせて非常階段を駈け上っていた。地上の係官達にも、その刑事の着想が何であるか直ちに諒解《りょうかい》出来た。忽《たちま》ち、白衣の鑑識課員をまじえた三つ四つの人影が、追いかけるように非常階段を上った。左右に曲折する階段は、「く」の字を三回半描いて七階に達した。相当な急角度で、しかも、段と段との間隔が広い不親切な非常階段である。そんな事から、人影が七階に到達するまでには、地上から見ているともどかしくなる程の時間を要した。

　だが、果して、七階非常口のドアの前の僅《わず》か一米《メートル》四方の踊場《おどりば》を一杯に占めて、ペタリと坐り込むように崩れている男の死体が発見されたのである。

　商産省の庁務係長は責任上、庁舎内から死体などが発見されない事を念じながら捜査に立ち会っていた。最悪の場合でも、せめて監察医務院が引き取って行く程度の変死体であって欲しいと思っていたが、その期待はあっさりと否定された。非常階段のてっぺんで発見されたのは明らかに他殺体だったのだ。

庁務係長はそう告げられて顔色を変えたが、驚くのはまだ早かった。一時間後、二本のロープで地上へ下されて来た死体を見た時、窓に連なった数百の顔と、裏庭に出ていた千人近くの人々の間に、声なきどよめきが潮騒のように拡がって行った。

その死体は、商産省職員であり、最近のスパイ事件で話題となって、それ以来勤務を休んで行方をくらましたと噂されていた、鶴飼範夫氏の青黄色く変色した顔だったからだ。

鶴飼氏は、後頭部を乱打されて頭蓋骨が崩れ、あまり多量ではない血と脳漿《のうしょう》が流れ出ていたという。

鶴飼氏の「異常死体検案書」には、こうある。

〈頭部ヲ北ニシテ背部彎曲シ、膝ヲ屈折、両腕左右ニ開イテ、顔右側面ヲ下ニ俯伏セタ体格上ノ男子屍ニシテ、深呼吸停止ノ推定時ハ二月五日午後六時ヨリ八時ノ間。後頭部ヲ六度ニワタル強打ニヨリ頭蓋骨折デ死亡〉

頭部に異常なく、首の骨は折れていない。あまり重量のある鈍器ではなく、硬質角材の凶器という鑑識結果だった。結局、谷後さんが発見した「妙なもの」が、付着した血液の型も一致して、凶器と確認された。

「妙なもの」を凶器とした理由に就いて、
1　被害者の血沫《ちしぶき》を避ける為。
2　犯行現場が狭いから、少々離れた位置からも打撃を加えられる工夫。
3　分銅式に使えば打撃は強烈になる。
三点が推測された。

と、次に犯行時間だが、これは「偶然」に救われて短時間に限定するのが比較的容易だった。

商産省の裏庭へ入るには通用門を利用する以外に方法はない。人眼につかずに高いコンクリート塀を乗り越える事は、自動車の往来が激しい場所柄からいって、たとえ夜であっても不可能に近い。

その通用門には受付があり、平日は午前九時から午後六時まで常時看視員が詰めていて、外来者の無断出入を許さないのである。そして午後七時半になると通用門は閉鎖される。

つまり、通用門を自由に通り抜けられる時間というのは、看視員が受付から引きあげる午後六時から、通用門が閉鎖される午後七時半までの一時間三十分に限られるわけだ。どうしてこんな空間があるのか商産省の庁務係で尋ねてみたが、

「通用門の受付はそもそもが門番というような性格ではなく、外来者の便宜を計るいわば

サービスを目的としている。従って、もう外来者が来ないと想定出来る時間を午後六時として、看視員を引きあげてしまうのは当然だ。また、閉鎖時間を七時半としているのも、その頃まで、超過勤務をした職員が通用門を利用して退庁するからだ」

という説明であった。

鶴飼氏の死体が発見された日の二日前、つまり犯行当夜のこの裏庭と通用門はどんな状態にあったか、捜査当局が入手した情報によると次のようになる。

二月五日は土曜日だったから、看視員が受付を出た午後六時頃には通用門から裏庭にかけて人の気配は全くなかった。それでもその看視員は、念の為に異常のない事を確認しながら一通り裏庭を歩いて廻った。

谷後さんが運転する城東石炭のトラックが、二筋のヘッドライトの光で闇の幕を突き破りながら、通用門から裏庭へ入って来たのは恰度その頃だった。

この日、城東石炭はボイラー用の石炭を三回にわけて商産省へ運んでいる。谷後さんのトラックはその三回目の最終便であった。看視員と宿直のボイラーマン立会いの上で、谷後さんは地上に突き出た鉄製の箱の蓋をはずすと、その中へトラックの石炭を流し込んだ。こうすれば、地下にあるボイラー室の石炭庫へ自然に貯蔵される仕組みになっているのだ。

連れて来た人夫と二人がかりだから、この作業は短時間で完了したが、北風が皮膚を刺す寒い晩で、谷後さん達の手足は凍りついたように無感覚だった。それを察したボイラーマンのすすめもあって、谷後さん達はまだ熱っぽいボイラー室で一息つかせて貰う事にした。空《から》になったトラックを非常階段の下あたりに寄せて、一同が地下室へ小さな階段をおりて行ったのは六時四十分頃である。

梅干をつまみながら熱いお茶を御馳走になり、煙草を二本ばかり吸って、人心地ついた谷後さん達が再び裏庭へ出て来た時、通用門を閉鎖する為に歩いて行く看視員の後姿と、その手元で光っている懐中電灯の円い輪を見たそうだ。

谷後さんのトラックを送り出して、高さ二米半の重い通用門の扉を閉じたのは、定刻より二十分ばかり早い七時十分過ぎだった、とその看視員はハッキリ記憶していた。

以上の事実から明確にされるのは、犯行前後の全ては、六時四十分から七時十分までの三十分間に運ばれたという事である。加害者と被害者が裏庭へ入り非常階段を上ったのも、凶行が演じられたのも、加害者が逃走したのも、この三十分間でなければならない。

六時までは看視員が受付にいたし、六時以後六時四十分までは、谷後さん達が非常階段から十米と離れていない処で荷下し作業をやっていた。これ等の人達の眼に触れずに非常階段を上る事は絶対に出来ない。また犯行時間は、凶器が、この三十分間だけ殺人現場の真下にあった谷後さんのトラックへ落ち込んだという事から、説明の余地がない程明白である。犯行後の逃走については、何もこの三十分の間に直ちに逃走したとは限らないという説もあったそうだ。だが、犯人というものは一刻も早く現場から遠ざかろうと努力する。今なら非常階段の下から通用門にかけて人影がないと見きわめれば、その機会を逃すはずはなかろう。まして、通用門を閉鎖される恐れがありながら、非常階段の上に留まる事は、犯人にとって不利でこそあれ有利な点は少しもないのだ。

高い処へ階段を上って行く——これ程、人の眼に触れやすい行動はない。下りてくる場合も同じである。だから、これは夜の闇を利用して、それも出来るだけ短い時間にすませてしまわなければならない。これらの事を考えあわせると、犯人は綿密な計画のもとに迅速に鶴飼氏殺しを遂行したのである。

殺人現場となった非常階段とはどんな処だろうか。記者も一度許可を貰って、上ってみた。最近続々と建築される高層アパートなどの非常階段と比較すると、商産省のそれは非常の場合果して役に立つのかと疑いたくなる程お粗末であった。

鉄製である事はよいのだが、その傾斜度があまりにも急過ぎる。階段の幅は一米で、申訳程度の手摺《てすり》が両側についていた。傾斜度は目測で七十五度ぐらいだった。階段の一段と次の段との間隔は約五十糎もある。子供が足を踏みはずしたら、この間からすっぽりと墜落してしまうだろう。

相当な大股で、しかも七十五度の急角度に片脚をもちあげるのだから、五段も上ると思わず一息ついてしまう。特に下りる時は危険だった。手摺を握っていないと前へつんのめりそうになるし、軀《からだ》を少し横向き加減にしないと、足を下へのばした時に重心を失いそうである。

大急ぎで下りる事が出来ない非常階段などは無意味だ、と職員の間にも非難の声があるらしく、女子職員の一人は苦笑しながら、

「非常階段は下りるもので、上って行く必要がないものだからいいですけれど、タイトスカートだったら一段も上れません」

と言っていた。商産省ビルの左右側面には完全な非常階段が設備されてあるから、恐らくこの裏庭のは、あってもなくてもいい、というのが省の責任者の気持なのだろう。

七十五度の急傾斜なので、この非常階段は各階ごとの非常口を一本で結んでいる。つまり、普通は一階から二階までの間に一箇所踊場を設けて、それを中心にして階段が曲折しているのだが、この非常階段の場合は一階から二階へ一直線で達してしまうわけだ。この為に、一階、三階、五階、七階の非常口が一線上にあり、二階、四階、六階の非常口は別の一線上にある。そして、その各階の非常口の処にある一米四方の踊場を中心として左右に曲折しているのだ。

その各階の非常口のドアなどもあまり点検はされていないらしく、鍵をかけたまま殆んど錆《さ》びついていた。こうなると、この非常階段は商産省ビルの一部分でありながら、実は離れ小島のような存在であったと言える。そういう性格を充分に計算して、犯人は此処を犯行の場所に選んだのだろう。

だが、現場からは何一つ手がかりらしいものを得られなかった。唯一の犯人の遺留品であった凶器にしても、赤レンガはその辺に転がっていそうな当り前のものだし、手拭いは、昨年の秋の「商産省職員と家族の文化祭」を記念して省が五千本作った手拭いの一本だという。商産省職員は勿論の事、関係方面へ配った手拭い五千本――これでは決め手となるわけがない。

ただ、鶴飼氏の死体が右の掌に握っていた一枚の名刺を、捜査本部は入手していた。もっともこれも決定的な手がかりとは言えず、捜査本部はあまり重要視していなかったらしい。その名刺には〈全商産労組執行委員　情宣部長亀田克之助〉と印刷されてあった。亀田克之助と言えば、鶴飼氏の親友であり細川マミ子さんを組合臨時書記に推薦した人である。被害者が掌に握っていた――というと即《そく》確証だと受取られやすいが、鶴飼氏が何故親友の名刺を手にしていたのか、その辺の推定が確立しないうちは、この名刺には一片の価値もないのである。

その名刺の裏面には、一見悪戯書《いたずらがき》ともとれる字体の鉛筆書きで、
〈東京　徳島　石川　高知　広島　青森　福井　高知　石川　東京　福島　ん　山口
岡山　愛媛　福岡　鹿児島　福岡〉
と列記されてあった。言うまでもなくただの都県名である。どう見ても、この名刺から捜査の糸口が発見出来るとは思えなかった。

とにかく、せめて手がかりらしい何か、というのはそれだけであって、これ以外には指紋一つ髪の毛一本の収穫もなかったのだ。捜査本部が基本方針として打ち出したのは、僅かに、

1　犯人は被害者とは顔見知りか、あるいはそれ以上の親密な関係にあった。
2　通用門が無人状態となる時間を知っていたり、非常階段の特殊性を利用したりした点で、犯人は商産省の内部事情に詳しい。
3　殺害の原因に就いては怨恨《えんこん》と見るべきである。特に被害者が最近省内の顰蹙《ひんしゅく》を買った行為をした事に留意すべきだ。
4　犯行場所及び犯行時間を照合した場合、犯人は心身ともに強健なものと考えられる。
5　計画的殺人である。

という五点だけであった。そして、二月八日の某紙夕刊は捜査本部の見解としてこう報

じている。

〈犯人は前もって非常階段の一番上で鶴飼氏と会見する約束をしておいた。そしてその場で凶行した事は間違いない。他で殺して非常階段の最上部まで運び上げる事は、単独犯行でないにしろ不可能である。非常階段の上という妙な場所を選んだのは死体発見をおくらせるのが目的だと、解釈出来る。普段は全然人が立入らない場所で、しかも商産省庁舎の一部という、いわば盲点をついた犯人の意図通りに行なったならば、死体発見は事実おくれたに違いない。死体発見がおくれるだけ犯人捜査は困難だ。死体を持ち運んだり消滅させたりするのは、現代の都会では容易な事ではないから、非常階段の最上部で発見をおくれさせるのは巧妙な方法だ。倒れた死体は周囲のビルからも見えにくいし、踊場の上に庇《ひさし》が突き出ている為に、商産省ビルの屋上から覗いても死体は見えなかったろう。もし凶器が下へ落ちて来なかったら、大変な事になっていた〉

身寄り親戚のない鶴飼氏の告別式が、中野《なかの》の下宿先で形ばかり行なわれたのは、二月九日の午後であった。殺された人間の葬式は何となく重苦しい雰囲気をともなうし、例のスパイ事件の影響でか参列者も少なく、いやが上にも暗さを増して寂しかった。

その耐《た》まらない陰鬱さは、告別式も終りかけた頃駈けつけた細川マミ子さんの涙もなく呆然と立ちつくす姿によって更に倍加された。

細川さんにとっては、夫を殺されたのも同然だし、その上亡き鶴飼氏の子を妊娠しているのだ。その傷々《いたいた》しい細川さんに人々は同情しながらも、

「もし、裏切者として鶴飼氏が復讐を受けたならば、今度はもう一人の裏切者である細川さんが殺されるのではないか」

と、秘《ひそ》かに囁《ささや》きを交した（某商産事務官の話）そうである。

そして、その人々の予感は的中したのであった。その翌日の二月十日夜、犯人の魔手は細川さんを襲った。そして、細川さんは文字通り数分間の差で、危く難をまぬかれたが、身替り殺人という悲劇のもとに、他に犠牲者が一人出てしまったのである。

その第二の殺人事件に触れる前に、話を戻して、全商産労組の臨時書記を解雇されてからの細川さんの転変を追ってみよう。

――その日までの給料は支払ってもらったが、いよいよ解雇されてみると、今後どうしたらいいものか、細川さんは途方に暮れて夜の東京を彷徨《ほうこう》した。

組合の極秘文書を盗み出した行為が悪い事とは、細川さんも重々知っていた。だが、頼るべき唯一人の男であり、お腹《なか》の子の父親である鶴飼氏の半《なか》ば強制的な命令には、従わざ

るを得ないという女の弱味に、細川さん自身が溺れてしまったのだ。不安と後悔にもみくちゃにされながら、その夜遅く、中野の鶴飼氏の下宿へ来てみると、彼は既に行方をくらました後だった。下宿先の奥さんの話では、しばらく留守にすると言って殆んど空身《からみ》で出て行ったそうである。身を隠すだろうとは、細川さんも予測していた。しかし、自分だけさっさと雲隠れして、その行先さえ言残さない鶴飼氏の仕打ちは酷過《ひどす》ぎた。

誰の為にこんな苦労をしたのだ——細川さんは一本の望みの綱さえ失って、枯渇したのか涙も出なくなった。憎しみや怒りよりも、絶望が先だった。お腹の子——と考えた時、細川さんは「死」への誘惑に一歩踏み出していたのである。

意味もなく新宿へ出た細川さんは、衝動的に多量の睡眠薬を買い込み、新宿駅のホームの水飲み場で、むさぼるように口の中へ押込んだ。

無風状態の空虚な時間が過ぎた。いつの間にか山手線に乗り込んでいた細川さんは、次第に鈍って行く意識の中で「品川《しながわ》」だと判断した。だが、電車の中で倒れたら、すぐ発見されて手当を受けるに違いない——と気づいて、知覚を朦朧《もうろう》とさせる黒雲を掻きわけながら、夢中で停車した駅に降りた。新橋《しんばし》であった。夢遊病者のように人気《ひとけ》のない海岸通りの方に向かって歩いた。そして遂に細川さんは海岸通りの闇の中で路上に昏倒した。

翌一月十五日。意識を恢復した細川さんは、自分が新橋民生《しんばしみんせい》病院に収容されて応急手当を受けた事を知った。昏倒してから間もなく、通りかかった港湾労働者に発見されて同病院へ運び込まれたのである。

生命に別状がなかった事は、細川さんにとって幸か不幸か判断しにくかった。健康を取り戻せば強制的に退院させられてしまう。そうしたら自分は一体どうしたらいいのか、と終日ベッドの中で考え続けたそうだ。細川さんが妊娠している事は、診察した病院の医師も知っていたから、今後の身のふり方について親身になって相談に乗ってくれた。だが、一人の人間が生きて行くという現実を簡単に想像する事は出来なかった。これという妙案もなく、その日も夜となった。

ところが、捨てる神あれば何とやらで、突然思いもよらなかった救いの手が病院を訪れた。昨年の台風で亡くなった細川さんの父親細川喜平《ほそかわきへい》氏の長年の親友であった人が、細川さんの自殺未遂の小さな新聞記事に気がついて、同名異人かそれとも親友の娘かを確かめに新橋民生病院へ立ち寄ったのである。

その人とは、初心者からプロ作家までの非常に厚い読者層を握っている事で有名なカメラ雑誌「眼」の編集局次長沢上七郎《さわがみしちろう》氏であった。

沢上氏は、昨年の台風で親友細川喜平氏夫妻が死亡した事は知っていたが、その一人娘の細川マミ子さんが上京していて、こんな苦境に追いつめられていたとは夢にも考えてい

なかった。そして、病院の医師から、

「妊娠してますよ」

と囁《ささや》かれた時、沢上氏はすぐ細川さんを引き取ろうと決心したそうである。というのも沢上氏は今年で五十六歳、働き盛りの年齢ではあるが、夫人との間に子供が出来ないのが何よりも寂しかったのだ。いずれは養子を、と考えていた矢先でもある。子供の時分から可愛がった細川さんなら実の娘同様だし、そのお腹の子も、沢上氏夫妻の子供として育てた方が、暗い宿命の翳《かげ》をおびずに成長するだろう、と咄嗟《とっさ》に思ったのだ。

細川さんからも種々事情を聞いて深く同情した沢上氏は、その足で細川さんを品川《しながわ》区二《ふた》葉《ば》町三丁目の自宅へ連れて帰った。勿論、沢上氏夫人も大喜びで、もうその夜から自分の娘のような世話の焼きようであった。

沢上家には二人の同居者があった。カメラ雑誌「眼」のカメラマン貝塚哲太郎《かいづかてつたろう》君(26)と同誌の編集部員二階堂悦子《にかいどうえつこ》さん(25)である。二人にとって上司である沢上氏が昨年の春に買った現在の家が、夫婦だけでは余裕があり過ぎるというので、頼んで厄介になっているのだ。

沢上夫妻の愛情と生活の安定が、細川さんを日増しに元気にさせた。その中《うち》に、貝塚君や二階堂さんの仕事に手を出してみるような明るささえ取り戻したのである。

一月末頃から社用で新潟県長岡《ながおか》市に出張した貝塚君に同行して、細川さんも旅行する事になった。これは、妙な脅迫電話がかかって来たりして気を腐らせていた細川さんに、気分転換をさせようと考えた沢上氏の親心であった。

だが、この旅行の為に、二月五日商産省ビルの非常階段で鶴飼氏が殺された事件を、細川さんは知らなかった。細川さんと貝塚君は二月八日まで新潟県長岡市の「眼」社特別出張店に滞在していたからである。帰京したのが九日の午後であり、沢上夫人から鶴飼氏殺害の記事を見せてもらうと、そのまま貝塚君と中野の鶴飼氏の下宿先に駈けつけて、細川さんはやっと葬式だけには間に合ったというわけである。

第二の殺人事件は、鶴飼氏の葬式があった翌日の二月十日夜、品川区二葉町の沢上邸のガレージ二階で発生した。

このガレージは、門と母屋《おもや》の恰度中間にあるコンクリート造りの二階建てである。これは家の以前の持主が使用したもので、沢上氏は自動車を所有していないから、車庫そのものは空っぽだが、ガレージ二階の部屋に細川さんと二階堂さんの女性二人が起居していた。母屋に空部屋《あき》があるのに、二階堂さんは少し変った性格で、このガレージの二階がすこぶる気に入ったらしく、ずっと其処に寝泊りしていた。細川さんも、娘同様にと引き取られてはみたものの、やはり遠慮というものもあるし、沢上氏も家の空気に馴れるまでは勝手気ままの生活をさせた方がよかろうと、細川さんがガレージ二階に住む事を強《し》いてとめだてはしなかったのである。

ガレージ二階のその部屋は十畳あまりの広さで、床《ゆか》は板敷きであった。奥の一部分をカーテンで仕切って、その中に二つのベッドが頭合わせに並べてある。壁は四方ともコンクリートがむき出しで、窓はたった一箇所だけ金網を張りつめたのが、ドアから入って左側にあった。

もともと人間が住めるようには出来ていない部屋を使っているのだから、殺風景なのは当然だが、それでも、クリーム色の洋服ダンスや小さなピンクの三面鏡、壁にかかった花模様のエプロンや一輪ざしなどが、女の部屋の匂いを発散していた。

二月十日のその夜。

十時近くまで母屋のテレビの前で、沢上夫妻を相手に、貝塚君と細川さんは雑談を交していた。というよりも、ともすれば沈み勝ちになる細川さんを元気づける為に、沢上夫妻や貝塚君が滑稽な話題ばかりを選んで喋《しゃべ》っていたのである。

二階堂さんは、それより二時間程前に眠いからと言ってガレージへ引き取っていた。十時になると、細川さんはさすがに重苦しい疲労感の圧迫に息苦しくなって来た。旅行の疲れが抜けない中《うち》に鶴飼氏の死という打撃を受けた細川さんは、その上ただの軀ではなかったのだ。

細川さんは、ハンドバッグ一つを持って母屋を出た。まだ旅装をとくひまもなく母屋に置きっぱなしだった細川さんのボストンバッグを持って貝塚君が一緒に来てくれた。沢上氏も門を閉めようと言って、二人に続いた。つまり三人でガレージへ向かったのである。ガレージの奥に、二階の部屋へ通ずる唯一の階段がある。その階段を上りきった処に部屋のドアがあるのだ。

沢上氏は階段の下から、細川さんが部屋へ入るのを見送った。貝塚君はボストンバッグを持って細川さんに続いて階段を上った。細川さんはドアの前で貝塚君からどうも有難うとボストンバッグを受取り、階段の下の沢上氏に「おやすみなさい」と言って部屋へ入って行った。

沢上氏と貝塚君は一緒にガレージを出た。冬の夜空の満天の星を仰いで、沢上氏と貝塚君は二言三言言葉を交しながら門の方へ五、六歩行きかけた時だった。二人は、軀中《からだじゅう》の血が地面に吸い込まれて行くような物凄い女の叫び声を聞いた。

細川さんの声であった。

足をとめて思わず顔を見合わせた沢上氏と貝塚君は、次の瞬間踵《くびす》をかえすと横飛びにガレージへ駈け込んだ。階段をもみ合うようにして上った二人は、部屋のドアに体当りしたが、内側の掛け錠がかかっているらしく、ドアは開かなかった。部屋の中へ声をかけながら沢上氏と貝塚君は夢中で体当りをくりかえした。肩のあたりに鈍痛を感じ始めた頃、やっと掛け錠がはずれてドアが勢いよく開いた。二人は部屋の中へ転がり込んだ。

部屋の中には一見して別に異常らしいものはなかった。コンクリート造りだから冷え込みがひどかろうと言って、沢上氏が買った大型の鉄製ストーブが真赤に焼けているだけだった。

細川さんは、ベッドを覆《おお》いかくしているカーテンにしがみついたまま、床《ゆか》の上に坐り込んでいた。

「どうした?」

と沢上氏が、腰が抜けたように自由の利かない細川さんの軀を椅子の上に運んだ時、今度は、カーテンを勢いよく引いて中のベッドを覗き込んだ貝塚君が二、三歩飛び退きながら異様な叫び声を発した。

其処《そこ》には、後頭部を割られて俯伏せに死んでいる、二階堂悦子さんの姿があったからである。

二階堂さんの「異常死体検案書」にはこうあった。

〈抵抗ノ形跡ナク寝台上ニ俯伏シテ、顔右側面ヲ下ニシタ体格中ノ女子屍。鑑識時ニ俯孔散大対光反射ヲ認メラレズ。但シ発見時ニハ体温尚存。深呼吸停止ノ推定時ハ二月十日午後十時前後。五回ニワタル後頭部強打ニヨリ頭蓋陥没脳内出血デ死亡〉

そして、凶器はやはり二・四キログラム程度の硬質角材で、赤レンガの可能性大という事だった。

明らかに他殺だったが、では一体何故殺されたのかとなると、二階堂さんの場合は見当がつかない。二階堂さんには殺される動機となる対人関係が皆無に等しかったからである。

二階堂さんは、前にも述べた通り、変った性格の人である。いい意味での徹底的な個人主義者——と「眼」社の同僚達は評していたらしい。隣席の人とも交際は一切しない。しかし、その代り勝手な振舞《ふるまい》は絶対にしなかったし、他人に迷惑をかけないように常に気を配っていたという。郷里の山形とも音信不通で、家族の噂一つしない孤独ぶりだそうだ。

美人、不美人を云々するより、性そのものを意識させない容貌体質の人で、恋や愛は勿論の事、異性が此の世に存在するのも知らなかったようだ——と「眼」社編集局の女性達が異口同音に言っている。それでいて、過去の複雑な翳《かげ》を背負っているという感じは微塵《みじん》もなく、恐らく二階堂さん自身とすれば、充分に太平楽を味わっていたのだろう、という話であった。

すると、痴情怨恨は否定される。現場の状況から物盗《ものと》り説は成立たない。それなら何故殺されたか――。

しかし、たった一つ問題があった。それは、殺された二階堂さんが、細川さんの寝巻を着込んでいた事であった。ここで一つの仮説が出来上る。

身替り殺人――。

つまり、犯人は細川さん殺害を目的としてガレージの二階に侵入し、見覚えのある寝巻を着て就寝中の二階堂さんを細川さんと判断して凶行した、というわけだ。

そして、犯行の手口、加害箇所、加害回数と凶器などが鶴飼事件と酷似しているし、例の全商産スパイ騒動という鶴飼氏と細川さんをめぐる一個の「輪」を考えれば、二つの殺人事件は同一犯人によるものではないか、――とする説が次第に重視されて、丸の内警察にあった「鶴飼事件捜査本部」はそのまま大井警察署に移され、ここに、両殺人事件の「合同捜査本部」が発足したのである。

二階堂殺しの犯人として、当初まず疑いの眼を向けられたのは細川さんだった。これはある意味で当然の事だ。

被害者の推定死亡時刻が十時前後で、沢上氏の話では、死体の背に触れた時、まだ生きていると錯覚しそうな体温を感じたそうである。そして、沢上氏と貝塚君に見送られて、細川さんがガレージ二階の部屋へ入ったのも十時三分頃だった。その辺の時間の一致から考えると、細川さんの犯行とするのが最もピッタリするわけである。部屋へ入ってから、悲鳴をあげて沢上氏と貝塚君を呼び込み、二人がドアを打ち破って死体を発見するまでの間に、二階堂さんを殺そうと思えば、細川さんにはそれが可能なはずだった。

しかし、捜査陣の間では、細川さん「白」という意見が圧倒的だったらしい。

その理由というのは次の五点であった。（以下敬称を略す）

1　細川と二階堂は、ごく最近の知己であり、まだ互いに相手の人となりさえ知り得ない間柄である。そのような二人の間には何の因果関係もないはずだ。従って、細川には二階堂を殺す動機がない。

2　細川はガレージ二階の部屋へ入ってから、警察官の監視下に置かれるまで、一歩も部屋を出ていない。たとえ部屋から出たとしてもガレージそのものからは出ていない。また、ガレージの構造から言って、ある物体をガレージ外へ投げ出す事は不可能である。たった一箇所の窓にしても、張りつめられた金網に何の異常も見受けられなかった。

細川を犯人とするならば、凶器が必らずガレージ内から発見されなければならない。にも拘らず、警察官の完全な捜索によっても、室内は勿論ガレージ及びその周辺から、凶器またはそれに準ずるものは発見出来なかった。

これは、犯人が外部から侵入し、凶器を持ったまま逃走した事を証明している。

3　犯行は短時間に敏速かつ的確に遂行されている。殺人行為及びその事後の平静を装う為には、心身ともに強靭な安定性を必要とする。

妊娠中という精神的肉体的に最も不安定な条件にある細川が犯人とは考えられない。

4　二階堂は細川の寝巻を借着していた点、また二階堂には殺される理由が見当らない点、犯人は細川を殺害するのが目的であり、二階堂を誤認したのではないか。細川はむしろ被害者としての立場にある。

5　細川が部屋へ入った時間と二階堂の死亡時刻は殆んど同時ではあるが、間一髪の差で犯人が門外へ逃走した後に細川が来合わせて死体を発見するという事も実際には有り得る。またこれに似た実例は珍しくはない。

その後、鶴飼、二階堂両事件は同一犯人によるものだとされて、合同捜査本部が設置されたが、この事によって細川さんの「白」は確定的となった。細川さんが鶴飼氏を殺害したという事は次の三点の理由により有り得ないからである。（以下敬称を略す）

1　細川は鶴飼と内縁関係にあった。しかも妊娠している。鶴飼が死亡する事によって、物心両面で最も大きい影響を受けるのは細川自身である。また、三角関係などから細川が鶴飼に憎悪をもったと仮定しても、衝動的な犯行ならばともかく、商産省の非常階段の上へ呼び出すような計画的殺人を行なう事は考えられない。

2　三十分間に商産省ビルの一階から七階までの急傾斜で段間隔の広い非常階段を上り下りして、殺人を行なう事は、妊娠中の細川の肉体的条件が許さない。

3　細川には完全なアリバイがある。一月三十日から二月八日まで旅行中であり、事件当日の二月五日は新潟県長岡市に滞在していた事を、同行した貝塚が証言している。

細川さんの容疑がまったく晴れると同時に、捜査方針は例の全商産労組の極秘文書スパイ事件を出発点とするように切替えられた。つまり、鶴飼氏と細川さんの殺害を計った動機は、裏切行為に対する報復だ、というわけである。

裏切者に天誅《てんちゅう》を加える、と言うといささか時代がかった感じだが、それはあくまで第三者の印象で、当事者にしてみれば裏切者に対する憎悪は想像以上のものであったろう。

それに、憎悪という感情の頂点は、チョンマゲ時代も宇宙時代も同じである。それが「報復」という行動に発展したとしても不思議はないはずだ。

問題はその「憎悪」の度合である。誰が最も強く「憎悪」を抱いたか——であった。

「憎悪」の度合は「被害」の度合に正比例すると言える。言い換えるならば、鶴飼氏と細川さんのスパイ行為によって、最大の「被害」を被ったものが最大の「憎悪」を抱く、というわけだ。

その答は一目瞭然であった。土地払い下げ反対闘争は水泡に帰して、停職処分を受け、執行部総辞職という不名誉に甘んじなければならなかった全商産労組の幹部こそ、最大の被害者である。

事実、当時の彼等の激昂ぶりは凄じいものだったらしい。殆んど連日のように行きつけのバー「草原」に集って自棄酒《やけざけ》を呷《あお》り、中には怒号する者や泣き出す者さえあったという話だ。バー「草原」のマダムも、酔った上でしょうが気の毒で見ていられませんでした、と語っていた。

ここでクローズアップされたのは、鶴飼氏の掌の中から発見した唯一の物的手がかりである〈亀田克之助〉の名刺であった。被害者のポケットの中からでも出て来たものなら、それは被害者の所持品だと言えるが、掌の中に握っていたとなると、犯行現場で何らかの役割をしたもの、考えようによっては、犯人の遺留品という事になる。

小説ならば、自分が犯人だと言わんばかりに名刺を残して行った人間は、絶対に犯人ではないであろう。しかし、現実ではその定義は通用しない。たいていの事件はその遺留品から割り出しが行なわれて、遺留品の主が犯人だったという解決をみている。また、人間である以上、人殺しをして冷静であるはずがない。自分の名刺を被害者が握っている事など見落して逃走する場合だってある。

亀田克之助は執行委員の中では最年少者の行動派である。責任感が強く熱血漢だったそうだが、それだけに鶴飼氏や細川さんに対する怒りと憎悪は爆発的だったろう。

合同捜査本部は亀田克之助の身辺捜査に全力を注いだが、その結果、亀田克之助「黒」の線がクッキリと浮かび上るような条件が続々と集って来た。

二月の十六日。合同捜査本部は亀田克之助に対して、重要参考人という形で任意同行を求めた。捜査本部としては相当の自信もあったし、場合によっては逮捕に切替える用意もあったらしい。

亀田克之助を容疑者とした根拠を綜合すると、次のようになる。（以下敬称を略す）

一　亀田名刺について

1　鶴飼の掌から発見された名刺は、商産省内の購買所の藤岡《ふじおか》名刺店で亀田本人が注文して作らせた百枚の中の一枚である。（藤岡名刺店の話。後日亀田自身もそう認めている）

2　亀田が、同じ商産省職員であり親友でもあった鶴飼に、改めて名刺を渡す事は考えられない。名刺本来の役目以外の事で、しかも犯行現場でやりとりされたものと思われる。

3 亀田名刺の裏面に列記された都県名の筆跡は、故意に字体を歪めたか、それとも安定しない処で書かれた、と判断出来る。また亀田の筆跡ではないと明言は出来ない。（鑑識課員の話）

二 鶴飼事件について

1 商産省ビルの構造や通用門の警備状態等内部事情に詳しく、凶器の一部である手拭いから言っても犯人は商産省部内者であり、同時に鶴飼をあのような場所へ呼び出せたのは余程親しい間柄である。

2 事件の前日、鶴飼から亀田の処へ電話がかかって来ている。当時鶴飼は行方をくらましていたが、亀田だけがその潜伏先を知っていた。（執行委員達の話）

3 事件発生の翌日から、亀田は病気と称して出勤してないし、唯一人の親友として亀田を頼っていた鶴飼の葬式でありながら、亀田は顔も出さなかった。

三 二階堂事件について

1 一月十八日、品川区二葉町三丁目付近で亀田は細川と偶然出会った。その際は二言

三言話し合っただけで別れたが、亀田は細川の寄寓先《きぐうさき》及びガレージ二階に起居している事も知っていた。（亀田もこれを認めた）

2　その翌日の一月十九日、細川宛に脅迫電話がかかって来たが、その声は亀田の声に似ていた。（細川の話）

3　一月二十一日と二月九日、沢上邸の門の付近をうろついていた男が、写真判断では亀田に似ている。（沢上夫人の話）

四　亀田の身辺調査について

1　鶴飼事件の翌日から休んでいる亀田の病名は「胃炎及び疲労」だが、亀田は連日酒を飲んで泥酔し、また毎晩おそくでないと帰宅しなかった。（バー「草原」マダム及び亀田の下宿先の主婦の話）

2　両事件の翌日、つまり二月六日と二月十一日、亀田は特に多量の洋酒を飲み半狂乱であった。また二月六日の飲酒中に「殺してやる」としばしば口走っていた。（バー「草原」のマダムの話）

3　毎晩おそく帰宅するが、何処へ行って来たのかは不明であり、二月五日と二月十日の両事件当夜の亀田のアリバイは全然はっきりしていない。

4　亀田は今度のスパイ事件に最も責任を感じていた。鶴飼は亀田の友人であり、細川を組合臨時書記に推薦したのも亀田だからだ。（執行委員達の話）

5　二月十一日、亀田は横浜の母親宛に手紙を送り、その中で「もう何もかも終りだ。死んでしまいたい」と述べている。これは何を意味するのか母親にも思い当る事はない。

状況証拠ばかりでも、これだけ揃えば亀田克之助の容疑は確定的だった。

蒼白《あおじろ》く憔悴《しょうすい》しきった亀田は、それでも素直に同行に応じて大井署の合同捜査本部に出頭した。捜査本部は、主として両事件当夜の亀田のアリバイについて事情を聴取した。

ところが、意外にも亀田は両事件当夜には確固としたアリバイがあると主張した。

亀田にはA子さん（商産省勤務。特に名を秘す）という恋人があったが、今年に入ってからA子さんとの間に結婚に関する悶着《もんちゃく》が生じて、最近は殆んど毎晩のように話し合いを続けていたが、問題の二月五日と二月十日両夜とも、A子さんと二人で神宮外苑《じんぐうがいえん》のベンチで時間を過していた――というのである。

捜査本部はひとまず事情聴取を打ち切り、そのまま亀田を帰宅させた。参考人として任意同行を求めたからには、帰宅を認めるのが当然だったかも知れない。しかし、これがそもそもの運命の岐路であったのだろう。

捜査本部はその日の中《うち》に、引き続いて亀田の愛人A子さん（22）を参考人として呼び、亀田の身辺についていろいろと話を聞いた。A子さんを参考人として呼ぶ事はその数日前から予定されていたのだが、亀田がアリバイを主張したので、A子さんからは重点的にそのアリバイの裏付けに関して話を聞き出した。

その結果――。

A子さんは亀田の言い分を全面的に否定した。二月五日及び二月十日の両夜は勿論、最近はしばらく亀田と逢った事実はなく、二人の間に別にとりたてて言うような悶着はなかった――というのである。

長い間恋愛関係にあり、いわば婚約者である亀田にとって不利な証言を、A子さんが故意にするはずがない。A子さんは事実を事実として述べただけである。

亀田にしてみれば、A子さんがうまく口裏を合わせてくれるものと思い込んでいたのかも知れない。つまり、亀田は虚偽のアリバイを申し立てたのである。では何故に出鱈目《でたらめ》なアリバイ成立を計ったのだろうか。それは彼が真犯人にほかならないからである。

この決定的な事実により、合同捜査本部が亀田克之助逮捕に踏み切った頃、亀田は新橋の例の行きつけのバー「草原」を出て、空っ風が鋭く吹き抜けて行く都電の通りを、浜松町《はままつちょう》から金杉橋《かなすぎばし》へ歩いていた。

人通りは疎《まば》らで、走り交う自動車も帰りを急ぐようにハイスピードであった。相当量のウィスキーが胃袋の中で踊っているらしく、亀田は歩くというよりもむしろ泳いでいた。

一瞬間、自動車の交通が杜絶《とだ》えた時であった。何を考えたか亀田は車道を横断して反対側の歩道へ移った。いや、移ろうとしたのだ。

あと二、三歩で反対側の歩道に足がかかる地点まで来た。もう大丈夫と酔いしびれた彼の知覚が判断したのだろう。前のめりになっていた上半身を起して立ちどまった。その亀田の黒い影と金杉橋方面から走って来た一台の大型トラックが、まるで互いに吸引し合ったように一つになった。本能的にトラックを避けようとしたのか、亀田が高く両手をあげて何か叫び声を発したように思えた——と、その場を目撃した通行人の一人が語っている。

そのまま亀田の軀は約十米《メートル》を引きずられ、トラックがやっと停車した時には、亀田はオーバーを着た人間ではなく、ボロにくるまった一個の物体となっていた。雑巾《ぞうきん》のような衣服の断片とこすりつけたような血痕が、引きずられたアスファルトの路上に残っていた。

〈脳内出血、顔面坐創兼打撲症兼擦過創、頭部剝皮創、右肩胛骨々折、右胸骨部右腰部打撲症、背部擦過創（広範囲）、右掌手背剝皮創、右膝皮膚筋膜欠損〉

これが、救急車で付近の再生会《さいせいかい》病院へ運ばれた亀田に対する診断であった。

そして、駈けつけた捜査本部員達の複雑な視線に見まもられながら、亀田克之助は意識不明のまま息をひきとった。二月の十七日午前零時十八分の事である。

尚《なお》、亀田を轢《ひ》いたトラックは砂利会社の大型で、運転手黒田虎男《くろだとらお》君（25）は酒気をおびての運転であった。

かくて風船玉が割れたような拍子抜けの幕ぎれで、身替り殺人とか、商産省のスパイ騒動とか、冷酷そのものの計画犯罪とか、多くの話題を残した連続殺人事件は終局を迎えた。

犯人が死亡した——これぱかりは他に代りを求めて捜査のやりなおしをするというわけには行かない。三月一日、事後処理を了《お》えた合同捜査本部は迷宮入りの時以上に割りきれない気持で解散した。

「初めて経験したケースだが、憎むべき犯人に同情を禁じ得ない。何か自分で自分の頭を殴っているようなやりきれない気持だ」

と、捜査本部の若い刑事が感想をもらしていたが、確かにこのようなケースは珍しい。

昭和七年の本郷《ほんごう》質屋放火事件では、逃げおくれた犯人もその火事で焼死してしまったが、これは自殺したものとされている。古い話では、大正十一年の芸者置屋の三人殺傷事件の犯人が、逃走中に天竜《てんりゅう》川べりの断崖から墜落して死亡した例があるが、これも災害死とか不慮の事故死とか言いきれないものがある。

外国では、一九五一年、妻君殺しの実業家が乗っていた旅客機が山の中腹に激突、「妻の復讐」などと当時話題になった事がある。

亀田克之助の死——どうせ死刑が窮極ならば、起訴、判決、控訴をくりかえしながら鉄格子の中で生き長らえるよりも、一瞬間の衝撃で意識不明のまま死んでしまった方が幸福だったろう、と言う人もある。また、一日でも生きのびて微《かす》かな希望でも見出すのが人間本来の生き方である、という意見もあった。

だが、災害死と死刑——その間に一体どれだけの差があるだろうか。いずれにしても、亀田克之助という男には死神がとりついていたのかも知れない。

ともあれ、二つの殺人事件の犯人はもうこの世には存在しない。社会的制裁は死者に加えられるべきものではないだろう。われわれには、その生前の如何《いかん》に拘《かかわ》らず死者に対しては同じように冥福を祈る義務がある。

それに——亀田克之助はちゃんと罪の償いをすませているのではないだろうか。死刑台とトラックの下敷き、という手段にこそ違いはあっても——。

(記事担当　児玉《こだま》記者)

以上が犯罪特別レポートの全文だが、やはり読物的に記述してある為、肝腎な過程を省いた結果だけであったりして、疑問や矛盾に充分な説明が欠けている。

そこで次に、補足となる公的資料を、順序を追って借用してみよう。

2

合同捜査本部の求めに応じて、参考人として出頭した細川マミ子から聴取した事情は次の通りである。

――貴女《アナタ》ハ参考人デアルカラ帰宅スル意志ノ表明、マタ質問ニ対スル応答拒否ナドハ自由デアル。

「わかりました」

――貴女ノ本籍ハ。

「長崎県長崎市東琴平《ひがしことひら》町六八です」

――現住地ハ。

「都内品川区二葉町三ノ八五一沢上方」

――職業ハ。

「ありません」

――生年月日及ビ年齢ハ。

「昭和九年十月十日。二十四歳です」

――特別ノ賞罰ノ経歴ハ。

「ありません」

――家族ノ状況ハ。

「両親とも去年の二十一号台風で死亡しましたが、私はもともと生まれて間もなく細川家へ養女として貰われたので、兄弟は一人もありません。また実父母や肉親達とは一度も面接してないので全然知りません。一人ぼっちになってしまったので、人を頼って上京したのです」

――誰ヲ頼ッテ来タノカ。

「鶴飼範夫です」

――貴女ト鶴飼範夫トハ内縁関係ニアッタノカ。

「ありました」

――貴女ト鶴飼範夫トハ、ソモソモ何時頃カラドノヨウナ間柄デアッタノカ。

「鶴飼と私は同郷なんです。そして五年程前二人は同じ処に勤めていました。長崎南郵便局です。父の友人の世話で、非常勤務職員として私が長崎南郵便局に採用されましたが、その貯金課課員で私にいろいろと仕事の指示をしてくれたのが鶴飼でした。一年間はそのままの状態が続いたと記憶してます」

――ソノ頃既ニ貴女ト鶴飼範夫トハ特別ナ関係ニアッタノカ。

「そうです。鶴飼は東京で落着いたら、結婚する為に私を呼ぶと言って上京したのです」

――鶴飼範夫ハ何故東京へ出テ来タノカ。

「あの人も孤児同様の境遇にありましたが、どうせ一人なら東京で暮すと日頃から言ってました。そして国家公務員六級職試験に合格して、商産省採用が決ったのを機会に東京へ出て来たのです」

――貴女ガ鶴飼範夫ヲ頼ッテ上京シテ来タ時、鶴飼ニソレヲ迷惑ガルヨウナ様子ハ見エナカッタカ。

「いいえ。とても喜んでくれました。ただ経済的に二人の生活を安定させる力が鶴飼にはありませんので、その点で鶴飼は苦労したと思います」

――ソコデ全商産労組ノ臨時書記ニナッタ訳カ。

「臨時書記を雇うらしいという話を聞いて、鶴飼が執行委員の亀田さんに相当しつっこく頼んで私を採用して貰ったのです。経済的理由から、手当がつく宿直当番を出来るだけ引き受けて私は殆んど組合書記局に泊りこむようになりました」

──貴女ト鶴飼範夫ノ仲ハ引キ続キ、ウマク行ッテイタカ。

「何かあったとしても、私の方で我慢しますから、喧嘩はありませんでした」

──組合ノ極秘文書ヲ盗ミ出シタノハ誰ノ指示ダッタカ。

「鶴飼の指示です」

──鶴飼範夫ハ更ニ誰カノ指示ヲ受ケテイタノデハナイカ。

「全然気がつきませんでした」

──書記ニ雇ワレタ最初ノ頃カラ鶴飼範夫ハソノヨウニ指図シタノカ。

「そうです。機会があったら言う通りにしろと言われました。悪い事だとは思いましたけれど、その頃はもう軀の変調に気づいていましたし、妊娠すると、鶴飼の言葉にさからう事が急に恐しくなったのです」

──極秘文書事件ガ発覚シタ時ノ鶴飼範夫ノ様子ハドンナデアッタカ。

「何処かへ当分身をかくすと口走っていましたが、その日の夜、私が鶴飼の下宿先へ行った時には、もう姿をかくしてました。その行先さえも書き残してないので、私には潜伏先について見当がつきませんでした」

──妻同然ノ貴女ニ全ク知ラセテ行カナイトイウノハ非常識ダガ。

「あの人には、そういう身勝手さがありました。黙って姿を消すなんて、まだいい方で、ほとぼりがさめたら亀田さんに頼んで組合に話をつけて貰い、何処か地方へ転勤するつもりだ、なんて厚かましい事を言ってました」

――鶴飼範夫ト亀田克之助トハ親シイ友達ダッタトイウガ、鶴飼ハ平気デ亀田ヲ裏切ルツモリダッタノカ。

「鶴飼はあまり人には好かれませんが、亀田さんだけは不思議なくらいに親切にしてくれました。鶴飼はその亀田さんを裏切るだけではなく、後の身のふり方さえ頼むつもりだったのです。そういう自意識過剰から来る甘さ身勝手さを、鶴飼は多分に持ってました」

――貴女ガ自殺ヲ計ッタノハ、ソノ様ナ事情カラダト思ウガ、少シ早計過ギタ感ジダガ？

「はい。その後、沢上の小父《おじ》さんからも、すぐ死のうとする考え方を改めなさい、と叱られました。でも、あの時の絶望感や、衝動的な自殺行為は当人の私以外には理解出来ないものだと思います。確かに鶴飼が死んでしまったわけではなし、また私が捨てられたとも限ってませんでした。その後、鶴飼から何か連絡があったかも知れません。でもあの時の私の気持は、ほんとに一人ぼっち……孤独というものでしょうか。夜の雑踏《ざっとう》の中を歩いていながら、傍を通り過ぎて行く多勢《おおぜい》の人達の楽しそうな会話を聞きながら、私はなお井戸の底に取り残されたような寂しさ心細さを感じていたのです。両親を一度に失ってから安定した地面の上にいるような気がしない毎日でしたが、全商産のスパイ騒動で裏切者と呼ばれてから、常に誰かの白い眼が自分の背中を射ているような罪の意識とでもいうのでしょうか……そんな気持で寂しかったんです。そして鶴飼の失踪を聞いて……もう何もかも駄目だと思いました。明日から何処で寝て、どうやって食べて、いいえ、何よりも強く私の胸を締めつけたのは、お腹の子の事でした。お腹の子、と思った時には私は発狂寸前のような気がしました」

——死ヌ覚悟ダッタラ何デモ出来タハズダ。何故モット積極的ニ鶴飼範夫ノ行先ヲ探ソウト考エナカッタカ。

「そんな気力はとてもありませんでした。せめて見当だけでもついたならば、這《は》いずって行ったでしょうけれど」

——ソンナ鶴飼範夫ノ仕打チヲ貴女ハ憎マナカッタカ。

「憎みもしましたし恨みもしました。でも、鶴飼が眼の前に現われてくれたら、私はきっと何も言わずに嬉し泣きしたでしょう。女は妊娠すると、何よりもその子の父親を必要とするのだと思います」

——鶴飼範夫ガ殺サレタ事ニツイテ貴女ハドウ思ウカ。

「あの人は確かに悪い事をしました。多勢の人に迷惑をかけたスパイです。でもそれは、

〈死〉によって償わなければならない程の大きな罪だとは思いません。殺してしまうなんて酷過《ひどす》ぎる、って私は犯人を恨んで泣きました」

——貴女ヲ引キ取ッタ沢上七郎トハドンナ関係ニアルカ。

「沢上の小父さんは私の養父の親友でした。私の養父は長崎でずっと教師をしてましたが、青年時代に沢上の小父さんと同じ学校で教鞭《きょうべん》をとった事があるそうで、沢上の小父さんは間もなく先生をやめたのですけど、その後も交際だけは続けていました。私も子供の時に沢上の小父さんに抱かれたりした記憶が微《かす》かに残ってます。沢上の小父さんが東京へ行ってしまってからも、養父はいつも懐《なつか》しがっていた様子で、年賀状などは毎年交換していたらしいです」

——沢上宅ニ引キ取ラレテカラ貴女ハ何ヲシテイタノカ。

「奥さんの手伝いをしたり、貝塚さんや二階堂さんの仕事に手を出してみたり、後はぶらぶら遊んでいました」

——貴女ハ二月五日、ツマリ鶴飼範夫ガ殺サレタ夜ハ何処デ誰ト何ヲシテイタカ。

「何をしていたか詳しい事は今ちょっと思い出せませんが、新潟県の長岡市内に貝塚さんと二人で滞在してました」

——新潟県長岡市内ノ何処ニイタノカ。

「長岡市神明町にある〈眼〉社の特別出張店に居りました」

――何ノ目的デ何ヲシニ其処《ソコ》へ行ッタノカ。

「私は貝塚さんの出張にくっついて行ったのです。貝塚さんの出張の目的は、今度カメラ雑誌〈眼〉が一年間のシリーズとして始めた〈雪月花をテーマとした郷土〉という全国公募の写真コンクールがあるんですけど、その第一回は〈雪〉で、これは東北と北陸から主に応募があって長岡市の〈眼〉社特別出張店に二千点以上の作品が寄せられました。其処へ出張してそれらの作品の現像焼付引伸しをするのが、貝塚さんの出張目的で仕事なんです」

――貴女ハ何ノ為ニ貝塚ニ同行シタノカ。

「いろいろと怖い事がありましたし、沢上の小父さんが避難と気分転換を兼ねて旅行して来なさいとすすめて下さったし、貝塚さんもカンヅメ状態で仕事をしなければならないので、助手兼女中さんとして来てくれれば大助りだと言うから、一緒に行く事にしました」

――怖イ事トカ避難トカ言ッタガ、ソレハ一体ドウイウ意味カ。

「それについてはあまり言いたくないのですけど」

――応答拒否ハ自由ダガ、重大ナ手掛リトナル場合ガアルカラ出来ルダケ聞カセテ欲シイガ。

「人を傷つけるような結果になるかも知れない事なんです」

――捜査本部ハ参考人ノ秘密ヲ厳守スルシ、貴女ニ迷惑ノカカラナイヨウニ処置スル。

「では、お話しします。実はちょっと脅迫じみた電話が沢上さんの家へかかって来た事があるんです」

――何月何日ノ事カ。

「一月十九日でした」

――貴女ガ沢上宅へ引キ取ラレテカラ何日後カ。

「沢上の小父さんに連れられてあの家へ行ったのが一月十五日ですから、四日目という事になります」

――ソノ四日間ニ貴方ガ沢上宅ニ居住シテイル事ヲ知ッタ者ハ誰ダッタカ。

「沢上さんの家に住んでいる人達と、新橋民生病院でいろいろお世話下さったお医者さん以外に、私が沢上家にいる事を知っている人はいないはずです。私が教えなければならない人もいませんし……でも、偶然に逢ってしまった人は居ります」

――何日誰ト逢ッタカ。

「それを、言いたくないんです」

――是非言ッテ、欲シイ。

「それは、亀田さんです」

——全商産労組執行委員デ鶴飼範夫ノ親友デアル亀田克之助ノ事カ。

「そうです」

——何月何日ノ何時頃ニ逢ッタノカ。

「一月十八日の午後七時頃です」

——何処デ逢ッタノカ。

「沢上さんの家のすぐ近くでした。門の前の道路から少し広い通りへ出る四つ角です。声をかけられて顔を上げると、亀田さんなのです。私は大井町《おおいまち》駅前まで買物に行った帰りでした」

——亀田ハ何ノ用ガアッテ、ソンナ処ヲ歩イテイタノカ貴女ハ尋ネタカ。

「いいえ、訊きませんでした」

——貴女ト亀田ハドンナ話ヲシタノカ。マタ、ソノ時ノ様子ヲ訊キタイ。

「だいたい、こんな会話を交したように記憶してます。

（奇遇だね。このあたりに雲がくれしていたのか。どうしたかと思って心配はしていたんだけど）

（鶴飼の行方、わかったでしょうか？）

（知らんね）

（亀田さんだけには連絡するだろうと思ってたわ）

（セミ女房の君にさえ何も言って行かない男だもの）

（お願い、知っているならば教えて）

（僕の方こそ君に訊きたいね。あいつに言ってやりたい事があるんだ。ところで、君は今何処に住んでいるんだ。働いているのか）

（言う必要ありませんわ）

（君はそんな口をきける義理か）

私は何だか恐しくなったので、そのまま足早に歩き出しました。すると、亀田さんは私について来ました。沢上さんの家の門を入ろうとすると、

（へえ、この家にいるのか）

と亀田さんは言いました。

（あのガレージの二階にいます。鶴飼の居所がわかったら知らせて下さいね）

と私が言うと、亀田さんはニコッと笑って、さよなら、と立ち去りました」

――ソノ次ノ日ニ脅迫ジミタ電話ガカカッテ来タノカ。

「そうです。貝塚さんが最初に電話に出たらしく、貝塚さんが私を呼びに来てくれたんで

す」

――時間ハ何時頃ダッタカ。

「夜の九時を過ぎていました」

――電話ノ声ハ亀田ノ声ダト思ウカ。

「似ていましたが、そうだとは言いきれません」

――電話ノ内容ハドンナ事デアッタカ。

「（鶴飼に逢いたかったら、明日正午に上野《うえの》駅の待合室に一人で来なさい。この機会を逃せば鶴飼とは逢えなくなるでしょう）これだけで電話は切れました」

――貴女ハソノ言葉ニ応ジテ上野駅へ行ッタカ。

「鶴飼に逢いたい一心で、怖い気もしましたが、二十日の正午に上野駅の待合室に行きました。鶴飼に逢う事を沢上の小父さんが嫌がるので、結婚している小学校時代の友達が浅草《あさくさ》にいるから逢いに行ってくると言って家を出ました」

――上野駅ニ鶴飼ハ来ナカッタト思ウガ？

「はい、来ませんでした。私は夜の十二時まで待ち続けました。必死だった私は、来ないとわかってもどうしてもあきらめられませんでした。もしかすると電話の聞き違いで、二十一日の正午だったのかも知れない、と私は微かな希望を持って、その晩は駅付近の安宿に泊り、次の日の正午にまた待合室へ行く事にしました。沢上の小父さんには、遅くなってしまったから、その友達の家に泊る、と電話連絡しておきました。でも、翌日も鶴飼は現われませんでした。夜八時になって、やっと重い腰を上げ、無理やりに帰って来たのです」

——ソノ電話ヲドウ思ウカ。

「最初は、私の居所を知った亀田さんが組合の皆さんに喋り、バーで飲んでいる中《うち》に誰かが酔った勢いで、イヤガラセの電話をかけて来たのに、私がマンマとひっかかったのだと思ってました。でも、鶴飼があんな事になってみると、半分位は真面目な電話だったのかも知れません」

——貴女ハソノ後亀田ノ姿ヲ見カケタ事ハナイカ。

「一度もありません。その後、私がすっかり憂鬱になってしまったので、沢上の小父さんが心配して、貝塚さんと一緒に長岡へ行って来なさいとすすめてくれました」

——ソノ旅行ハイツカライツマデ行ッテイタノカ。マタ、ソノ間ハズット長岡ニ滞在シテイタノカ。

「一月三十日に出発して、帰京したのは二月九日です。長岡へ直行して、帰りも長岡から真直ぐ帰って来ました」

――旅行ハ貝塚ト貴女ト二人ダケデアッタノカ。

「そうです」

――二人ハ終始一緒ダッタノカ。

「離れた事はありません。ああ一日だけ別々だった日がありました」

――ソレハ何月何日デ、何故別々ダッタノカ。

「二月四日でした。私が湯沢《ゆざわ》温泉へ一泊しに行ったのです。寒い土地だし、息抜きに湯沢温泉にでも行って来たらと貝塚さんに言われたので、あまり気乗りはしなかったけど行って来ました」

――ソレハ非常ニ重大ナ点ダカラ日時ヲ詳細ニ言ッテ欲シイ。

「二月四日の午後から出掛けて湯沢に一泊して、次の日の二月五日のお昼頃長岡の貝塚さんの処に戻りました」

――スルト、二月五日ノ夜ハ長岡ニ貝塚ト一緒ニイタノカ。

「そうです。二月四日の午後から二月五日の午前中、この二十四時間だけ私は貝塚さんと別々だったのです」

――貝塚ハ、貴女ガ出掛ケタ時刻ト帰ッタ時刻ヲ確認シテイルカ。

「勿論です。出掛ける時も見送ってくれたし、帰った時も迎えてくれました」

――貴女ハ旅行カラ帰ッテ来テ初メテ鶴飼ノ死ヲ知ッタノカ。

「そうです。奥さんが新聞を見せてくれたのです。夢中で元の下宿先へ駈けつけてみると、恰度《ちょうど》その日がお葬式だったのです。驚きの方が悲しみより大きくて、ただ唖然としてました。何か他人事のような気がして、自分は鶴飼の妻なんだと強いて泣こうとしても涙が全然出て来ませんでした」

――貴女ハ直観的ニ、誰ガ殺シタノダト感ジナカッタカ。

「誰だとはわかりませんでしたが、あのスパイ事件の復讐として殺されたのだ、と思い当りました」

――ソレ以外ニ鶴飼ガ殺サレル原因ヲ知ラナイトイウワケカ。

「知らない、ではなくて、ないんです」

――貴女ハ二階堂悦子ト知リ合ッタノハイツカ。

「沢上の小父さんに引き取られた日からでした」

――貴女ト二階堂トハウマク行ッテイタカ。

「うまく行く行かない、っていう間柄じゃありません。同居したと言っても実際に一緒にいた日数は僅かですから、まだ遠慮が先にたつ知り合いでした。清潔で無口でアッサリしていて、とてもいい人でしたわ」

――二階堂ハ睡眠薬ヲ飲ム習慣デアッタカ。

「さあ。薬を飲まなくては眠られないっていうような事はなかったと思います。寝つきが悪いって言ってましたけど。でも、時々は睡眠薬を飲んでたのでしょうね」

――二階堂ガ殺サレタ事ヲ貴女ハドウ考エルカ。

「私の身替りに殺されたなんて新聞にありましたから、何だか私が殺したのも同然みたいな気がして辛いです。でも鶴飼が殺されて、今度はきっと私の番だったんです。そうとしか考えられません」

――二階堂事件当夜、貴女達ハ何処デ何ヲシテイタカ。

「夕食後、沢上夫妻と貝塚さん二階堂さん、それに私の、つまりあの家に住む者全員でテレビを見ながら雑談してました。二階堂さんは八時頃すごく眠いからお先にって席をはずしてガレージへ戻って行きました。私は十時前になって席を立ちました。旅行から帰って来たまま母屋に置いてあった私の荷物を持って行ってやろうと貝塚さんも立ち上り、沢上の小父さんも門を閉めに行くからと言って、結局三人で玄関を出ました。ガレージに着いて階段を上りきったところで貝塚さんから荷物を受取り、階段の下にいた沢上の小父さんにオヤスミナサイと言って私は部屋の中へ入りました。ドアはきちんと閉じてありましたが、部屋へ入ってから私は鍵をかけて、ストーブに石炭を投げ込みました。ストーブはごうごうと音をたてて、おまけにスコップを落して大きな音を響かせてしまったので、〈ごめんなさい、眼がさめてしまったかしら〉って声をかけました。でも返事がないので熟睡しているんだなと思いながら、その辺を取り片付けて、そしてベッドとの境いのカーテンをあけたんです」

――死ンデイルトスグニ判ッタカ。

「はい。後頭部をこっちに向けていたし、俯伏した背中のあたりが少しも動いてないので、一眼《ひとめ》で死体だと判りました」

――死体ニ触レタカ。

「いいえ。ハッとした瞬間に二階堂さんの折り曲げていた腕がグラッと動いたので、思わずギャアって大声で叫びながら坐り込んでしまいました。そのまま動く事も出来ずに、後の事はよく憶えていません」

（ココデ参考人ハ軽イ貧血ヲオコシ、為ニ暫時中断シテ休息サセル）

――貴女ハイツモ部屋ノ中カラ鍵ヲカケル習慣ナノカ。

「習慣というより命令なんです。母屋から離れた処に若い女だけなのだから、眠る前には必らず鍵をかけるように、沢上の小父さんからうるさい程言われてましたから」

――貝塚達ガドアヲ外カラタタイテイルノニ何故ドアヲ開ケナカッタノカ。

「ドアの外で騒いでいるなとボンヤリ思ってましたけど、頭の中はしびれてしまったように意識がまとまりませんし、腰が抜けたのか軀が少しも自由にならなかったんです」

――二階堂ガ着テイタ寝巻ハ貴女ノモノカ。

「そうです」

――二階堂ハ何故貴女ノ寝巻ヲ着テイタノカ。

「その日の午後、二枚とも洗っちゃって代りがないと言ってましたので、当分貸しますって渡したんです」

――アノ寝巻ガ貴女ノモノダト熟知シテイルノハ誰ダト思ウカ。

「沢上の奥さんは知っているでしょう。それ以外では鶴飼と……もしかしたら亀田さんも見覚えがあるでしょう。去年でしたが、夜おそくなって鶴飼は亀田さんを連れて下宿へ戻って来ました。牛肉とお酒をさげて。その時私は、あの寝巻の上から羽織をひっかけた恰《かっ》好《こう》で一晩中応対していた記憶があります」

――二階堂ガ殺サレテイル部屋へ入ッタ時、貴女ハ眼ニ見エル物カ臭気ヤ音デ常ト変ッタ事ニ気ガツカナカッタカ。

「さあ……別に何も気がつかなかったから、何も変った事はなかったのだと思います」

――二階堂ガ殺サレタ時刻ト、貴女が部屋へ戻ッタ時刻トガ殆ンド一致スルノダガ、コノ点ドウ考エルカ。

「犯人が逃げたのと、一足違いだったのでしょう。でも階段は一箇所だし、ガレージの出口も一方だけだから、一足違いなら犯人と私達は鉢合わせするはずです。……犯人が門の外へ逃れ出たのと、私達が玄関を出たのとが一足違いだったのではないでしょうか」

――コレハ貴女ノ話ニ基イテ作ッタ貴女ノ行動表ダガ、間違イナイカ確認シテ欲シイ。

一月十四日＝全商産労組臨時書記ヲ解雇。鶴飼姿ヲ隠ス。自殺ヲ計リ、新橋民生病院へ入院。

一月十五日＝沢上七郎ニ引キ取ラレ、病院カラ沢上宅へ移ル。

一月十八日＝亀田克之助ト偶然逢イ、沢上宅ニ居住スル事ヲ知ラレル。

一月十九日＝脅迫ジミタ電話ガアッタ。

一月二十日＝電話ノ呼出シニ応ジテ、上野駅へ行キ、ソノ晩ハ付近ノ旅館ニ泊ッタ。

一月二十一日＝引続キ上野駅デ鶴飼ヲ待ッタガ、夜アキラメテ沢上宅へ帰ル。

一月三十日＝貝塚哲太郎ニ同行、新潟県長岡市ニ行ク。以後二月八日マデ引続キ長岡市ニ滞在シタ。ソノ間、二月四日ノ午後カラ二月五日ノ午前中ニ限リ、単独デ湯沢温泉ニイタ。（二月五日夜ニ鶴飼殺害サレル）

二月九日＝長岡市ヨリ帰京。鶴飼ノ葬式ニ駈ケツケタ。

二月十日＝（二階堂悦子殺害サレル）

「間違いありません。確認します」

――最後ニ訊クガ、今後貴女ハドウスルツモリカ。

「子供だけを張合いに生きて行きます。沢上家の養女になるか郷里に帰るかでしょうが」

3

合同捜査本部の求めに応じて、参考人として出頭した沢上七郎から聴取した事情は次の通りである。

――前略

――貴方《アナタ》ト細川マミ子トノ関係ハドウイウモノカ。

「親友の娘ですよ。私から言えばね。マミ子の方から言えば父親の親友です。まだ郷里の長崎にいる頃、学生時代からの親友で、一時は家族同様に私は細川家へ出入りしてましたよ。マミ子は赤ン坊の時から顔馴染というわけでしょう」

――細川ガ自殺ヲ計ッタ事実ヲ貴方ハドウシテ知ッタカ。

「新聞ですよ。小さな記事だったが見馴れた名前ですからすぐ眼に入った。しかしマミ子が東京にいるとは思ってなかったし、同姓同名で同年齢の娘だっているだろうと最初は思ったんですが、どうにも気になって仕方がない。それで一先ず新橋民生病院に寄ってみたんです。すると少女時代の面影がそっくり残っている、マミ子に違いない。驚いたの何のって……暗い顔をしていたマミ子も私を見て誰だか判ると泣き出しましてねえ。嬉し泣きだったんですよ。担当の医師がすぐ〈妊娠してますよ〉って教えてくれましたから、自殺の動機は凡《およ》その察しがつきました。そこで私はその場で家内に電話をして相談すると、家内も是非引き取りたいと言うので、そのようにしたんです」

——細川カラ一切ノ事情ヲ聞イタカ。

「ええ。二日ばかりしてから気持が落着いたのかいろいろと話してくれました。家内も自殺しようとしたのも無理はないと同情しましたが、私どもには子供がないし、マミ子を養女にしたらと今では本気で考えてます」

——細川カラ事情ヲ聞イテ貴方ハドウ思ッタカ。

「昔はどうも少しオットリし過ぎているなんて父親が言ってましたが、昨年からの苦労の連続のせいか、神経質で陰気な娘に変ってしまいました。しかし、やっぱり南国の乙女なんですな。根性は相当激しく情熱的です。私は家へ連れて来てから極力マミ子の記憶から鶴飼という男を拭い取ろうと努めてみましたが、無駄でした。……鶴飼という奴は男の風上に置けんやつですな。スパイ事件そのものがそもそも男子のやる事ではないが、その手先に女を使って、しかもその女を妊《はら》ませておいて弱味につけ込み道具にする。その上、都合が悪くなると、女房同然のマミ子を捨ててドロンをきめこむ。どうも話になりません。キタナイの一語につきますよ。スパイ事件がなかったとしても、鶴飼はマミ子をどう仕様もなくて、食わせる事は勿論出来ないし、妊娠しているマミ子をそのまま臨時書記として働かし続けるつもりだったのに違いありません。そんな男の何処がいいのか、マミ子も馬鹿な女です。……鶴飼が殺された事に私は指先程の同情も感じませんね。死んじまった方がいい男ですよ。マミ子もやがては新生活を発見するだろうし、私はホッとさえしました」

——貴方ハ細川ガ脅迫的ナ電話ヲ受ケタ事ヲ知ッテイタカ。

「その時は知りませんでした。小学校時代の友達に逢いに浅草へ行くと言って出掛けたマミ子は、一泊して帰って来てから、実はこんな電話に誘われて上野へ行ったのだと話しました。その時私は大分強く叱りましたがね」

——貴方ノ家ニイル貝塚哲太郎ト死ンダ二階堂悦子ニ就イテ訊キタイ。

「貝塚は私の先輩の息子で〈眼〉社のカメラマンの一人です。下宿先で適当な処がないと言うんで、それなら今度引越した家は夫婦二人きりには広過ぎるから私の処へ来い、と一年ばかり前から用心棒兼居候で住んでいるんです。二階堂は〈眼〉社の編集部員、つまり私の部下だったんですが、これも私の家へ遊びに来た際、あのガレージの二階が素晴しいから貸してくれと言い出しましてね。えらい惚れ込みようなんで、私も車は持ってないし、どうせ使ってないガレージだからと好きなようにさせたんです。まさかこんな事になるとは予想もしませんでしたからねえ。壁も床もコンクリートがむき出しなので、床だけには板を張り、それに鉄製ベッドのありあわせと、冷え込みが厳しいだろうと思って、大型の鉄製の古ストーブを揃えてやりました。これは昨年十二月の初旬だったと思います。社員二人が居候してますと、私としても仕事の上で好都合な事がいろいろある、と喜んでいたのですが……」

――二人ノ日常生活態度ト交友関係ニ就イテ訊キタイ。

「一言で言えば、二人とも真面目です。居候ともなれば生活に制約を受けざるを得ないでしょうし、社への往復もたいていは私と一緒なので動きがとれないのかも知れませんが。貝塚は芸術家タイプの男でしてね。酒飲みで情にもろいですよ。独身主義だと威張っていながら女にすぐ惚れます。しかし仕事に対する惚れっぷりも見事でしてね。明治時代に生まれてくるべきだったと私は常々言ってやるんですが、昭和の青年とは思えない豊かな人間性を持った男です。二階堂は女の陸上選手みたいな外見ですが、妙な表現をすれば男性的な娘でしたね。油絵がとても好きでしてねえ。変っているという評判でしたが、私などに言わせれば、〈えっ？〉と思わず驚くような事は少しもしない海の底みたいな娘でしたよ。孤独な性格でその孤独を楽しんでいるといった感じでした。無口で人交際《ひとづきあい》は一切しませんでした。恋愛など無縁のものと超然としていてね、他人の事をとやかく言わないし、他人からも何も言われないように生きている……まあ本当の意味での自由主義者でしょうなあ」

——細川ヲ二階堂ト同室ニ置イタノハ貴方ノ指示ニヨルモノカ。

「いやいや。二階堂も人間嫌いだし、母屋に余分な部屋があるんだし、私も家内も母屋に住むよう言ったのですが、マミ子が遠慮してガレージがいいと言い張りましてね。だが後になっていろいろと訊いてみると、最初の中《うち》は遠慮だったらしいが、私の家へ来て間もなく亀田という男に逢って、鶴飼と連絡がとれたらこのガレージの二階にいると伝えてくれるよう頼んだらしいのです。その為に、鶴飼なんかに逢うなと言う私がいる母屋より、ガレージにいた方が好都合だと考えたらしいですよ」

——細川ガ貝塚ト新潟県長岡市ニ滞在シテイタ期間ト、何故細川ヲ貝塚ニ同行サセタノカ理由ヲ訊キタイ。

「理由っていう程の事はありませんなあ。貝塚が社用で出張する、マミ子ももう少したてば軀の都合で旅行も出来なくなるし、鶴飼を忘れる気分転換にもなろう。では貝塚と一緒に温泉へ寄りながら行って来なさい、とすすめたんですよ。期間は一月三十日から二月九日までだったと思います」

――細川ガ湯沢温泉へ行ッタ事ヲ貴方ハ知ッテイルカ。

「知ってますとも。私が湯沢へ寄ってみなさいと言ったのだし、湯沢温泉みやげもありましたからね」

――二階堂ガ殺サレタ当時、貴方達ハ何処デ何ヲシテイタカ。

「ダイニングルームでテレビを見てました。二階堂だけが早く引きあげましたが、マミ子は十時頃ガレージへ戻りましたよ。貝塚と私もマミ子と一緒に玄関を出たんです。私はついでに門を閉めようと思ったもんでね」

――貴方ハ細川ノ悲鳴ヲ耳ニシタカ。

「聞きました。凄い声でしたよ。何かあったなと直感して、玄関の傘立ての中に木剣が差し込んであったっけ……などと妙な事をチラッと頭の中で思い浮かべながら、貝塚と競争みたいにガレージへ引き返してドアに体当りしました」

――貴方ガ部屋へ入ッタ時、眼ニ見エル物カ臭気ヤ音カ、何カ変ッタ事ハナカッタカ。

「そうですね。気がついたものはなかったですよ」

――窓ハドウナッテイタカ。

「しまってました。尤《もっと》もあの窓は格子がある上に、虫よけの金網が張ってありますから、ガラス窓があいていても変りはありません。要するに常にしまっている窓とでも言うべきでしょう」

――死体ヲ発見後、貴方ト貝塚ト細川ハドウシタカ。

「マミ子は完全に腰を抜かして肩で息をするのがやっとのようでしたから、貝塚にしっかり見護《みまも》っているように言いつけて、私は母屋へ戻って一一〇番にダイヤルして家内に大急ぎで事情を告げると、またすぐガレージへ引き返しました。真蒼《まっさお》な顔をした貝塚がマミ子の肩を抱いてすくんでいましたよ。ものの五分もしない中《うち》に一番目のパトロールカーが到着したんです」

――貴方ハ二階堂ガ殺サレタ事ニ就イテ何カ心当リハナイカ。

「怨恨、痴情、金銭、全て二階堂には縁のない事ばかりだし、まあ心当りは零《ゼロ》と言ってもいい位ですよ」

――最後ニ訊クガ、貝塚ト二階堂、マタハ貝塚ト細川トノ間ニソレゾレ特殊感情ハナカッタダロウカ。

「勿論ありませんよ。貝塚と二階堂はお互いに問題にしてなかったし、貝塚とマミ子の場合にしても、マミ子の胸の中は鶴飼で一杯だろうし、貝塚も男として生理的に、妊娠中の女には特殊感情を持てないんじゃありませんかね」

合同捜査本部の求めに応じて、沢上七郎の妻雅代《まさよ》が提供した参考事情は次の通りである。

——貴女ハ夫ガ細川マミ子ヲ引キ取ル事ニ心カラ同意シタカ。

「しました。私の方から是非とすすめた位です。出来る事なら、娘にしたい、と思いました」

——事件当時、二階堂悦子ガ着テイタ寝巻ハ誰ノモノカ。

「マミ子の物でした。赤地に黒のチェックのネルの寝巻です」

——二階堂ガ何故細川ノ寝巻ヲ着テイタノカ貴女ハ知ッテイルカ。

「一緒に寝起きしている女同士ですから、片方の都合で片方が貸す事だってあるでしょうね。二階堂さんが洗濯してしまって着換がないから貸したとか何とか言ってましたが、成程二階堂さんは綺麗好きでして毎晩のように洗濯してますし、事件後裏の物干場に二階堂さんの寝巻が二枚干してあるのに気がつきました」

――貴女ハ最近、自宅付近ヲウロツク男ヲ二度見カケタソウダガ、ソノ日時ハイツダッタカ。

「一度目は一月二十一日の夜でした。八時頃だったと思いますが、私は勝手口から裏木戸の外にあるゴミ箱へゴミを捨てに行ったのです。ひょいと見ると門の前に人が立っているのです。お客様かしらと思いましたが、その男は門の中へ入る気配はないし、泥棒にしては堂々とし過ぎると考えながら、私はしばらく立って見ていました。男は上向き加減でしたからガレージの二階を見ていたんです。三分から四分してそのまま通りの方へ去って行きました」

――二度目ハ。

「二度目は二階堂さんが殺される前の日の二月九日です。これは昼間でした。玄関の前あたりを掃除しながら、眼の端をチラッとかすめたものがあるので顔を上げますと、男の人が門をさっと離れるのと同時でした。その様子が今まで門の前に立ってこちらを見ていたのだという感じでした。一度目は夜ですし、二度目は一瞬間でしたから、顔はとてもわかりません。でも背丈は一米《メートル》六十糎《センチ》位で服装は黒っぽいオーバーを着ていて、多分二度とも同一人物だろうと思ってます」

――最後ニ訊キタイガ、事件当夜テレビヲ見終ッテ、沢上ト細川ト貝塚ガ母屋ヲ出テカラ細川ノ叫ビ声ガ聞コエルマデノ時間ハドノ位ダッタカ。マタ、ソノ叫ビ声ハ細川ノ声ニ違イナカッタカ。

「時間は多分十分位だったと思います。それから叫び声はマミ子の声に間違いありません。ガレージと母屋は離れているし、私が聞いた叫び声はそれ程大きくはありませんが、声の主を聞きわけるには、すぐ近くより少し遠くで聞いた方が正確だと思います」

合同捜査本部の求めに応じて、新橋民生病院医師片桐《かたぎり》修平《しゅうへい》が提供した参考事情は次の通りである。

――細川マミ子ガ病院へ運ビ込マレタ時ノ状況カラ言ッテ、ソノ自殺ハ狂言ト思ワレナカッタカ。

「さあ、そういう判定は非常に微妙なものですからねえ。しかし私の判断では、狂言自殺ではありません。睡眠薬は二種類のものを混合して多量に飲んで居ります。むしろ多量に飲み過ぎたと言えましょう。睡眠薬自殺は最も成功率が低いですよ。その致死量がむずかしいんですね。但し、あの場合は発見されなかったら凍死したでしょう。また応急処置がおくれればどうなったかわかりません」

――細川ガ妊娠シテイル事ヲドウシテ知ッタカ。

「勿論本人は一言も言いませんでした。しかし私達の当然の仕事として、入院患者が入院する直接の原因となったその部分だけではなく、軀全体について、患者の意志に拘らず精密に診察致します。従って、細川マミ子の場合も、その診察により妊娠している事がわかったのです。一人の自殺ではなく母子心中だぞと叱ったのですが、その妊娠という事実から考えても、狂言自殺を計ったとは思えません」

4

合同捜査本部の求めに応じて、参考人として出頭した貝塚哲太郎から聴取した事情は次の通りである。

――前略

――貴方ガ新潟県長岡市へ行ッタノハ何月何日カラ何月何日マデデ、ソノ目的ハドンナ事デアッタカ。

「一月三十日に行って二月九日に帰って来ました。目的の仕事は、応募して来た作品を現像焼付して審査水準以上のものを東京本社へ送る事です」

――モット具体的ニ訊キタイ。

「募集写真は本来ならば東京本社で受付けるのですが、今度は恰度その他にもセミプロ級の為の〈眼〉賞コンクールがあって応募作品がぶつかってしまうし、整理上いろいろと支障があるのです。それに片方の〈雪〉をテーマとした作品の応募範囲は、東北北陸地方に殆んど重点がかかるだろうというので、そっちの募集は長岡市の特別出張店を応募受付場所にしたわけです。それからですね、写真作品はだいたい完成されたものを募集するのが普通ですが、〈雪月花〉シリーズの場合は著作権の関係でネガフィルムを送って貰う募集規定なんです。私が長岡市に出張したのは、そのネガを現像焼付してみて、一応審査の対象となり得るかを主に写真技術の面から区別する。そして可とした作品は規定の判に引伸ばして、二日分ずつまとめて東京本社へ郵送し、不可としたもののネガは直ちに応募者に返送する。これを仕事とする為です。審査員の先生方の都合もありましたので、そのような手段をとって特急で作品整理をしなければならなかったわけです」

――ソレ等ノ仕事ハ全テソノ特別出張店デヤッタノカ。

「そうです。その特別出張店は長岡市の神明町という処にある元写真屋の家なのです。これは〈眼〉社の社長が以前長岡市に滞在した時に、何かの話から買い取って貰えないかと依頼されて、社長個人で金を出して設備一切ついたまま買い取ったものなのです。地上一階地下一階のモルタル建築ですが、この地下室というのが実に理想的に出来てましてね。つまり日夜を問わず日光や騒音やホコリから遮断された密室というわけです。私のようなカメラマニアにはもって来いの仕事場でした。地上一階がいわゆる事務所になっているのですが、此処には誰も人はいません。応募作品とか通信は全部長岡郵便局の私書箱宛という事になって居りますし、特別の場合だけ利用する出張店ですから事務所や事務員は必要としないわけです。さて例の地下室の方ですが、暗室と仕事場、シャワー付きの洗面所とトイレ、小食堂とキッチン、小さな事務室と二つの寝室、これだけが揃っているんですから素晴しい。それに、引伸器やヘロタイプ、水洗器やカッター、また原液棚もヒーターも温度計も、とにかく設備は最高級揃いなんです」

――長岡市ニ滞在中貴方ハ細川マミ子ト終始一緒デアッタカ。

「ええ、一緒でしたよ。細川さんはいろいろな意味でしばらく東京を離れた方がいいのではないか、と沢上さんも言われたし、温泉も近くにあるから軀《からだ》に影響のない雑用をしてくれる事を兼ねて一緒に行ったらどうだという話になりましてね。私もそうなれば雑用に追われずにすむから助かるし、是非一緒に行こうとすすめました。実際に細川さんのおかげで大助かりでした。特に男にとって頭痛の種である三度の食事と洗濯。これを自分でやると一日最低五時間はロスになります。そうかと言って着たきり雀でテンヤものばかりというわけにもいかないし。その点細川さんには全く感謝しました。三度の食事は彼女が一度も欠かさずやってくれましたし、下着類の洗濯までさっさとすませてしまうんです。それから二日に一度の郵便局通い、応募者の氏名を控える事、ネガの返送の仕事、掃除や部屋の整理などを、当り前のようにやってくれるんですよ。彼女は典型的な世話女房になりますね」

――細川ガ一泊マル二十四時間貴方カラ離レタ事ガアッタ筈ダガ。

「ええ、湯沢温泉へ出掛けた時の事でしょう。沢上さんからも閑《ひま》そうだったら温泉へでも行かせるように言われてましたし、湯沢へでも行って来なさいとすすめたんです。しかし最初の内細川さんは、貴方が働きづくめなのに、温泉になんかにのんびりつかっていては申訳ないと言って遠慮してました。今時貴重な存在ですよ、ああいう娘は……。それでもやっと、一泊だけして来ますと承知して湯沢へ出掛けて行きました。嬉しい事には、彼女がいない間も私が困らないようにと二食分の食事を用意して、いつでも私が食べられるようにして出掛けました」

――ソレハ何月何日ノ事カ、慎重ニ考エテ間違イノナイヨウ答エテ欲シイ。

「二月四日の午後から出掛けて、五日の昼過ぎに帰って来ましたよ、彼女は」

――五日ノ昼過ギニ帰ッテ来タ事ハ絶対ニ間違イナイカ。

「絶対間違いありません。もっと正確な時刻を言いますとね。出発の四日の場合は午後一時頃に出張店を出て行きました。これは私が時刻表を調べて、長岡発十三時五十一分の列車が恰度よかろうという事になったからですよ。帰って来たのは五日の二時半頃です。これは長岡着十三時五十九分の急行『佐渡』に乗って来たんです。この急行は湯沢駅にも停車しますし、細川さんも急行に乗って来たと言ってました。とにかく、四日の午後一時頃から五日の午後二時半頃まで、彼女は私と別行動をとった事に間違いないですよ」

――細川ガ湯沢カラ帰ッテ来タ直後ノ様子ヲ訊キタイ。

「別にこれと言って変った事はありません。

(遊んで来ちゃってすいません)

と細川さんは言いました。それから二人で屋上へ出ました。屋上と言っても地上一階の屋根の上が平面になっていて、物干場を兼ねてスノコが敷きつめてあるだけです。私はそこに溜っている残雪を掻きおとしました。これは運動代りにもなり、晴れ上った空の下で二十分も続けると、心地よく汗ばみます。真冬とは思えない日射しで、私は爽快な雪掻きをしながら、傍らに佇《たたず》んで喋る彼女のみやげ話を聞きました。やがて隣の家からラジオの時報がきこえて、トゥーリナのセビーリヤ交響曲が流れ始めました。この一刻こそまさに価千金だったのです。そして三十分ばかり後には二人とも地下室へ戻って仕事を始めました。つまり、二人の行動は元の軌道に還ったというわけですよ」

――細川ハ食事等ノ為ニ買物ニ出掛ケナカッタノカ。

「細川さんは毎日、午前中に必らず一度、すぐ近所にある小さなマーケットへ買物に行きました」

――長岡市滞在中ノ貴方ト細川ノ行動ヲ簡略ニ説明シテ欲シイ。

「こうなります。

一月三十日＝上野発十三時三十分急行『越路』に乗車して十八時十分長岡着。駅前で食事して出張店へ行き、掃除しながら地下室を整理。二人とも行動を共にする。

一月三十一日＝長岡郵便局へ行く。以後仕事にかかった。二人とも行動を共にする。

二月一日より三日まで＝互いの分担の仕事を続ける。二人とも行動を共にする。

二月四日＝午後から細川さんは湯沢へ行く。私は仕事を続ける。半日間は別行動。

二月五日＝午後二時半頃、細川さん帰る。以後仕事を続ける。半日間は別行動。

二月六日より八日まで＝互いの分担の仕事を続ける。二人とも行動を共にする。

二月九日＝長岡発十時十六分急行『佐渡』に乗り十四時四十七分上野着。沢上家へ直行する。二人とも行動を共にする。

以上で、間違いはないと思います」

――沢上ハ何故細川ヲ長岡市へ行ク貴方ニ同行サセタカッタノカ、何カ感ズルモノガアルカ。

「別に特別な意味はないでしょう。沢上夫妻としては娘同様に可愛がっている細川さんを退屈させないように遊ばせたかったのだろうと思います。まあ強いて言えば、鶴飼という男を忘れさせる一手段としてと、酒飲みの私の監視役として細川さんをつけて寄こしたのかも知れませんね」

――貴方ハ酒飲ミト言ッタガ、飲酒ニヨッテ心神喪失状態トナル場合ガアルノカ。

「いや、飲むと言っても、現在は大した量は飲めません。心神喪失なんて事はないですよ。ただ沢上さんが心配するのは、私が洋酒党である上に、一年ばかり前に胃を悪くして入院した前歴があるのです。やはり一人ぼっちになったり、急に生活環境が変ったりすると、つい飲みたくなるものですからね。細川さんが監視役ってわけでしょう」

――長岡滞在中ニ貴方ハヤハリ酒ヲ飲ンダカ。

「そりゃあね。しかし、ちゃんと細川さんの許可を貰って、出張店の仕事場の中で飲んだのですから安全でした。外へ出て飲む事はとうとう一回も許してくれませんでしたよ」

——帰宅シテ、鶴飼ノ死ヲ知ラサレタ時カラ、告別式ニ参列シタマデノ細川ノ様子ハドンナデアッタカ。

「玄関で沢上夫人が黙って新聞を二日分ぐらい細川さんの眼の前に差し出しました。彼女はキョトンとしてましたが、奥さんに三面のトップ記事を指さされたとたん、玄関の上《あが》り框《がまち》にストンと坐り込んでむさぼるように読みました。そして読み終ると、そのまま玄関から飛び出しました。沢上夫人が私に（一緒に行ってあげて）と言うので、私は細川さんの後を追いました。大通りでタクシーに乗ったのですが、細川さんは（中野まで）と一言言っただけで目的地に到着するまで完全に沈黙を続けました。告別式が終るまで彼女は表情を強《こわ》ばらせたまま無言でした。軀が軀だし、頭へ血が上って倒れるような事はないか心配で、私は瞬時も眼を離しませんでしたが、帰りのタクシーの中でも溜息まじりに（やっぱり……）と言っただけでした」

——ソノ後ノ細川ノ様子ニ変ッタ事ハナカッタカ。

「沢上夫妻は、一言も鶴飼事件には触れないようにと私と二階堂君に言いましたし、極力細川さんの気分を和《やわら》げるように気を配ってましたから、暗い表情ではあってもテレビを見て苦笑したりして、以前の細川さんと大した変りはなく見えました。但し二階堂君が次の朝になって言ってましたが、その晩は朝まで細川さんは泣き続けたそうです。その他に私が感じた事は、細川さんは何かひどく怯《おび》えていた様子です」

——怯エテイタトイウ点ヲ具体的ニ訊キタイ。

「いや、これは私の主観が大部分です。つまり、談笑中に電話が鳴ったりすると、フッと腰を浮かしたり、十日の午前中など、郵便屋さんが書留ですと玄関をあけた時、恰度玄関にいた細川さんは蒼《あお》くなって奥へ逃げ込んだとか、これ等はみな、そう見えたという話です。ただ私は、二階堂君が殺された十日の夕食の時でしたが、二階堂君と細川さんのこんな会話を耳にしました。これだけは主観ではありません。

(マミ子さん、食が進まないのね。健康体なのに毒よ)

(だって私、何だか怖くて食欲が全然おきないんです)

(駄目よ、妙な事気にしちゃあ)

(今度は私の番なんだわ。私が殺されるんです)

(誰が殺しにくるもんですか。貴女だって殺されるはずがないわ)

(鶴飼も殺されるはずがなかったんです)

(大丈夫、貴女は絶対に殺されない。そのお腹《なか》の子が貴女を守護してくれるわ)

そして食事が終ってから、細川さんが、

(ガレージへ戻りたい用があるんです。一緒に来て頂けないかしら)

と二階堂君に頼みました。しかし、

(駄目、いつからそんな弱虫になったの)

と、二階堂君は断りましたので、細川さんは一人でガレージへ出掛けて行きました」

――ソノ後各人ハ何ヲシテイタノカ。

「二階堂君と私と沢上さんはそのままテレビを見てました。奥さんは食事の後片付で勝手口を出たり入ったりしてましたね。小一時間程して細川さんがガレージから帰って来たので、沢上さんが、

(何をしてたんだね)

と尋ねると、一瞬言い澱《よど》んでから細川さんは小さな声で、

(手紙や写真……鶴飼の……ストーブで燃やしちゃったんです)

と答えました。一座はちょっと寂寞《じゃくまく》としましたが、細川さんはそのまま私の傍に割込んでテレビを見始めました。沢上夫人もやがて私達の仲間入りをしたわけです。それから八時頃になって二階堂君がガレージへ去り、十時頃私達全員がテレビの前から立ち上るまで、トイレへ行く者があった位で誰も殆んど動きませんでしたね」

――デハ、ソノガレージ二階ノ詳細ナ様子ヲ訊キタイ。

「これは図解した方がいいでしょう。こうなるんです。つまり、二人のベッドの真下がガ

レージの入口という事になり、ガレージの中を突っ切ると階段の下へ出るのです。ガレージ全体が厚いコンクリートの壁で出来上ってますから、外界と通じているのは金網を張った窓とストーブの煙突だけです。この二階の下、つまり本来なら車を入れるべき場所は空っぽになってます。天井から裸電球が一個ぶらさがっているだけで蜘蛛《くも》の巣だらけでした。ガレージの入口には鉄製の引戸《ひきど》がありますが、一枚は半分しまりかかったまま錆びついてビクとも動きませんし、もう一枚ははずれたきり元へ戻してありません」

――室内カラ何物カヲガレージ外へ投ゲ捨テル事ハ不可能カ。

「勿論です。気体以外はあの二階から外へ出られるものはないでしょう。一度ガレージの外へ出なければなりません」

――金網ヲ張ッタ窓ハ門ノ方ヲ向イテイルノカ。

「そうです。あの窓から覗《のぞ》けば門のあたりはよく見えます。逆に言って、あの窓際に立っている姿は門からまる見えというわけです」

――沢上宅ノ門ハ平常何時頃シメルノカ。

「別に決っていません。私か沢上さんが思い出した時にしめに行きます」

――事件当時ハマダ門ハ開イテイタノカ。

「そうです。沢上さんが私達と一緒にしめに行くところだったのです」

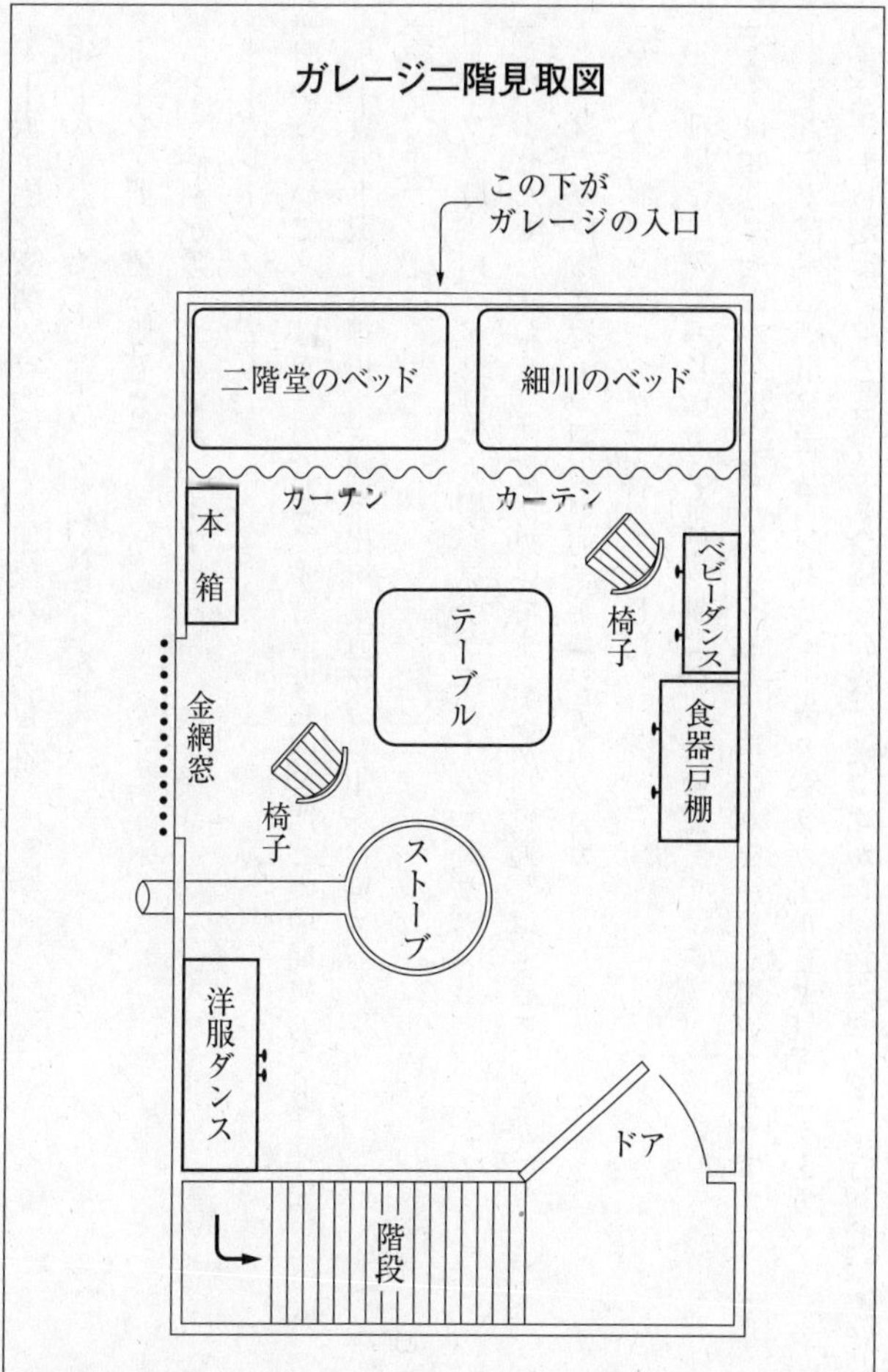
ガレージ二階見取図
この下が
ガレージの入口
二階堂のベッド
細川のベッド
カーテン
カーテン
本箱
椅子
ベビーダンス
テーブル
金網窓
食器戸棚
椅子
ストーブ
洋服ダンス
ドア
階段

――沢上宅ノ玄関カラ門マデノ距離ハドノ位カ。

「約十八米《メートル》かな。十七米位かも知れません」

――ソノ間ノ道ハ敷石カ。

「いや、砂利が敷きつめてあります」

――ガレージノ位置ハ。

「門から入って八米ばかりの右側です。恰度玄関と門との中間にあたりますね」

――貴方ト沢上ト細川ハ玄関ヲ出テ真直グガレージヘ向カッタノカ。

「そうです」

――ソノ時、門ノアタリニ人影ハ見受ケラレナカッタカ。

「ありませんでしたねえ。門灯が点いてましたから見通しはききましたが」

――貴方ガ荷物ヲ持チ、細川ハ何ヲ手ニシテイタノカ。

「大型ハンドバッグ一つだけ持ってました」

――細川ヤ二階堂ハ日頃カラ部屋ノ鍵ニ就イテ敏感デアッタカ。

「よくは知りませんが、沢上さんが口うるさく戸締りを注意していたようです」

――貴方ガ部屋ヘ細川ヲ送リ込ンダ時、中カラ鍵ヲカケル音ヤ気配ガシタカ。

「音はしましたよ。鍵と言っても金属製の掛け錠ですから、指先でくるっと廻せばカチンと音をたてかかるわけです」

――細川ガ部屋ニ入ル直前ニ室内カラ異常ナ気配ヲ感ジナカッタカ。

「気がつきませんでした。部屋の中に全然眼をやらなかったし」

――細川ノ叫ビ声ヲドノ辺デ耳ニシタカ。

「ガレージを出て、ぼんやり夜空を見上げて沢上さんと二言三言星に関する話をしたんです。それからガレージの横で……立小便をして、さて門をしめに行こうと沢上さんと二人で五、六歩門の方へ歩きかけた時でした。相当長くて大きい叫び声だったので、私の足は思わずすくんでしまったんです」

――細川ガ鍵ヲカケテカラ、ソノ叫ビ声ヲ聞クマデノ時間ハドノ位ダッタカ。

「四分から五分でしょうね」

――ソノ叫ビ声ハ細川一人ノモノデアッタカ。

「何しろ長くて異様な声ですからね。正確に判定は出来ませんが、しかしあの場合は、細川さん以外に声を出す人はいないでしょう。二階堂君は既に死んでいたのだし、そうなれば細川さん一人の叫び声だという事になりますよ」

――叫ビ声以外ニハ何ノ物音モ聞カナカッタカ。

「聞きません、というより叫び声だけですっかり慌《あわ》てていましたから気がつかなかったのでしょう」

――スグニガレージノ二階へ行ッタノカ。

「沢上さんと二人で飛ぶようにして階段の上まで駈け上りました」

――ドアヤ階段ノ付近ニ異常ハナカッタカ。

「そこまで観察する余裕はなかったですが、多分異常はなかったでしょう」

――ドアハ直グ開カナカッタカ。

「そうです。細川さんと二階堂君の名前を怒鳴りながらドアに体当りしました。しかし何の返事もなく、死の静寂とでも言うのでしょうか、不気味に静まりかえっていました。これはきっと中で二人とも返事が出来ない状態に追いつめられているのだと思いましたから、必死になって沢上さんと体当りをくりかえしました」

――掛ケ錠ガハズレル迄《マデ》ドノ位ノ時間ヲ要シタカ。

「夢中でしたからはっきりした記憶はありませんが、沢上さんも私も肩のあたりがしびれる程体当りしましたので、そうですね、全部で五分近くかかっていると思います」

――ドアガ開イタ時、細川ハドウイウ位置デドンナ様子ヲシテイタカ。

「二階堂君のベッドの脇に坐りこんで、カーテンにしがみついたまま、私達の方をポカンと見ていましたが、その顔色は蒼白で口は全然きけないようでした」

――貴方ト沢上ハソレカラドウシタカ。

「細川さんに何かあったのかと声をかけても返事をしないし、二階堂君、と呼んでも答がありません。沢上さんがとりあえず細川さんを抱いて傍の椅子に坐らせました。私は何の気なしに二階堂君のベッドのカーテンをさっと勢いよく引きました。同時に沢上さんも私も逃げ腰になったのです。しかし沢上さんはすぐ一一〇番へ連絡すると言って母屋へ駆けて行きました。私は腰が抜けて動けない細川さんの肩を支えて、沢上さんが戻ってくるのを待ったわけです」

――此ノ点ハ重要ダカラ記憶違イノナイヨウニシテ欲シイガ、細川ハ部屋へ入ッテカラ事件発見後警察官ノ監視下ニ置カレルマデ一歩モガレージ外へ出テイナイカ、貴方ハ確信ヲ持ッテ証言出来ルカ。

「出来ます。細川さんが部屋へ入ってから叫び声を聞いてガレージ二階へ駆けつけるまでの間、私と沢上さんはガレージの付近を離れて居りませんし、事件発見後パトロールカーが到着するまでの間は、彼女は一歩も動かず私の腕の中にいたのですから」

――貴方ノ印象ニ残ッタソノ時ノ室内ノ状況ハドウカ。

「別に印象には残ってませんが、細川さんはまだ寝巻に着換えてなかった事、ストーブが真赤に焼けていた事、室内はキチンと整頓されていて乱れた様子もなかった事、この位には気がつきました」

――二階堂ノ死亡時刻ト細川ガ部屋へ入ッタ時刻が殆ンド一致シテイルガ、コノ点貴方ハドウ思ウカ。

「まさか細川さんが犯人ではないでしょう。やはり間一髪の差で加害者が逃げ去った後へ私達がのこのことやって来たんですよ」

――最後ニ訊クガ、貴方ハ細川ニ対シテドウ感ズルカ。

「一口に言って好きですね。世話女房型プラス情熱型ですから理想的でしょう」

5

二月十二日、大井警察署の合同捜査本部で第二回の捜査会議が開かれた。第一回の捜査会議は二月八日にあったが、この会議は鶴飼事件の詳細な説明と今後の捜査方針を決定しただけで特筆すべき事はない。勿論その時は二階堂事件が続いて発生するとは予期されてなかったが、二階堂事件発生により、二つの捜査本部が合同して二月十二日に開かれた第二回の捜査会議の内容は是非紹介しなければならない。

その会議の過程と結論は次の通りである。

〈まず二階堂事件に発言をしぼる。二階堂事件に就いては、犯人外部説と犯人内部説とが対立している。両説ともに各主張点を出し合って充分に検討されたい〉

——犯人外部説——

犯人内部説と仮定すれば、それは非常に限定されるわけである。各参考人が述べている事の一致から個々について検討してみても明白である。

即ち沢上雅代は、夕食後から事件発見まで全く母屋を離れていないから事件には無関係である。沢上七郎と貝塚哲太郎は、細川マミ子をガレージ二階まで送って行く以前にはやはり母屋を離れていない。細川マミ子は、夕食後一時間近くガレージへ戻っていて鶴飼の写真等を処分したそうだが、だからと言って、これが犯行に直接関係があるはずはない。被害者はまだ存命中で、その後も八時頃までテレビを見ているからである。

問題は、十時にテレビの前を離れてガレージへ来た細川、沢上、貝塚の三名である。この三名が共犯だという推測が成り立たない限りは、我々は「沢上は階段の下で待ち、細川と貝塚は階段の上で別れた」という事を確認した三人の主張の一致を、事実と見なければならない。

とすれば、沢上も貝塚もガレージ二階の部屋へは一歩も入ってないのである。

従って、残るのは細川だけであり、犯人内部説をとるならば、加害者は細川マミ子一人に限定されるわけである。

では、細川を加害者だと仮定してみよう。細川が部屋へ入ってから、貝塚と沢上がドアをたたき破るまでの時間は九分から十分間であった。この時間の算出は、貝塚の言によるものである。周章狼狽《しゅうしょうろうばい》中の人間の時間観念に正確を期待する事は出来ないが、その後の我々の検証によっても、九分乃至《ないし》十分間というのは一応妥当とされた。

細川は、この九分乃至十分間に、二階堂を殺害した上、沢上と貝塚が部屋へ入って来た際に装う態度を作った事になる。しかも凶器の始末をつけなければならなかった。

時間的に言って、決して不可能ではない。しかし、妊娠中の女子が、それだけの実行と虚構に対する余裕が心身ともにあったかどうか疑問である。

以上、細川犯行否定の根拠を説明する。

(1) 動機がない。

沢上の供述にもあったが、二階堂は男のように簡潔な性格で、物事に拘泥《こうでい》したり、他人に干渉する事を厭《きら》うそうである。人間嫌いとは言え、一度同室者となった細川に対して、通常、女同士の間に生ずるような悶着を仕掛けると考えられない。また細川も言っているように、二人が実質的に起居を共にした日数は僅か十四日間に過ぎない。一月十五日から二月九日まで二人は同じ屋根の下を住居と定めていたものの、その中《うち》の十日あまりは旅行等で細川は不在だったからである。これでは二人が互いに何の関心さえ持ってない間柄、と解釈するのが当然だ。その間に軋轢《あつれき》や闘争が存在しようもない。二人の過去は二本のレールであって、一度も交叉してない文字通りの初対面だった。この二人が殺意を抱き合うという想定は無理である。細川が、一体、何の為に、どういう目的で、いや、どんな動機から二階堂を殺したのか。

(2)　凶器がない。

今更言うべき事ではないが、殺人または傷害事件の最も重要な証拠品は、使用された凶器である。凶器の有無は、捜査、起訴、裁判を左右する。細川は部屋へ入ってから一歩もガレージを出てない。事件発生後も、椅子に坐ったまま貝塚に抱きとめられていたのだ。そして、パトロールカーが到着して警察官がドアとガレージの入口を閉鎖し、所轄署の係官が捜査を始めるまで、そのままの恰好を維持していたのである。

凶器の捜索は徹底的であった。ガレージ周辺とその中、階段から更に室内と、油一滴も砂利一個も見逃さなかった。室内にあった全ての物は分解寸前の形になるまで、探索された。床板をはがしコンクリートの壁はたたいて廻った。唯一の窓の金網には、最近になってとめ釘に細工したり損傷したという形跡は全くなかった事を確認した。

それにも拘らず、凶器またはそれに準ずるものは発見されなかったのである。

細川はガレージ内から動いてない。細川を犯人とするならば、細川は何を凶器とし、またその凶器を何処へ消滅させたのか、この二点を解明しなければならない。

(3) 計画性の欠如。

細川を犯人とするならば、細川は綿密な計画のもとに犯行を企図したに違いない。何故ならば、僅か十分程度の間隙《かんげき》をぬって凶行し、それに加えて細川自身が発見者を装い、しかも凶器の行方等当局を惑わせる細工をしたからである。

しかし、もう一歩突っ込んで考えてみれば、このような計画性と相反する条件が揃っているのである。

つまり、細川の計画通りに事が運ぶ可能性は非常にあやふやであった。貝塚と沢上が階段付近にいる時、二階堂が眼をさまして一言でも声をかけたり咳《せき》一つしても、細川の計画は御破算になったはずである。また、二階堂が八時頃から一足先にガレージへ戻って来ていなければ犯行は不可能だったのである。

計画的な犯罪とは、このように偶然の作用によりその実行に支障をきたすといった手段を選ばないのが常識である。以上の計画性の欠如は細川犯行説を弱めるものだし、また、数時間後に殺害する人間に自分の寝巻を着させるというのは、あまりにも冷酷で小説的であり、女性心理として頷《うなず》けない。

――犯人内部説――


我々は犯人内部説にあくまで固執するつもりはない。しかし、犯人外部説に対しては納得しかねる疑問点を持っている。そこで唯今の犯人外部説に反論したい。

まず、外部説の意見から感ずる事は、外部説という確固たる理論的推理はなされずに、ただ消去法を用いて内部説の可能性を順次否定したに過ぎない。しかもその否定は、自説に好都合に状況を分析した事に基いている。

第一に、二階堂がガレージへ戻った八時以後は、沢上夫妻も細川も貝塚も母屋を単独で離れた事はない、と決めてかかっているが、それはどのような根拠に基いたものか質問をしたい。

各参考人の言によると、手洗《てあらい》ぐらいには立っただろうが、いなくなった者はない――と甚だ抽象的な表現をしている。これは同時に、あまり気にしていなかったのだ、とも解釈出来る。

長時間姿を見せなければ当然気がつくだろうが、短時間ならば互いにその存在を意識しないのが、通常の家族の状態である。まして沢上宅は比較的広いし、成年者ばかりであるから、互いに確認し合わないそれぞれの個人行動があって然《しか》るべきだ。

従って、十分程度の犯行時間ならば、八時以後、四名の中の誰かがガレージへ行き二階堂を殺す事も、有り得ないとは言いきれないのである。

またたとえ細川犯人説と限定しても、外部説が試みた消去法には反論がある。九分乃至十分間に、あれだけの行為を遂げる事は妊娠中の女子にとって心身ともに耐えられない、という説だが、その意見はあくまで推定論であって、物理的に不可能だという証拠はない。だから、心身ともに耐えられないとも考えられるが、耐えられるかも知れない、と訂正すべきだろう。

次に、三点にわたって細川犯人説を否定した意見に対して異論を述べたい。

(1) 動機がない——に対して。

我々は動機について、非常に単純な解釈を下しているのではないだろうか。確かに、細川と二階堂との間には表面的な因果関係はないし、また欲望を充足させ得る何物もない。

しかし、憎悪という人間感情は、客観的な定義にあてはめられるものではないのである。

例えば、妊娠中の不快な気分に悩んでいた細川が、二階堂から「お前は裏切者同士の子を生むのだ」と、疼《うず》き続けていた心の傷に触れられて、即《そく》二階堂に対して殺意を持ったとしても、それは立派な動機である。

我々はかつて、旅館でたまたま同室者となった老人の背に、大蛇の刺青《いれずみ》がしてあるのを見て、発作的にその老人を殺そうとした女があった事を知っている。

また、女子犯罪者の罪の軽重《けいちょう》が、犯行時の生理や妊娠により、しばしば左右される事を見逃してはならない。つまり、殺意はその生理状態により罪を意識しないで生ずる場合もあり、それは常識の枠を破っているものなのである。

(2)　凶器がない――に対して。

細川が、その凶器を捨てたりかくしたりするのは不可能であった事は確認する。だが、まだ推理する余地はあるだろう。例えば、氷を凶器として使用したらどうだろうか。更に木製の凶器であったならばストーブで灰にする事も出来たはずである。

(3)　計画性の欠如――に対して。

外部説は、計画性が欠如していると独り合点してしまったが、大変重大な見落しをしている。二階堂の解剖所見には、多量ではないが睡眠薬を飲んでいる、とあったはずだ。これは別に細川が故意に飲ませたと解釈しなくても、二階堂自身が勝手に服用したのかも知れない。我々はその後者をとりたい。二階堂の持物の中に使用しかけた睡眠薬があったし、若干ではあるが二階堂にはそのような習慣があったと想像出来る。そして事件当夜も、二階堂は「すごく眠い」と言ってガレージへ戻って行った。ごく当り前のようにである。

二階堂が睡眠薬を服用する事を計算に入れれば、先程述べられたような計画性の欠如とはならない。

また寝巻の件であるが、これは、犯人が実は被害者を誤認したのであって、本来ならば細川が殺されるはずだったのだ、という事を主張したい為にわざわざ寝巻を二階堂に貸したのかも知れない。

——再度犯人内部説に反論する——

唯今の犯人内部説の意見は、非常に文学的ではあるが現実性に欠けている。

まず忘れて頂いては困るのだが、被害者の推定死亡時刻は十時前後だという事である。十分程度の中座《ちゅうざ》は、個人行動する成年者ばかりの家族では気がつかないと言ったが、それが十時に近い頃の中座でさえなければ一向に差し支えない。

要は十時頃ガレージ二階の部屋へ入ったのは「誰か？」である。従って、犯人内部説ならば、犯人は細川一人に限定される事を、再度主張したい。

もう一つ、内部説の異論の中で非現実な事甚だしい点があった。

それは(2)の凶器がないという項に対する反論である。

まず物理的にという要望があったので、そのように説明しよう。氷を凶器と仮定したらという意見だが、被害者の頭蓋を砕《くだ》くだけの氷は一体どの位大きなものかを考えるべきである。

赤レンガを凶器とした可能性充分という鑑識結果だったから、赤レンガと比較するのが最も理解しやすいと思う。

赤レンガの、縦の長さを二十五糎《センチ》、横の長さを十糎、厚さを六糎とすれば、赤レンガの比重一・八を乗じて、その重さは二・七キログラムとなる。

氷を赤レンガと同じ大きさに切り取った場合、氷の比重は〇・九であるから、その重さは一・三五キログラムで赤レンガの半分である。つまり、赤レンガの代用として氷を使用するならば、恰度赤レンガ二個分の大きさを必要とするわけである。

さて、この大きさの氷を用意したとしよう。ガレージ二階には勿論冷蔵庫のようなものはなく、しかもストーブの火力が強かった為に、室内の温度は二十五度を越していたので、前もって氷をガレージ二階に置いておく事は出来なかった。とすれば、当然母屋の冷蔵庫にでも入れてあったのだろうから、貝塚や沢上と一緒に母屋を出た時、細川はそれを手に持っていなければならなかった。

貝塚の言によれば、細川はビニール製の大型ハンドバッグを持っていたそうであるが、レンガ二個分の氷を入れるには大型ハンドバッグでも適当ではない。もし素手に持ってくれば貝塚達の眼に触れただろうし、何かに包みかくしていたとしても水滴がたれて貝塚達の注意をひいたであろう。事実ガレージ内の階段等にも水滴は全くなかったという。

よしんばそれ等の事を不問にして、細川は何とか氷を部屋へ持ち込んだとしても、それを凶器として用いるのは困難であった。たとえ布で包んでも部屋中に水滴をばらまき、被害者の頭部とその周辺は濡れてしまう。ビニールなどを使っても凶器とすればそれは破れてしまって布と変りはない。

それもどうにか遂行出来たとしよう。さていよいよ凶器を消滅させる段階である。しかし、どんな方法を用いても、赤レンガ二個分の氷を、数分後に入って来る貝塚達の眼や耳を誤魔化《ごまか》して消滅させる事は不可能であったろう。

ただ置いておくだけでは勿論氷は溶けないし、赤レンガ二個分の氷を簡単に溶かすような多量の沸騰中の湯もない。

残るのは、ストーブの上に乗せるか、ストーブの火の中へ投げ込むかである。

ストーブの上に乗せても数分間では溶けきらないし、部屋中いっぱいに水蒸気が拡がって、脂肉を鉄板で焼くような音と、干し足りない洗濯物のような異様な臭気がする。

ストーブの火の中へ投げ込んだら、灰かぐらに近い湯気が洩《も》れて、音はもっと強烈であり、ストーブの火は消えかかる。そして火勢によっては、氷の溶ける時間の方が火が消える時間より長いであろう。

このように氷凶器説は荒唐無稽《こうとうむけい》のものと言わなければならないし、木製の凶器という言葉もあったが、これも凶器として二階堂事件には氷以上にあてはまらないので、反論は省略する。ただ一点だけ付言するが、ストーブにより凶器を消滅させたと考えるのは結構だが、その前にストーブの二つの投入口の大きさを認識されたい。ストーブ自体大型でも、家庭用の大型マッチ箱以上のものは、ストーブの口から入らないのである。木製の凶器といえども手軽くコマ切れには出来ないのだ。

結論は凶器が存在してなかったという事である。犯人は十時前、沢上宅の門から侵入しガレージ二階へ直行、就寝中の二階堂を殺害した。カーテンを血沫《ちしぶき》を防ぐ盾《たて》として、凶器を分銅《ふんどう》式に使用、強烈な打撃を与え、細川達三名が母屋の玄関を出る直前に、犯人は門外へ逃走したのであろう。

——再度犯人内部説——

二点を補足する。一点は、細川達三人が母屋の玄関を出るのと間一髪の差で、犯人が門外へ逃走したというのは、あまりにも好都合に出来ていて、実際性に乏しい。

第二点は、たとえ一分の差で被害者が細川の来る寸前に死亡したと言っても、その仮説は成り立つかも知れない。しかし、推定死亡時刻にその現場に細川がいたという事は軽々しく見逃せない。

従って未だに犯人外部説は納得出来ない。

（この結果、二階堂事件に就いては、圧倒的多数意見として、犯人外部説という捜査方針に決定した。しかし、犯人内部説を主張する捜査一課の某警部補と大井警察の某刑事の二名が強硬にこの決定に反対して、一時会議は白熱化したが、結局そのまま次の論議に移った）

〈次に、二階堂事件と鶴飼事件との関連に就いて検討したい。捜査本部員各位は殆んど同一犯人説に意見が一致していると聞いているが、但し、二階堂事件の犯人内部説とこの両事件同一犯人説の間に若干の食い違いが生ずるので、その辺の意見統一を計る為に、まず二階堂事件犯人外部説の主張者側から意見を述べてもらい、充分に検討されたい〉

――同一犯人説――

では、各項目別に説明する。

(1)　凶器及び殺害手口。

二事件とも、凶器及び殺害手口が全く同じである。これは同一犯人である事を最も強く証明づけるものである。

鑑識結果からの推定では、二階堂事件の凶器も二・五キログラムから三キログラムの硬質角材であり、鶴飼事件の凶器であった赤レンガと酷似している。両事件とも恐らく赤レンガを手拭いか風呂敷の一端に結びつけ、分銅《ふんどう》をふり廻すようにして被害者の後頭部を狙った。これは被害者から離れて打撃を加えられる利点と、分銅同様その打撃の強さが普通よりも強烈である利点をかねるのである。

後頭部を狙った点も共通しているが、二階堂事件では五回殴打し、鶴飼事件では六回殴打するという殴打回数も殆んど同じである。

また、両事件が短期間の中《うち》に続発している事も同一犯人説を裏付けている。

(2)　動機。

商産省土地払い下げをめぐる労働争議において、鶴飼ならびに細川は多くの人の憎悪と顰蹙《ひんしゅく》を買う行為をした。その一人である鶴飼が殺され、続いて、もう一人の細川と誤認されやすい同室者の二階堂が殺された。これは偶然に続発した何ら関連もない二つの殺人事件とは言いきれない。

鶴飼と二階堂を結んだ場合、確かにその間には何の関連性もない。しかし、鶴飼と細川を結べば其処《そこ》に太い直線が描ける。

二階堂には、その人間、生活、境遇等から考えて殺されるべき動機に乏しいし、犯行は強盗を目的としたものではない。というような点から二階堂は細川と間違えられて殺されたと判断すべきだ。殺害された際に、細川の寝巻を借着していたという事からも、「誤認説」は強まるのである。

従って、同じように殺されるべき動機を持った鶴飼、細川両名を殺害する目的であった同一犯人の犯行と言えよう。

(3) 計画性。

両事件とも衝動的犯行ではない。計画的犯罪に属すると言える。

鶴飼事件の場合は、商産省の使用不能に近い非常階段の上まで被害者を呼び出し、短時間の中《うち》にきわめて手際よく事を運んでいる。また凶器も事前に用意してあったものである。二階堂（実は細川）事件の場合は、細川が長岡市から帰京するのを待ちかまえていて襲っている。細川がガレージ二階に起居している事も既に知っていたし、細川の非常に印象的な地色と模様の寝巻にも予備知識があったのである。

尤《もっと》もこの寝巻に関してはあまりこだわる必要はない。犯人が二階堂を全く知らず、ガレージ二階には細川だけが住んでいると思っていれば、寝巻を確認しなくても凶行したであろう。また、二階堂事件もその凶器は事前に用意されたものである。そして両事件とも、犯人は、目撃者は勿論の事、指紋や遺留品等の手掛りを残さず、犯行の準備段階で周到な計画を練ったものと思われる。

⑷　同一犯人と二階堂事件犯人外部説。

先程、二階堂事件に就いて、一部の意見に犯人内部説があった。しかし、もし仮に細川マミ子を二階堂事件の犯人としたならば、この両事件同一犯人説も否定されなければならない。

何故ならば、鶴飼事件の犯人まで細川とするわけにはいかないからである。細川は、二階堂事件で若干の疑惑があっても、鶴飼事件では白と思われる。

従って、二階堂事件の犯人が細川だと主張するならば、鶴飼事件を全然別個のものと考え、同一犯人ではなく、各事件に各犯人ありとしなければならない。

では次に、鶴飼事件に関しては細川は白であるという根拠を述べよう。

◎　細川にはアリバイがある。

細川は一月三十日から二月九日まで新潟県長岡市に滞在していた。この間貝塚が行動を共にしていた事は各参考人の供述が一致している。ただ二月四日の午後二時頃から翌五日の午後二時頃までの二十四時間、細川は単独行動をとって湯沢温泉へ行ったと称しているが、しかし、五日の午後二時には再び長岡市に戻り、その後は貝塚と一緒であるから、五日の夜七時頃と推定されている鶴飼殺害の犯行時間とは関係はない。

つまり、東京の商産省で鶴飼殺しが行なわれている時間に、細川は新潟県長岡市にいたのである。

◎細川には鶴飼を殺す動機がない。

感情に走り突発的な殺人というならば、細川にその動機がなかったとは言いきれない。しかし既に述べたように、綿密な計画殺人を意図するような動機は有り得ないのである。細川にとって鶴飼は内縁の夫であり、その子を妊《みごも》ってさえいる。鶴飼の死によって、精神的打撃を受け、生活に困窮し、子供の将来を破壊される、といった被害を受けるのは細川自身なのである。細川には、鶴飼を慕う気持はあったとしても、殺して有利になる事は一つもない。

◎細川の鶴飼殺害は困難である。

鶴飼殺しの犯人は、全長四十八米、七十七段、傾斜度七十五度の非常階段を上って、凶行を了《お》えると直ぐまたそれを下りる、という重労働を三十分の間にやってのけたのだ。

これは、我々が実地に調査した結果でも明らかな通り、病人、老人、身体障害者では殆んど不可能である。確かに、肥満型の人または妊娠中の女子でも、充分な時間をかければともかく、凶行時間も含めて三十分という制約下では、階段の上り下りも駈けるようにしなければならなかったであろう。常識的な解釈ではあるが、ここに問題があると思う。

和服を着て、しかも妊娠中である細川が、貧血や転落の危険にさらされながら、三十分間に全てを実行出来得るかどうか、議論の余地はないと思う。

もし、細川が鶴飼を殺す必要に迫られたとしても、よりによって、このような場所を選ばず他に方法を考えられたはずである。

以上の三点で、細川が「白」である事は明確であろう。即ち「同一犯人説」は二階堂事件の「犯人外部説」を含むものでなければならない。

（同一犯人説に対する反論はなく、この線にそって持ち寄った資料を検討した結果、被疑者として亀田克之助が捜査線上に浮かび上った。そして、今度は亀田の身辺調査に重点を置く事になり、その分担を決定して会議を解散したのである）

6

合同捜査本部の求めに応じて、参考人として出頭した商産事務官遠藤昌澄《えんどうまさずみ》から聴取した事情は次の通りである。

――前略――

――鶴飼ト細川ノスパイ行為ニヨリ最モ迷惑シタ者、マタ最モソノ行為ヲ怒ッタ者ハ誰ダト思ウカ。

「それは亀田ですよ。鶴飼とは親友だし、細川の面倒を見てやったのも亀田ですからね。それに亀田は責任感の強い男ですよ。亀田は言ってました。スパイ事件そのものより、友情を裏切られ、人間の信義を踏みにじられた打撃の方が大きかったとね。それは当然だと思います。〈殺してやりたい〉と言ってましたが、その通りになって亀田もすっきりしたでしょう」

――貴方ハ鶴飼ヲドウ思ウカ。

「いやな野郎の一語につきます。ナメクジか毛虫ですよ。御都合主義で日和見《ひよりみ》的で、小心翼々《しょうしんよくよく》のくせに立身出世欲が人一倍強いんですね。その為には他人の迷惑など気にかけちゃいません。そのくせ、自分が皆に軽蔑されたり嫌われたりしているとは、少しも思っていない妙な自惚《うぬぼ》れを持っていやがる。まあ、サラリーマンの最も悪い要素を寄せ集めたような人間でした」

――鶴飼ハ亀田ニ転勤ノ便宜ヲ計ッテクレト頼ンダソウダガ。

「厚かましいどころではなく、まるで太陽は自分一人の為にあるとでも思っているんでしょうね。私もその話を聞いてあきれました。そりゃ確かに、あれだけの背徳行為をしたんですから、鶴飼はもう本省にはいられませんよ。と言って辞職するような甲斐性はないから、考えつく処は、地方商産局か地方事務所へ転勤する事でしょう。鶴飼の上司達も頭を痛めていましたが、こうなると組合の出方一つにかかってくるわけです。組合がもし、〈この鶴飼という男は、このようなスパイ行為をしたから注意しろ〉と、いわゆる赤紙を送ればですね、その転勤先の組合支部が鶴飼受入れに猛反対するでしょう。そうなれば結局商産省管内である限り全国何処へも、鶴飼は転勤出来なくなります。というので、鶴飼は例の虫の良さで、組合の方によろしくと手加減してくれるよう話をつけて貰いたい、と亀田に頼んだんですよ。普通の人間なら口が腐ってもそんな事を頼めないでしょうがね」

——鶴飼ハ潜伏後モ、亀田ダケニハ連絡ヲトッテイタトイウ話ヲ知ッテイルカ。

「そんな噂は確かにありますよ。結局その転勤の事で亀田に連絡したんでしょう。鶴飼はもう亀田の友情を裏切った事などケロッと忘れているんですよ。ただ覚えている事は、亀田は自分の友達だという一人合点だけなんです。だから、その友達である亀田が必らず事後の収拾を円満につけてくれるものと信じ込んでいるんです」

——ソウイウ鶴飼ニ対シテ亀田ハドンナ気持デドンナ態度ヲトッタカ知ッテイルカ。

「そりゃね、亀田だって人間です。常識的なただの人間ですよ。そんな鶴飼の砂糖づけみたいな考え方が、亀田の怒りの炎に油を注ぐのは当り前です。亀田は〈もう知らん、そこまでして骨を拾ってやる義理はない〉と言ってましたが、当然でしょう。私だったら鶴飼の頭からガソリンをぶっかけて火をつけてやりますよ。恰度ね、大嫌いな毛虫が洋服にとっついたから慌《あわ》てて払い落す。そのまま毛虫が逃げて行けばいいんですが、性懲《しょうこ》りもなくその毛虫がまたノソノソとズボンの裾《すそ》にでも這い上って来て御覧なさい。もう我慢出来ない、とっ捕《つかま》えて火の中へでも投げ込んでしまうでしょう。そんな心理と同じですよ」

——鶴飼ノ過去ヤ家族ノ状況等ヲ知ッテイルカ。

「履歴書によると、本籍は九州長崎です。新制高校を出て、長崎南郵便局に勤めながら夜の大学を卒業したらしいです。そして国家公務員の試験を経て商産省へ入ったんですね。家族身寄りは一人もなく、姉さんが五年ばかり前に死んだとかで、それ以来は孤児同様なんでしょう。この長崎南郵便局時代に例の細川マミ子と恋愛しましたが、細川の両親に結婚を反対されて、二人は実力行使で三ヵ月程一緒に暮した事があるそうです。その中《うち》に鶴飼は単身上京したのですが、二人の間は別に拙《まず》く行っていたわけではなく、去年でしたが、細川とは腐れ縁だがどうやら共白髪スタイルだな、なんて言っている鶴飼を見ましたよ」

——鶴飼ノ潜伏先ニ就イテ色々ト噂ガ乱レ飛ンダソウダガ、貴方モ耳ニシタ事ガアルカ。

「知っているのは亀田だけだなんていう風評を聞いた事があります。省内で噂されていたのは、千葉県南房総の浜金谷《はまかなや》にかくれているって事でしたね。それから一月二十日頃でしたか、商産省の職員が都電の中で鶴飼を見かけたそうですから、その頃はまだ東京の何処かにいたのでしょう」

――最近ノ亀田ニ就イテ、貴方ハドウ思ウカ。

「荒れてましたねえ。凄かったですよ。亀田という男はもともと感情を表面に出さないんですが、それがあれだけ眼に見えて露骨に狂乱状態だったんですから、余程の精神的苦痛と闘っていたのでしょうね。彼はプライベートの問題は他人に喋りませんから、私もあまり深くは詮索《せんさく》しませんでしたが、とにかく自分を破壊するような荒れ方でした」

――二月五日ニ休養ノ診断書ヲ出シタ亀田ノ、ソノ時ノ状況ヲ訊キタイ。

「二月五日の午前中に医務室へ行って来たらしいですね。そして私の処へ診断書を持って来て、（明日から当分休みますから、よろしく願います）

と言いますから、私が、

（どうしたんだい）

と尋ねると、

（胃も悪いし、心身共にグロッキーで、役所へ来るのが苦痛なんです）

と答えました。私も彼が荒れている事を知ってましたし、鶴飼のスパイ事件が余程打撃だったのだなと思いましたから、ゆっくり休養して早く出て来いよと、その診断書を受取りました」

――ソノ五日ノ退庁時間後ノ亀田ノ行動ヲ知ッテイルカ。

「亀田自身の口から聞いたのですが、その五日の午後五時、つまり退庁時間ですが、五時から組合書記局で、停職処分の期間を了えた執行委員達の正式な顔合わせと、今後の具体的な収拾策に就いての簡単な執行委員会があったらしいです。その後の亀田の行動は、これは執行委員の一人から聞いた話ですが、亀田は当分病気で休むから当面の事務用件を引継がなければならないと言って、書記長と打ち合わせをして、六時少し前に書記局を出て行ったそうですよ」

――貴方ハ二月七日夜、新橋ノバー『草原』デ亀田ヲ見カケタソウダガ、ソノ時ノ亀田ノ様子ハドウダッタカ。

「私が行った時、亀田はもうグデングデンでした。まあ前後不覚でしょうな。病気で休んでいる人間がこんな処で酒を飲んでいちゃ拙《まず》いじゃないか、と私が言っても全然通じない位に酔っていたようです。酒はみんな洋服に飲ませてしまうし、訳のわからん事を大きな声で怒鳴っていました。

（裏切者！）

（ギロチン、ギロチン）

（お前は最初からそのつもりでいたのだな）

（天罰だ、お前にはわかるもんか）

（今に見やがれ）

　というような事でしたが、客がみんな出てってしまうと、マダムが愚痴《ぐち》ってました」

――最近、亀田ノ母親ガ貴方ヲ訪レタソウダガ、ソレハ何ノ為ニ来タノカ。

「ええと、二月十三日でした。つまり一昨日ですね。亀田のお母さんが商産省へ来て私に面会を求めました。お母さんは心配して来られたんですよ。二月十一日頃、亀田が横浜のお母さん宛に妙な手紙を出したんです。しかしお母さんに全然思いあたるふしがないので、これは亀田に何かあったのではないかと、すぐ亀田の下宿先へ来られたらしいんです。ところが亀田は不在、仕方がないので、その足で私の処へ見えたんです」

――ソノ妙ナ手紙ノ内容ハドンナモノデアッタカ。

「此処《ここ》にあります。

〈――前文略す――役所もしばらく休んでいるんです。この処イヤな事ばかり続き、つい自棄酒《やけざけ》などを過したので、例の胃炎が鎌首をもたげたのです。でも大した事ありませんから心配無用です。それに何かと気苦労が多くて大分参りましたから徹底的に休養するつもりです。とにかく生きている事が苦痛です。出来るならば、このまま何処か山奥へ行ってノンビリと平和に暮したいと思います。休養しても疲れは抜けません。人は信用出来ないし、自分の馬鹿さ加減に腹が立ちます。もう何もかも終りなんです。何をする気力もありません。子供の頃がいちばんいいですね。眠っている間に死んでしまいたくて、朝眼がさめるとガッカリします。オヤジによろしく言って下さい。最近の日記の文句は惨憺《さんたん》たるものです〉

という手紙です。私にも別に心当りはなく、鶴飼のスパイ事件や彼の死などが原因で疲れているのだろう、と言ってお母さんを帰しました」

――鶴飼殺害ト亀田ノ関連ニ就イテ貴方ハドウ思ウカ。

「近頃、亀田が被疑者だなんて風聞を耳にしますが、私は亀田を信じています。男性的だし行動は正々堂々とした人間ですよ。鶴飼みたいな虫ケラや細川のような妊婦を殺そうと考えるような男ではありません。あまり可哀相《かわいそう》な事をしないで下さいよ。亀田ばかりではなく染野《そめの》君にしても、そんな風聞を聞くのは辛《つら》い事です」

――染野トハ誰カ。

「商産省の第一統計課に勤務している染野昭子《あきこ》という亀田の恋人です。三年越《ごし》の恋愛で、なかなか似合いのカップルですよ。来年あたりは結婚する時期でしょうから、妙な事になった悲劇です」

——貴方ノ話カラ作ッタ日程ダガ、間違イナイカ確認シテ欲シイ。

一月十四日＝鶴飼行方ヲクラマス。

一月二十日頃＝鶴飼ガ都内ニイル処ヲ目撃シタモノガアル。

二月四日＝鶴飼カラ亀田ニ電話ガアッタ。

二月五日＝亀田ハ診断書ヲ持ッテ、病気休暇ヲトリタイト申出タ。（鶴飼殺害サレル）

コノ日以後、亀田ハ休暇中。

二月七日＝連日連夜泥酔シテイルトイウ亀田の狂乱状態ヲ直接、貴方ハ『草原』デ見タ。

二月十一日＝亀田ハ「死ニタイ」トイウヨウナ意味ノ手紙ヲ母親宛ニ出シタ。

二月十三日＝母親が訪レテ来タ。

「間違いない事を確認します。それから言い忘れたのですが、二月五日は土曜日で本来ならば半日勤務でしたが、省内では統計局全部が平日通り五時まで超過勤務をしたのです」

合同捜査本部の求めに応じて、亀田克之助の止宿《ししゅくさき》先主婦宮下《みやした》きよが提供した参考事情は次の通りである。

——亀田ノ外出時ト帰宅時ヲ貴女ハ知ッテイルカ。

「私が留守の時でなければ、出る時も帰って来た時も亀田さんはたいてい私と顔を合わせています」

——二月五日ノ亀田ノ帰宅時ハ何時デアッタカ。

「十時頃でした。珍しく酔っていなかったので、晩御飯食べますかと訊くと、もうすんだ、

という返事でした」

——二月十日ノ亀田ノ外出時ト帰宅時ハ何時ダッタカ。

「家を出て行ったのは夕方五時半頃でした。帰って来たのは十一時を少し過ぎてました。

十一時半頃だったかな。この日も酔ってなかったですね」

——最近ノ亀田ノ生活態度ハドウデアッタカ。

「夜は毎晩家をあけましたね。たいてい酔っぱらって何か怒鳴りながら帰って来ました。

昼間の中《うち》は殆んど布団《ふとん》にもぐっていたようですが、それでも昼間から飲みに行く事だって

ありました。泣いてましたよ。度々《たびたび》。泣《な》き上戸《じょうご》なんですね。食事は家では数える位きりで

した。とにかく以前の亀田さんとは人間が変っちまったようです」

——亀田ノ洗濯物ナドニ不審ナ汚レヨウハナカッタカ。

「さあね、酔って転んだり喧嘩したりして、いつも汚して来ますからね。特別気がついた

事はないですよ」

——亀田ガ一人デイタリスル時ヤ就寝中ニ以前ト変ッタ不審ナ事ガナカッタカ。

「亀田さんに貸してある部屋は二階ですからね。そんな事わかりませんよ」

7

合同捜査本部の求めに応じて、重要参考人として係官に任意同行した亀田克之助の供述調書は次の通りである。

——貴方ハ任意同行ニ応ジタノデアッテ、逮捕ヤ勾留ハサレテナイカラ、帰宅ヲ申出ル事ガ出来ル。マタ質問ニ対シテ言イタクナイコトガアレバ供述ヲ拒ンデモヨイ。

「諒解《りょうかい》しました」

——貴方ノ本籍ハ。

「横浜市金沢《かなざわ》区六浦《むつうら》町二〇〇八」

——現住地ハ。

「東京都港《みなと》区芝赤羽《しばあかばね》五三宮下方」

——貴方ノ職業及ビ勤務先ハ。

「公務員で、商産省統計局第二統計課第三係です」

——貴方ノ年齢及ビ生年月日ハ。

「二十八歳。昭和五年八月十一日です」

——貴方ハ過去特別ナ賞罰ヲ受ケタ事ガアルカ。

「ありません」

——家族ノ状況ヲ訊キタイ。

「言う必要ありません」

——両親及ビ妻子ハ。

「父母は本籍地に在住。独身ですから妻子はありません」

——貴方ハ何故任意同行ヲ求メラレタカ知ッテイルカ。

「鶴飼範夫が殺された事件の参考人です」

——思イアタル事ガアルカ。

「ない（語気強シ）」

——貴方ハ全商産労組ノ執行委員ニナッテ何年ニナルカ。

「二年とちょっとです」

——立候補シテ当選シタノカ。

「推薦されたのです」

――何故推薦サレタト思ウカ。

「若いからでしょう。それに速記が出来るからかも知れません」

――貴方ハ過激思想ノ持主カ。

「うちの組合はいわば御用組合みたいなものです。過激派や尖鋭《せんえい》分子など一人もいませんよ。それに組合役員なんて、なる気さえあれば誰でもなれます」

――貴方ハ裏切者ヲ憎ムカ。

「憎みます」

――鶴飼ハ死ヲモッテ償ウベキダッタト思ウカ。

「私の判断より社会道徳や貴方達が判定すべきでしょう」

――貴方ニ尋ネテイル。

「答える必要ありません」

――何故答エル必要ガナイノカ。

「その理由も黙秘します」

――貴方ハ生前ノ鶴飼ト親シカッタカ。

「友達です」

――鶴飼カラ最後ノ連絡ガアッタノハ何日ダッタカ。

「二月四日の午後です」

――何ト言ッテ来タノカ。

「転勤に関する対組合との話がうまく行きそうか、出来れば福岡へ転勤したいのだ、と言ってました」

――貴方ハ何ト答エタカ。

「まだ話は少しも進展していない、俺にあまり面倒な事を言ってくるな、そんな厚かましい事を頼める立場に君はあるつもりなのか、などと言いました」

――貴方ハ鶴飼ノ潜伏場所ヲ知ッテイタカ。

「本人は電話で、千葉の金谷《かなや》という処にいる、鋸《のこぎり》山《やま》の真下だ、なんて言ってましたが、こっちから電話をした事はありませんから事実金谷にいたものかどうか、私は知りませんね」

――ソノ時以外ニ鶴飼カラノ連絡ヲ受ケナカッタカ。

「一度だけあります。一月二十五日にやっぱり電話がかかって来て、今千葉県にいる、千葉県の何処にいるかわかるかい、なんて暢気《のんき》な事をシャアシャアと言ってました」

――貴方ハ鶴飼ガ殺サレタ事ヲドウ思ッテイルカ。

「可哀相だとは思っています。私一人が友達だったし、孤独な環境から焦《あせ》りが生じて、あんなスパイをすれば出世が早いなどと浅薄《せんぱく》な考えを持ったのだと思います」

――ソレナノニ貴方ハ何故鶴飼ノ葬式ニ行カナカッタノカ。

「私は病気中でした」

――何ノ病気カ。

「胃炎と疲労です」

――ソノ病人ガ毎晩ノヨウニ飲ミ歩イテイルノハドウイウ訳カ。

「飲みたいから飲んだのです。それは私の勝手でしょう」

――勝手デハナイ。ソレデハ貴方ノ病気ハ嘘ダトイウ事ニナル。

「病人でも死人でも、飲まずにはいられない時は飲みますよ。それに誰の葬式に出ようと出まいと私の自由でしょう。鶴飼がやった事で最も迷惑したのは私だ。その私が憤慨《ふんがい》して彼の葬式に参列しなかったと言っても、世間は納得《なっとく》してくれますよ」

――飲マズニイラレナカッタトハ、ドウシテカ。

「いろいろと原因はあります。警察はそんな事にまでタッチする必要はないでしょう」

――ソレニ貴方ハ毎晩外出シテイル。何処デ何ヲシテイタノカ。

「酒を飲んだり、人と逢ったり、夜道を歩き廻ったり、いろいろですよ」

——飲ミニ行ク処ハ何処《ドコ》カ。

「たいてい新橋のバー『草原』です」

——人ト逢ッタリト言ッタガ、ソノ人ハ誰カ。

「言う必要ありません」

——誰ダカハッキリ言ワナケレバ貴方ニトッテ不利ニナル場合モアル。

「要するに警察とは関係がない人です」

——関係ガアルカナイカハ、コッチデ判断スル。

「しかし言いたくありません」

——コノ名刺ハ貴方ガ作ラセタ名刺カ。

「そうです。昨年の夏頃、商産省内購買の藤岡名刺店で百枚作らせました」

——貴方ハ自分ノ名刺ヲ平常何処へ置イテオクカ。

「組合書記局の私の机の中に入れて置いて、名刺入れに小出しにして所持してます」

——コノ名刺ノ裏ニ書カレタ都県名ハ何ヲ意味スルノカ。

「私が書いたものではないから見当もつきません」

——貴方ハ最近、品川区二葉町三丁目アタリヲ歩イタ記憶ガアルカ。

「あります。伯父の家があるので、今年になって二、三回行きました」

　――一月十八日、ソノ付近デ細川マミ子ト逢ッテナイカ。

「偶然に逢いました。私もびっくりしたし細川も驚いたようです。こんな処にいたのかと二言三言喋ってすぐ別れました。その際、細川が住んでいるという家も教えてもらった覚えがあります」

　――貴方ハ細川ヲ見テドウ感ジタカ。

「私は細川に対しては最初からどうとも思って居りません。私が紹介して臨時書記に雇われたという立場上、彼女のスパイ行為に勿論いい感情は持っていませんでした。しかし、相手は女であり、子供可愛さに鶴飼の言いなりになったのでしょうから、憎悪よりもむしろ憐れみを感じていました。ただ鶴飼と何故一緒に姿をかくさなかったのか不思議に思いましたよ」

　――貴方ハ沢上宅ニ電話ヲカケタカ。

「さあねえ。電話番号さえ知らないんだからかけないですよ」

　――デハ貴方ハ細川ニ偶然出逢ッタ事ヲ誰カニ喋ッタカ。

「そうですねえ。普段なら私はあまり口数の多い性質ではないから、そんな噂話みたいな話はしないと言いきれるんですが、何しろ十九日に飲んだ時は仲間が多勢《おおぜい》いて私もいい調子で喋りまくったようですから、その時口を滑《すべ》らしただろうと言われると自信がありませんね」

――貴方ノ最近ノ生活ハ極端ニ乱レテイルソウダガ、ソノ原因ハ何カ。

「何度も言うようですが、そんな事をどうして貴方達に説明しなければならないんです。もし警察が私を犯人または被疑者という前提で質問を続行するならば、私はこれ以上の供述を拒絶します」

――興奮シナイヨウニ。事情ヲハッキリサセル為ニ尋ネテイルノダ。

「私はもう何も言う事はないし、言う必要もない。私には確固たるアリバイがある。アリバイがある以上、私はもうこの事件に関り合うのは沢山《たくさん》だと言えるはずだ」

――アリバイ立証出来ルノカ。

「出来る。出来ます」

――デハ訊クガ、二月五日ノ夜ノ貴方ノ行動ヲ詳細ニ述ベテ欲シイ。

「その日、私は六時半にある人と信濃町《しなのまち》駅で待ち合わせる約束でした。五時より執行委員会があり、終ってから雑用をすませて五時五十分頃商産省を出たのです。六時半に目的の人と逢って、そのまま神宮外苑まで一緒に歩き、外苑のベンチに腰を下《おろ》してそれから九時近くまで話を続けました。九時過ぎに二人は四谷《よつや》駅へ出て、そこで別れました。私は真直ぐ下宿へ戻って来ました。以上です」

――ソノ、アル人トハ誰カ。

「それは言いたくありません」

――ソレヲ言ワナケレバ、アリバイハ立証出来ナイ。

「仕方がありません、言いましょう。染野昭子という女性です」

――商産省第一統計課ニ勤務スル染野昭子カ。

「（驚キノ表情アリ）そうです」

――貴方ト染野ノ間柄ハ。

「恋人、つまり非公式な婚約者です」

――二月十日夜ノ貴方ノ行動ヲ訊キタイ。

「五日の場合と殆んど同じです。やはり六時半に信濃町駅で染野昭子と待ち合わせて、神宮外苑まで歩き、外苑のベンチで話をしました。ただ、この日は染野昭子を世田谷の自宅まで送るつもりで、井《い》の頭《かしら》線の下北沢《しもきたざわ》まで一緒に行きました。しかし、染野昭子が駅まででいいと言うので、下北沢駅のホームで別れました。そして私はそのまま下宿へ直行したんです。自分の部屋の布団の上に大の字にひっくりかえった時は確か十一時半近くだったと思います」

――二月五日ト十日ヲ選ンデ二日トモ同ジヨウナ行動ヲシテイルノハ何故カ。

「別に意識してそうしたわけではありませんよ。貴方達が〈五日〉と〈十日〉の行動を言えというんでそれに答えたまでです。その日以外の夜だって私達は神宮外苑へ行ってますよ」

——二人ハ何ヲ話シタノカ。

「そんな事は余計でしょう。染野昭子と一緒にいたというだけで、アリバイは成立したはずです」

——シカシ、真冬ノ夜、外苑ノベンチデ話ヲスルトイウノハ、タマナラバ有リ得テモ、連日トハ頷ケナイガ。

「仕方がないでしょう、外苑で話し込んでいたのだから。私達のほかにもアベックは幾組もいましたよ。でも、どうしても言う必要があるならば言います。実は、最近になって、私と染野昭子の間に結婚をめぐる意見の相違が生じたんです。私達はこの悶着《もんちゃく》を解決する為に、連日のように話し合いを続けて来ました。そして、話し合いをする場所は、二人は昨日や今日の間柄ではないんだし、真剣な話なのだから、一つ神宮外苑あたりにしよう、という事になったんです。〈五日〉も、〈十日〉も、その中《うち》の一晩に過ぎません」

——二人ノ話シ合イヲ知ッテイル第三者ガイルカ。

「私達は出来れば秘密裡に悶着を解決したかったので、誰にも話してありません」

——五日マタハ十日ノ夜、神宮外苑ヤ電車内デ、貴方達ノ同僚カ知人等ニ逢ッテナイカ。

「私達の方では気がついてませんから、恐らく誰とも逢ってないでしょう」

——五日マタハ十日ノ夜、貴方達ハ飲食店トカ旅館ナドニ寄ラナカッタカ。

「全然寄りませんでした。一言、私の方から言いたい事があるんですが」

——言ッテモヨロシイ。

「もし、私を犯人として逮捕するならば、してもいいです。死刑になったらきっとサッパリするでしょう。但し、取調べとか裁判は一切省略する条件です。それならば私はいつでも自首しますよ」

——冗談ヲ言ッテイル場合デハナイ。

合同捜査本部の求めに応じて、参考人として出頭した染野昭子から聴取した事情は次の通りである。

——前略——

——冒頭ニ尋ネタイ。貴女ハ此ノ度ノ殺人事件ト亀田トノ関連ニ就イテドウ思ウカ。

「どう思うかって、勿論特別な関連などないものと信じています。噂によりますと亀田さんが被疑者だそうですが、あの人は人殺しをするような人間じゃありません。他人を殺さなければ自分が殺されるという立場に置かれても、亀田さんは笑って殺される方に廻る人なんです。私の欲目もあるかも知れませんけれど」

——貴女ノ家族ハ。

「母だけです。父が昨年亡くなりました。今は母娘二人のアパート暮しです」

——貴女ガ商産省へ入ッタノハイツカ。

「三年前の四月です」

——貴女ト亀田克之助トハ特別ノ交際ヲシテイルノカ。

「特別の交際、とはどういう意味なんでしょうか」

——単ナル知己以上ノ間柄カトイウ意味ダ。

「親しい間柄です」

——何年前カラノ交際カ。

「私が商産省へ入って間もなくですから、もう足かけ三年になります」

——結婚ヲ前提トシテイルノカ。

「結婚はまだ具体的に考えて居りません。現在の亀田さんの収入だけでは生活して行けませんし、共稼ぎしたとしても、私には母がありますから人並の文化生活は無理だろう、なんて話をした事があります。でも、一応は結婚を目標に考えた事もありました」

——二人ハマダ愛情ニヨル具体的ナ関係ニハナカッタノカ。

「肉体関係があったかという意味の質問ならば、互いに求める時はありましたが、そうなる機会がなかった、とお答えします」

——最近、貴女ト亀田トノ間ニ何カ悶着ガアッタノカ。

「さあ。これと言って別に、悶着などというような覚えはありませんが」

——本当ニナカッタカ。

「口喧嘩ならちょいちょいしますが、そんな深刻な問題はありません」

——シカシ、亀田ハ、貴女トノ間ニ結婚ニ関スル悶着ガアッタト言ッテイルガ。

「と言われても思い当りません。神経衰弱ではないかと、亀田さんは最近ちょっと変だから、何か勘違いしているんだと思います。私も一時は心配したんですが、何かこう妄想的なんです。私、先日あの人の日記を盗み読みした事があるんです。そうしたら、

〈死ぬ〉

〈絶望〉

〈女の哲学〉

〈宇宙への逃避〉

などと、多分に妄想的で大袈裟《おおげさ》な言葉が書き連ねてありましたわ」

——貴女ハ二月五日及ビ十日ノ夜、何処デ誰ト何ヲシテイタカ。

「思い出すまで待って下さい。ええと、二月五日は真直ぐ帰宅しました、お勤めが終ってから。それから二月十日は、そうです、映画を観ました」

——何処ノ映画館カ。

「私、お役所の帰りに観る時はいつも渋谷《しぶや》の映画館なんです」

——コノ点ハ非常ニ重大デアルカラ、記憶違イノナイヨウニシテ欲シイ。

「五日も十日も、今言った通り間違いありません」

——最近、貴女ハ亀田ト長時間話シ込ンダ事ハナイカ。

「ありません。近頃あまり亀田さんと逢ってないんです。スパイ事件や何かでゴタゴタしてたもんですから」

——イツ頃カラ逢ッテナイノカ。

「確か一月二十八日に二人で新劇を観に行ったのが最後です。先日、さっき言った日記を盗み読みした時ですが、亀田さんの下宿へ行ったんですけど、あの人は留守で結局逢えなかったのです。だから一月二十八日が最後ですわ」

——恋人同士ガソンナニ逢ワナイノハ不自然ダガ。

「私達、きっと長過ぎた春なんです。お互いに落着きはらっちゃって、活気不足ですわ。

それに、殺人事件だ、病気だ、の連続でしょう。ムードに欠けてるのね」

——最近、貴女ハ神宮外苑へ行ッタ事ハナイカ。

「ありませんわ。催し物はないし、冬ですもの」

——モウ一度念ヲ押スガ、二月五日及ビ十日ノ夜、貴女ハ亀田ト神宮外苑へ行カナカッタカ。

「二月五日と十日の夜の私の行動も、最近亀田さんとは逢っていない事も、神宮外苑へ冬は行った事がありませんとも、私は既に申上げました。その三点が合致するはずがないでしょう」

——イヤ、貴女ノ言葉次第デ亀田ニ重大ナ影響ヲ及ボス事ニナルカラ充分慎重ニ答エテ欲シイノダ。

「でも私は〈ノー〉は〈ノー〉とお答えします。これ以上の慎重はありません」

8

参考人染野昭子の事情聴取が終って、直ちに第五回の合同捜査会議がもたれた。実質的な捜査会議はこれが最後であったわけだ。

この会議の主眼点は、亀田逮捕に踏みきるかどうかという事であった。

つまり、亀田の最後の疑点であったアリバイが完全に崩れた事と、同時に虚偽のアリバイ成立を企図した事により、亀田犯人説の声が俄《にわ》かに大きくなったわけである。

しかし、その中にあって、二階堂事件犯人内部説を強硬に主張した、例の捜査一課の某警部補と大井警察署の某刑事の二名が、やはり亀田逮捕に踏みきる事に難色を示した。

以下、その争点を中心にして、最後の合同捜査会議の内容を公開しよう。

〈大半が亀田緊急逮捕に賛成している空気だが、尚《なお》もう一度、疑問点を論議しつつ充分に検討されたい〉

――亀田緊急逮捕説――

亀田と染野の二人の主張は真向から対立している。染野は逢わないと言い、亀田は逢ったと言う。

これは、二人のどちらかが嘘をついている事にほかならない。このような場合に我々のとるべき態度は、あくまでも客観的に両者の主張の真偽を公平に見極める事である。

しかし、それは、両者が互いに自分の主張を通す事によって〈有利となる〉という利害をともなう場合である。

亀田は確かに自分の主張を通す事により有利となる。だが、染野はどうだろうか。亀田と逢った事実はない、という主張を通したからといって、どれだけの利点があるだろう。逆に、恋人の危急を冷淡に見過した女として周囲の人情家から非難される位のものだ。そして、染野は、亀田の言う通り二月五日及び十日の夜、二人で神宮外苑にいた、と証言しても、何ら迫害も非難も受ける事はないだろう。加えて、恋人を救った、という女の情としての自己満足がある。

女は男に比較して感情的である。我々の今日までの経験から考えても、女は自分の肉親や愛人を庇《かば》って、盲目的な愛情に走り、社会常識を無視する傾向が多分にある。

従って、当初は、染野が亀田を庇う気持からアリバイ成立に口裏を合わせるだろうと予測していた係官もあった。しかし、染野が躊躇《ちゅうちょ》臆面《おくめん》もなく、亀田の主張を否定した。

人間は自己の有利の為に嘘をつく。証言の如何に拘らず、自分の利害に何の影響もない染野が故意に嘘をつく事は考えられない。

以上の観点から、我々は染野昭子の主張を真実と判断したい。

とすれば、亀田のアリバイは存在しない。下宿先の主婦の証言にもある通り、二月五日及び十日の夜、亀田は外出して居り、しかも帰宅時間はそれぞれ犯行時間後となっているのだ。また、我々の捜査結果から言って、亀田のアリバイを立証出来る人間は染野以外に一人もいないのである。その染野が否定して居り、同時に亀田は虚偽のアリバイ成立を計った事になる。即ち犯人にほかならない。

その他の多数の亀田に対する容疑根拠は充分に御承知と思われるので省略するが、捜査本部としては、この明白な事実に基いて、亀田の緊急逮捕に踏みきるべきである。

〈質問したい。亀田名刺の裏面にあった都県名の連記をどう解釈したか〉

あれは、鶴飼自身が書いたものと解釈したい。そして、一つの目的の為にあれだけの都県名を書いたのではなく、半分悪戯書《いたずらがき》のメモ程度のものと考えたい。

誰かと喋りながら、鉛筆をなめなめ、思いつくがままに、軽い気持で、紙片にメモする人間を想像願いたい。従って、まとまりのない字体であり字の配置であって、「ん」の字を入れてみたり、同じ県名を幾度も書いたりしているのである。

では、一体何を思いつくがままに書いたかと言うと、調査の結果、商産省管内には名刺に書いてある県名に該当する次のような地方機関がある事がわかった。

商産省徳島商産局

商産省石川県地方事務所

商産省徳島商産局高知出張所

商産省広島商産局
商産省青森県地方事務所
商産省福井県地方事務所
商産省仙台商産局福島出張所
商産省広島商産局山口出張所
商産省広島商産局岡山出張所
商産省徳島商産局愛媛出張所
商産省福岡商産局
商産省福岡商産局鹿児島出張所
商産省小石川《こいしかわ》分室

尚、最後の小石川分室とは、名刺裏にあった「東京」がこれに該当するものと思われるのである。

以上の商産省の各地方機関は、鶴飼が、転勤先の候補地として思い浮かんだものを順次書きならべたのだと推定した。

〈再度質問したい。転勤先の候補地を何故鶴飼は亀田の名刺裏に書いたのか。また、それはいつ何処で書いたものと判断したか〉

これは大変にむずかしい問題である。しかし、一応推察出来るのは次のような経緯である。念の為に申しそえるが、これはあくまで想定であって、具体的な裏付けは被害者か加害者のみが出来る事である。

「事件の前日。鶴飼からの電話があった際に、亀田は転勤に関する事で密談したいと伝え、場所は商産省裏庭の非常階段の上、時間は多分七時前頃と指定したのであろう。

非常階段の上という奇妙な場所を指定されたとしても、人間を避ける必要は鶴飼自身がよく知っているし、唯一人の味方と信じている亀田が、転勤に関して、という好餌《こうじ》を持ち出せば、鶴飼は不審も持たずに応じたであろう。

或《ある》いは、以前に二人はあの非常階段の上まで上った経験があるのかも知れない。一度でも行った事がある場所というものは、他人が考える程、奇異な場所とは感じない。

二月五日の事件当日。

次の日から休む計画であった亀田は、午前中に医師から診断書をもらって上司に提出した。

退庁後の組合書記局での会議と雑用をすませた亀田は、五時五十分頃商産省を出た。それから非常階段の上で鶴飼と会見する約束の時間まで、亀田が何処でどう過したか不明である。既に夜の闇が迫った商産省周囲のビル街を徘徊していたのかも知れない。

亀田と鶴飼は、相前後して裏庭の通用門から入り非常階段を上ったであろう。そのいちばん上部の踊場の周囲には鉄柵が張りめぐらされてあるから、決して危険ではない。だが、何分《なにぶん》にも足場が狭く、冬の夜風が厳しいから少しでも短時間の中《うち》に片を付けたい。それに再び通用門を通り抜けるには時間的制約がある。亀田は間もなく凶行に移っただろう。

二人が交した話の内容は勿論転勤についてであったろう。そして〈一体何処へ転勤するべきか〉という話題が中心であったに違いない。

鶴飼は、頭の中にある転勤先を一通り書きならべてみよう、と思いたつ。周知のように、鶴飼の死体からは手帳など紙片に類するものは一切発見されなかった。鶴飼は紙を持ってなかったのである。書こうと思っても紙がない。そこで必然的に鶴飼は亀田に紙を持っていないかと尋ねただろう。

亀田も適当な紙片は持ってなかった。しかし、今、鶴飼が何かに熱中してくれる事は犯行に好都合である。亀田は名刺入れから自分の名刺を一枚引き抜いて、メモ用紙の代りにしろと鶴飼に渡した。

鶴飼はその名刺の裏に、御承知のような県名、というより転勤先を書き連ねた。青森と福井と福島と福岡とに限って○○と傍点を付けたのは、その四ヵ所が鶴飼が希望する転勤先だという意味であろう。

書き終って鉛筆を亀田に返してからも、鶴飼はその名刺を手にしながら、晴々とした気持で喋り続けたに違いない。そんな鶴飼が階段の方へ軀《からだ》をずらして機会を待っていた亀田に背を向けた瞬間があったのだろう。亀田はその瞬間を逃さず、鶴飼の後頭部へ満身の力をこめた最初の一撃を加えた。声もなく崩れて行く鶴飼へ更に続けて五回も凶器をふるったのである」

これが推定し得る、犯行までの経緯で、同時に名刺に関する質問への答ともなるわけである。

——亀田犯人説への疑問——

（註。これは例の捜査一課の某警部補が出したものである）

私は、亀田犯人説を頭から否定はしない。但し、次の五点について釈然《しゃくぜん》としないものがあるから、質問したい。

第一点。

亀田名刺と凶器についてであるが、唯今の説明によると、鶴飼の求めに応じて亀田があの現場で自分の名刺を手渡したという事である。

しかし、殺人を企図する人間は、名刺の類を遺留する事などについて必要以上に神経を消耗させるのが当然であって、まして亀田が綿密な計画のもとに事を運んでいたとするならば、その名刺だけを狼狽《ろうばい》のあまり忘れたというのは理論的に矛盾していると思う。計画犯罪の初歩であるが、犯人は自分を指摘するような物品を出来るだけ身につけないのが常道である。極端に言えば、犯行には素裸《すはだか》でのぞむのが理想なのだ。

それを、その人間の看板代りである名刺を不用意に渡し、その上、また不用意に名刺を現場に遺留する。これは計画性とは縁遠い行為と言わなければならない。

次の凶器にしても同じである。計画犯罪とは「自分を犯人とされない」為に計画を練った犯罪である。その計画犯罪者であるはずの亀田が、何故、凶器を現場に遺留して行ったのか。しかも犯人は商産省内部の者です、と我々に告げんばかりの「手拭い」に包んだ凶器を、である。

そのくせ、二階堂事件では、犯人は凶器を沢上宅周辺にも遺棄《いき》せず、丁寧に持ち去っている。これが亀田という同一犯人によるものと簡単には頷《うなず》けないのである。

名刺と凶器を遺留した事が亀田の計画性と相反するとともに、私はこれにより逆に亀田犯行説に疑問を抱《いだ》くものである。

第二点。

これも、計画性に関する事だが、鶴飼事件と二階堂事件を比較すると、私はその計画度合に大きな差を感ずるのである。

鶴飼事件では複雑な時間制限の間隙《かんげき》を利用し、被害者を非常階段の上まで呼び出して凶行しているが、二階堂事件の場合は、被害者の就寝中を襲って、細川と誤認して殺害、逃走するという慌《あわ》てぶりである。

亀田が細川殺害を決意して、沢上宅の周辺を予備観察し、しかも間一髪の機会を狙って凶行する程の周到さを持っていたならば、何故、細川を呼び出すなりして、少なくとも誤って別人を殺すような失敗を避けようとしなかったのか。亀田がその気ならば、細川を戸外へ連れ出せる口実など幾らもあったはずである。

鶴飼事件は成功率百パーセントの計画に基き、一方の二階堂事件は、場合によって失敗発覚追跡という危険も顧《かえり》みずに衝動的に遂行している。

言うなれば、二つの事件は全く別のケースである。

第三点。

亀田は何故、細川を殺そうとしたのか。

スパイ事件に限り、鶴飼と細川は同罪であり、同じように憎悪《ぞうお》の的《まと》となって、亀田の怒りを買った。というのが世間一般の思惑《おもわく》である。

しかし、考えてみれば、同じ行為とは言いながら、鶴飼が「主」であり細川は「従」である。まして細川は妊娠中の女子として、立場上鶴飼の命令を拒絶出来なかったという情状は認める、と亀田自身も供述している。

細川が組合臨時書記を解雇された際も、その日までの賃金は支払うべきだと主張してやったり、後の事まで世話を焼いてやったりしたのは亀田なのである。また一月十八日、沢上宅付近で細川と出逢った亀田は、極めて常識的な会話だけでさりげなく別れている。

そんな亀田が、二月十日まで細川殺害の計画を練り上げていて、突如としてガレージ二階へ侵入し、残虐な凶行を演じたという解釈は統一された人間感情の推移を無視している。また、友情を裏切った鶴飼を殺したのは納得出来たとしても、妊娠中の女子まで殺そうとしたとは、亀田の人間形成から言って甚《はなは》だ疑問である。

第四点。

亀田は、何故、二月五日と二月十日という日を選んだのか。

我々の解釈では、亀田は最初から鶴飼の居所を知っていたのだし、細川が沢上宅に寄寓《きぐう》している事も一月十八日以降は承知していたのである。それならば、亀田はもっと早く犯行を実現する事が可能であったはずだ。

復讐とか報復という犯罪は、その八割が衝動的突発的犯行であり、若干の計画的要素がある場合でも犯行後自首するケースが多い。これは、復讐を遂げる事が目的であり、他の犯罪のように犯行後の目的を持たないからである。目的さえ遂げれば、自分が処罰されるのは覚悟の上であり、またその分別さえつかない状態にあるのだ。

しかし、復讐心とか報復欲とかいうものは時間の経過とともに薄れて行く。一日たてば一日分だけ冷静になる。亀田のような感情家が直ちに報復したというならば、まだ頷けようが、そうする事が可能である日々をいたずらに見過していて、二月五日に鵜飼を、二月十日に細川を、と思い出したように行動を起したのは、どう解釈すべきなのか。

また、復讐という動機でありながら本事件は珍しく計画的犯罪であるが、その犯人が、第一の事件から五日後に第二の事件を引き起すのは無謀だという事を考えつかなかったのだろうか。二つの事件が続発すれば、その動機や犯行手口が明確になり、犯人にとっては著しく不利だ、と知らなかったのだろうか。

どうせ二人を殺すならば、何故、亀田は、一度に二人を殺す手段をとらなかったか。私は、亀田が五日の間をおいて一人ずつ殺害したという、その必然性を発見出来ない。

最後の第五点。

これは実際上の質問であるが。

二月五日。亀田は五時五十分に商産省を出て、十時に下宿へ戻っている。犯行前後に三時間以上の空白がある。

二月十日。亀田は五時半に下宿を出て、十一時半に戻って来た。二階堂事件は非常に短い間に凶行しているが、この犯行前後にも五時間以上の空白がある。

この二つの空白を、亀田が何処でどう費《ついや》したものか。

以上五点について説明を願いたい。

――応答――

貴方は非常に無理を言われている。

「人間」と「嘘」とが切り離せない限り、犯罪捜査は二つの段階に分けられる。つまり、第一段階は我々があらゆる機能と努力を傾注して組立てた「推定」であり、第二段階は被疑者の自供を裏付ける事である。

現行犯なり、明白な証言証拠がある犯罪なりの場合は別であるが、それ以外は、我々が科学的に常識的に、そして冷静な判断から、一つの結論まで追いつめて行かなければならないのである。しかし、その「一つの結論」が出たとしても、それはあくまでも「推定」である。その推定が真実であるかどうかは、裁判が決定する。我々が最も注意しなければならない事は、この「推定」だけで犯人を作ってしまったり、「被疑者の自供」だけで犯人と決めてしまってはならない事である。二つが両立して合致する事によって初めて自信を持てるわけである。

たとえ、ある男が他殺死体の傍に立って凶器を手にしていたとしても、この男を犯人と見るのは単なる「推定」である。これだけでは我々はこの男を犯人とする事は出来ない。この男の自供が、動機なり凶器の入手先なり加害箇所なりの諸点で、事実だと裏付けられる事がプラスされて、初めて我々はこの男を犯人と断定する。

さて、例として貴方の第五点目の質問から考えてみたい。

二月五日及び十日の夜。亀田は染野昭子と逢っていたと言う。染野がそれを肯定すれば問題はなかった。しかし、染野は逢わないと言っている。そして、染野以外に亀田が神宮外苑なりその他事件と関係のない場所にいたと証明するものがないし、また我々もそこまで捜査するのは困難である。

貴方が言われる通り、亀田を犯人とした場合には数時間の空白がある。しかし、亀田自身は神宮外苑へ行っていたというのだから、これは空白でも何でもない。だが、その亀田の主張を「嘘」と判断せざるを得なかった我々が、その空白をどう「推定」すべきだろうか。亀田本人以外は誰も知らない彼の行動を我々がどうして「推定」出来るだろうか。もし、こうであったろうと仮説をたてても、それは最早《もはや》「推定」ではなく「想像」である。

では、その空白はどうしたら埋まるだろうか。亀田本人の口から聞くより仕方がないのである。勿論、聞いただけではなく、その裏付けが出来て、初めて埋まるのである。たとえ三十分間でも、亀田の言う事が裏付けられて、空白でなくなるわけである。

貴方が言われるように、もしこの空白が確信をもって埋められない限り、亀田を犯人とは思えない——という事になると、殆んどの犯罪捜査は不可能となるであろう。「推定」には限度があるし、また人間の行動をすべて見透せる力があるならば、「推定」も「捜査」も必要はないはずだ。

貴方は感覚論を述べている。

第一点の質問である名刺と凶器を何故に遺留して行ったか、にしても、その疑問はあくまで貴方の感覚である。犯人の感覚はもっと別のものであったかも知れない。

人殺しをした以上、冷静であったはずもないし、犯人にとって遺棄して行かなければならなかった条件の変化があったのかも知れないのだ。過去においても計画的犯行には遺留品が全くなかった、と断言出来るだろうか。

自分の主観なり感覚を加味すれば、一つの事件に対する「推定」もその人により全部が違ってくる。

例えば、第二点から第四点までの貴方の言われる矛盾を、こう「推定」すれば少しも矛盾ではなくなる。スパイ事件の真相がわかって亀田は最初、あまりの出来事に呆然《ぼうぜん》としていたが、日がたつにつれて、自分が苦しい立場に追いやられているのに気がつき、同時に責任を痛感し始めた。そして鶴飼と細川に対する憎悪が胸を突き上げて来た。しかし、報復したい欲望と、犯罪を避けたい気持と心の葛藤《かっとう》がしばらく続いた。その心の葛藤が亀田の生活を極度に荒れさせた。

だが遂に報復心が勝った。彼は犯罪の計画を練った。二月五日夜、それを実行した。細川もともと考えたかも知れない。しかし細川は東京にはいなかったのである。或いは、亀田は鶴飼だけに対して殺意を持ったとも考えられる。だが人間は一度犯罪者となると、毒を食わば皿までも、という一種の精神障害者に近くなる。その結果、突如として、細川殺害を思いたった――。

このようにも解釈出来るわけである。しかし、それ等は想像に近いものである。我々は自分の主観を抜きにして、「現象」と「その事実」に基かなければならない。貴方と空論を交していても、捜査の進展にプラスしないのである。

我々は亀田を逮捕すべきだという線に到達したのではないだろうか。

(そして、亀田の逮捕状を請求する事に多数意見が一致した)

しかし、恰度その時である。所轄警察から〈亀田克之助が交通事故で瀕死の重傷を負い再生会病院へ運ばれた〉という緊急連絡があった。

大部分の係官達は別人だろうと言ったそうだ。亀田克之助があの亀田克之助と同一人だったという事を信じたのは、再生会病院へ駈けつけてからであったという。

合同捜査本部は解散前に、もう一つ仕事をした。

それは「参考として」という亀田の両親の諒解を得て、彼の遺品を見せてもらった事である。勿論、捜索押収などとは無縁の非公式なものであった。しかし、それはただそれだけに終っている。商産省と下宿先の彼の遺品からは、一つとして事件に関係のありそうなものは発見されなかったからである。尚、亀田の葬式には捜査本部員達も参列していたという。

逮捕直前の犯人が急死したという劇的な事件に、当時、亀田の死は事実交通事故による過失死か、それとも覚悟の飛び込み自殺ではないのか、と論議されて巷間《こうかん》の話題となっていた。

そこで最後に、それに関する資料を若干提供しよう。

二月二十日のテレビ番組「希望対談」の中で、永井《ながい》社会心理研究所所長と、評論家の多《た》治米徳蔵《じまいとくぞう》氏は次のように話し合っている。

永井「亀田克之助の死は、自殺と見るべきでしょう。つまりですね。相当な窮地まで追いつめられた犯人の心理として、自殺しようという積極的な意志ではないが、死ねるものなら死にたいという絶望的な自殺意識を持ってた事があるんです。彼はあの晩ひどく酔っていた。酔えば消極性が積極性へと発展します。一台の大型トラックを認めた時、彼は衝動的にそれに向かって軀を投げたのではないか、と思うんです」
多治米「しかし、トラックの運転手はハッキリ自殺ではないと言いきってますね。運転手としては自殺だと主張した方が立場が有利になるのにねえ。だから運転手としては余程確信があるのでしょう」
永井「運転手がそう断言する根拠はどこにあるんですか」
多治米「運転手はぶつかった事に気がつかなかったと言うんです。通行人が手を振りながら何か叫んでいるので車を停めたんだそうですよ。これは亀田克之助が車の前部には触れずに後部に接触して、衣服をひっかけた証拠だというわけです」
永井「つまり、自殺するなら車と真面《まとも》にぶつかる為に前の方へ飛び込むか、前部に触れるかしただろうと言うんですね」
多治米「そうです。それに何かが車体にぶつかったという衝撃も感じなかったそうですよ」

永井「ほう」
多治米「車体を避けようとした軀と接触したので、衝撃が少なかったんじゃないか、と言う話です」
永井「しかし、運転手は酔っていたんでしょう?」
多治米「本人は、酒は入っていたが泥酔でもないし、適量の半分も飲んでないんだ、と言ってましたがね」
永井「さあ、酔っている、いない、の規準ってやつは、どうもねえ」
多治米「風呂帰りの通行人の一人も、亀田克之助は車を避けようとしたが間に合わなかったのだ、と語ってます」
永井「トラックはスピードを出していたのですか?」
多治米「いや、スピードは大した事はなかったらしいですが、少し歩道に沿って近過ぎる直線を走っていたそうです」
永井「やはり、亀田克之助の心の何処かに、一瞬の逡巡《しゅんじゅん》があったんじゃないですか? 生か死か――」
　二月十九日の某紙夕刊の〈日夜戯評〉欄には、次のようにあった。

◎二十七歳の青年がいた。立身出世の為に友情を裏切り、労組の秘密文書を盗んで管理者側に手渡すという卑劣《ひれつ》で滑稽《こっけい》な事をした。
◎二十八歳の青年がいた。その背信を怒って、二十七歳の生命を奪った。それによってうっぷんを晴した気でいたらしい。
◎二十七歳は職場の非難を逃れる為に転勤を希望していたという。その厚かましさで、転勤先ででも出世を計るつもりだったか。
◎二十八歳は事のついでにもう一つの生命をも奪い取って、事露見《ろけん》に及ぶと、さっさとトラックに体当り、切腹的自殺をとげた。
◎二十世紀末の青年達も、近代的なのは外見だけで、その根本的な人間形成が案外古いのに驚いた。ドライとは古いという意味か。
◎二十七歳の立身出世方法も、二十八歳のサムライ的復讐センスも、江戸時代のお家騒動なら通用しよう。まさにアナクロニズム。
◎とにかく、二十七歳も二十八歳も、おそろしく無駄な事をしたようだ。おそろしく生命を粗末にしたようだ。（取越苦労）

これが事件の概要と参考資料の全部だ。これ以上の事を知っているのは、亀田克之助と鶴飼範夫と二階堂悦子の三者だが、死人に口なしである。

そして、本来ならば、落着した事件としてこのまま過去という靄《もや》の彼方へ消え去った事だろう。

（特別上申書）

鶴飼、二階堂両事件が落着して合同捜査本部が解散致しました直後、私は不眠症に悩まされて、本庁医官の診断を仰ぎました処、神経消耗甚だしいので四週間の休養を要する、と命ぜられました。

以後、自宅におきまして疲労恢復に専念して居りましたが、ふとした機会に、鶴飼、二階堂両事件を、被疑者亀田克之助の犯行とする事に、疑問を感ずるような糸口を発見致しました。

私はこの糸口から二、三の矛盾点につきまして調査を行ないましたが、その結果、亀田克之助は犯行に何ら関係がないという確信を持つ事が出来たのであります。

言うまでもなく、捜査本部の決定を全面的にくつがえすような行為は、特にその捜査本部員の一人でありました私が、軽々しくなすべき事ではありません。万が一、私の異論がやはり誤っていたのだという結果になった場合、私個人の責任ではなく、当局の威信を傷つけ、いたずらに世論を沸かせる、といった重大問題化するからであります。

従いまして、以下私の疑惑から始って、真犯人と確信をもって指名し得る人物を割り出すまでの、手記を御一読の上、当局としての判断及び措置を決定下さるよう特別上申する次第であります。

尚《なお》、疑惑の出発点はあくまで偶然の一致によるものであり、合同捜査本部会議の席上で、私と大井警察署の岸田井《きしだい》刑事が強硬に主張した反論に基き、それを正当だと実証するべく行動したわけではなく、全く他意のない事を明言するものであります。

また、病気休暇中にも拘らず、医官の命である静養を無視した上、上司の指示もなく単独行動をとった責任に就きましては、私は、いかなる引責または処分をも覚悟致して居ります。

昭和三十四年三月三十日

警視庁捜査一課
警部補　倉田《くらた》　敏宇《としたか》

捜査一課長殿

1

夕食時間ギリギリに午睡《ひるね》から目を覚した私は、電灯もつけずに暗い六畳間にポツンと坐っている妹と、茶の間の食卓の前で困惑しきった顔をしている妻とを見て、

（またか……）

と思った。

こんな情景は、このところ毎日のように見せつけられる不愉快な図である。

妹は、勤めから帰って来ても、まるで洞穴の中の孤独な老熊のように、私や妻の顔を避けて誰もいない部屋を選んでツクネンと坐り込む。

私もその原因は知っていた。

妹は、一ヵ月程前、勤めている自動車会社のある技師の卵に失恋したのである。

妹達二人の交際は一年以上であったから、その技師の卵も私の家へ来た事がある。私も妻もなかなか好青年だと、その印象を語った記憶がある。

私は妹達の交際にあまり干渉しなかったので、その過程や交際の深さについて、よく知らなかった。

妹は二十三である。まあその中《うち》に結婚の決心がつくだろうから、あの技師の卵を弟と呼ぶ事になるか、と私は軽く考えていた。

それが、今年の二月頃から妹の様子がおかしいと妻に注意されて、私は少々慌てた。二人の結婚は当然だ、と頭から決めてかかっていたのに、突然妹が失恋したらしいと聞かされたからである。

しかし、その頃は鶴飼、二階堂両事件の追い込みの真最中で、妹の失恋などにかまってはいられなかった。

最近になって初めてゆっくりと話を聞いてみると、今年に入って間もなく、その技師の卵が築地のある料亭の末娘と婚約したという噂《うわさ》が妹の耳に入り、同時に男は妹の誘いに一切応じなくなった。そして三月初旬、男は噂の通り料亭の娘とさっさと結婚式を挙げたという話である。

勝気で一本気で、本気で男を愛していた妹にしてみれば、涙も弱味も怒りも表面に出さず、平静を装っている事は辛かったに違いないと思う。それは歯痛を怺《こら》えて微笑しているのと同じような事である。

私も同情はしたし、以前の明るく楽しそうな妹を思うと、その技師の卵が憎かった。しかし、私には最近の男女交際倫理が理解出来ないし、その技師の卵にしても、表面だけの現象で一方的に妹を裏切った、とは言えない何かの事情があったのかも知れない。また妹に嫌われる原因があったとも考えられる。だから、私として妹に言えた事は、

「誰でも一度や二度は経験するものだ。失恋もまた楽しだ。忘れろよ」

であった。

だが、今夜はさすがに私も腹が立った。三人家族だから、その中の一人が暗い空気を持ち込めば、家中全体がどんよりと曇る。

それに、(妊娠中の妻の神経に作用して流産でもされたら)と思うと、初めて父親となる私にとって妙に癇《かん》にさわる妹の態度であった。

「おい、飯《めし》だぞ」

と、二度ばかり声をかけたが、妹が闇の中から顔を出す気配はなかった。

「いい加減にしたらどうだ」

「食べたくないの」

と、井戸の底で呟《つぶや》くような妹の声がした。

「食べたくないなら無理には食わせんよ。しかし女学生の失恋じゃあるまいし、絶食するなんて意味ないぞ」

「食べたくないのよ」

と、また同じ言葉が返って来た。

この同じ返事が、私には何だか嘲弄《りょうろう》されているように聞こえた。思わず闇の中の姿なき妹をにらみつけた。女というものは「恋の苦悩」に対しては寛大なのか、妻が傍から怒鳴りつけようとした私を両手で制した。それで私は少し声を和《やわら》げて闇へ向かって言った。

「馬鹿だよ、お前は。一度や二度の失恋で、そうやって自分の価値に疑問を持っている。二十五、六で結婚適齢期だって言われてる時代じゃないか。お前なんか若過ぎる位だ。焦《あせ》る必要はないだろう」

闇の中から声だけがした。

「結婚とか失恋なんて問題じゃないわ。私はね、あの人が結婚の対象を急に変更した、その心の底にあるものが憎いのよ」

「そう飾ったいい方をするな。結局は、嫉妬《しっと》とプライド、それに自信喪失だろう」

と私は言い返してやった。

その時だった。闇の中からにじみ出るように白いセーターが浮き上って、妹が、茶の間の敷居の上に立った。見下《みおろ》すその眼は、私が生まれて初めて見る妹の、敵意に燃えた鋭い眼であった。私は思わず息を飲んで、箸《はし》を運ぶ手をとめた。

妹は言った。

「兄さんは何でも第三者の立場から見ているのね。職業柄よ、きっと。でも人間的に言ったら、そういう兄さんって残酷よ」

「残酷？」

「兄さんに言わせれば、失恋なんて愚の骨頂かも知れない。でも、たった一人の妹がその失恋で苦しんでるのよ。何もこんな雑誌を買って来て、私の机の上に置いておかなくてもいいじゃないの。思いやりなんか私はいらない。でもソッとしておいて貰いたいわ。兄さんの残酷！」

と激しく言って、私の膝のあたりへ一冊の週刊誌をたたきつけると、妹は傍をすり抜けて玄関脇の自分の小部屋へ飛び込んで行った。

瞬時圧倒されていた私は照れかくしに、

「驚いたね、雑誌を買って来るのが残酷だって言うんだから」

と、妻に苦笑を見せながらその週刊誌へ眼をやった。

表紙に〈特集〉として〈結婚ブームを診断する〉とある。妹が「残酷」だと言うのはこの記事に違いないと思った私は、食事をすませてから六畳間の真中に寝転んで、その〈結婚ブームを診断する〉をゆっくりと読み始めた。

成程《なるほど》、妹が憤慨しそうな箇所もある。結婚就職主義の場合、という項には、

〈結婚就職主義の女性は、当然大会社を希望する。中小企業より安定性があるからだ。つまり、大会社というのは経済力豊かな男性という意味で、競争率も激しい。恋愛は就職試験であり、失恋はそれの失敗である。だから現代の失恋は、過去の「恋患《こいわずら》い」のような精神的苦痛をともなわない。その代り自信喪失の打撃は大きい。愛する男を失ったという心の傷より、次の就職試験に対する影響が、失恋による大きな損害なのである〉

などと書かれてあったが、こんな処が妹にはカチンと来たのだろう。

恋愛至上主義者を冒瀆《ぼうとく》するような文章を七、八ヵ所も読んでから、私は〈特集〉の最初のページを見た。次の瞬間、私は、

(おやっ……)

と思った。

〈特集　結婚ブームを診断する〉という文字が浮き出ているカット写真が、私の漠とした意識を急速に一点に絞り上げたのである。

そのカット写真は、特集の内容に相応《ふさわ》しく二組の新郎新婦の結婚写真を、殆んど一ページ全部に組合わせたものである。一組は純日本式、もう一組は洋式の衣裳をつけていた。その洋式の方の花嫁の顔に私は見覚えがあった。しかも最近、私が何か重大な関心を持った女の顔である。それが私に(おやっ)と呟かせたのであった。

結婚式の記念写真の、特に花嫁さんの顔というものは、その人によってまるで本人とは思えない程素顔と違ってしまう。厚化粧するせいだろうが、これはだいたい和式の場合であって、洋式は日常の化粧にある程度のメイクアップをプラスしたぐらいだから、極端に見違えるという事はないだろう。

誰だったか――

と、最近逢った二、三の女性の顔を思い浮かべている中《うち》に、私はキーンと背筋が冷たくなのを感じた。

（あの女だ！）

しかしおかしい。幾ら不可解な最近の男女交際倫理でも、こんな矛盾があるだろうか。だがこの馬鹿げた発見は妹の失恋とよく似てるな、と思った私は、向こうの出様《でよう》によっては平身低頭する覚悟で妹の部屋へ行った。

妹はテーブルの上に頬杖をついて暗い外を見ていた。

「別にそんな意味じゃなかったんだ。退屈まぎれに煙草を買いに行った時フラッと買って来た雑誌だよ。その証拠に僕はまだ全然読んでなかったんだ」

と、私は一息に釈明した。

「もういいのよ」

妹はポツンと答えた。

「彼とお前は、結婚するはずだったのか？」

と、私はさりげなく本題へ入った。

「私はそのつもりでいたわ」

「彼は結婚するとは口に出さなかったのか」

「愛している、とは言ったわ。私はそれが結婚申込みだと受取っていたけど」

「彼は何故気が変ったんだろう？」

「そんな事わかりきってるじゃないの。あの週刊誌の結婚就職主義は、何も女に限った事ではないのよ。男だって同じだわ。つまり彼は私と結婚するより、築地の料亭の娘と結婚した方が有利だと考えたんでしょ」

「有利……？」

「そう、有利よ。経済的にも将来にとってもね。だって外見は私もその女も大して変りはないもの」

「彼はその築地の料亭の娘と、ずっと前から交渉があったのだろうか？」

「私には秘密でね。だから、私から次第に遠去《とおざ》かろうとしたのよ。私という女がいては、そりゃ、彼の縁談に大きく影響するのが当然だもの」

「お前の存在は、その相手の娘に知られずに済んだわけか」

「その気になれば、私の存在を築地の料亭の娘に認めさせる事だって出来たのよ。でも、彼に対する私の気持は純粋だった。だから黙って引き下ったの。それだけ苦しみは大きいわ」

「そうか……」

私は妹の部屋を出た。

（有利——）

妹はハッキリと言いきったこの言葉で、私の胸にあったモヤモヤが消された。それは恰度、背中の痒《かゆ》い所を爪の先でギュッと指摘された時の、あの爽快さに似ていた。

成程有利か——私は幾度も反芻《はんすう》しながら、獲物を前にした猟犬のように、全身の神経が音をたてて張りつめて行くような気がした。

だが、私はふと戸惑った。

私は私立探偵ではない。しかも病気休暇中である。捜査本部は決定により解散し、あの事件には終止符がうたれたのだ。それをまたほじくりかえすような勝手な行動は許されない。公職にある私は、公の指示なくして軽率《けいそつ》には動けないのである。

そうは考えたのだが、あの週刊誌の特集のカット写真で、幸福そうに微笑《ほほえ》んでいる花嫁の瞳《ひとみ》にきざしている「矛盾」という翳《かげ》。それをこのまま忘れてしまう気にはなれなかった。

（亀田克之助が犯人ではなかった）

としたら重大だ。複雑な社会構成の網の目の中で、「悲」と「喜」の分水嶺を歩いている人間が、ふとした運命の空転によって、思いもよらなかった「悲」の崖下へ転落する事がある。だが、これは絶対に見逃すべき事ではない。スジだけは通さなければならないのである。

と、私は一晩中考え続けた。

そして翌日、身が引きしまる冷気と、ふんわりした日射しが雨戸をくった家の中へ入り込んで来た時、私の気持は決っていた。

私はまず、写真の花嫁があの女に間違いないかを確かめる事から行動を開始した。

朝飯をすませると、表通りへ出る曲り角にある公衆電話の処へ行った。あの週刊誌の発行所である新聞社に電話する為であった。編集部の児玉《こだま》という記者とは取材関係で四、五回は顔を合わせた馴染《なじみ》だから、彼を呼び出す事にした。

公務ではない、とはっきり断《ことわ》ってから、私は例の特集のカット写真について尋ねたいと言った。児玉はすぐその写真を担当したカメラマンを呼んでくれた。

「あのカット写真ね、何処で手に入れたんです？」

と私は訊いた。

「あれですか。あれは実はね、適当なストックは無いしね、締切の関係でモデルじゃ間に合わないし、仕方がないんで結婚式場へ乗り込んでズバリ撮《と》ったんですよ」

カメラマンは勘違いしたのか、弁解するような口調で答えた。

「その結婚式場は何処ですか？」

「和式洋式両方とも、日本橋《にほんばし》の東京中央会館《とうきょうちゅうおうかいかん》ですが」

「ほう、一流ですな。で、日は？」

「ええと、三月八日の大安でした。何か面倒が起きましたか？　写真は二組とも新郎の諒解を得たし、会館側とも話をつけてから撮ったんですがねえ」

と、カメラマンは不満そうに言った。

「いや、別に何でもないんです。それで、その洋式の方の一組ですが、新婦、つまりお嫁さんの旧姓がわからんですかね？」

「ええと、新郎新婦の名前だけはメモに控えて来ましたが、後程《のちほど》調べて、そちらへ電話しましょうか」

私は慌てて、自分は今休暇中で、現在赤い公衆電話を利用しているのだから、後でこっちからもう一度電話する、と言って受話器を置いた。

次に、私は商産省へダイヤルを廻した。第一統計課に内線をつないで貰うと、若い女の声が応対に出た。

「染野昭子さん居られますか？」

と、私はわざと事務的に言った。そうでもしないと、その返事を期待する緊張感が、私の声をふるわせるのである。

「あの、染野昭子さんは三月一日付で商産省を退職されましたが……」

女の声が気の毒そうに言った。

（やっぱり――）

と思いながら私は訊いた。

「退職した理由はわかりませんか？」

「一身上の都合により、というだけで詳しい事は知りません」

「どうもお手数かけました」

と電話をきりながら、私は充分満足であった。

染野昭子の退職理由は、〈結婚の為〉であるに違いないのだ。

退職が三月一日。

結婚が三月八日。

この月日の順序と間隔から言っても明らかである。ただ染野昭子は、それを公にしなかっただけだ。何故、結婚する事を秘密にしたのか——。ここにも疑惑の種がある。

そして、週刊誌に二度目の電話をして、カメラマンの口から聞いた答も、私の予想を決定づけるものであった。

〈新郎は戸梶奎吾《とかじけいご》、三十六歳でホテル経営。新婦は旧姓染野昭子、二十二歳。新郎の住所は大田区雪ヶ谷《おおたゆきがや》二ノ一九九なるも夫婦の新居とは限らず〉

と鉛筆を走らせた紙片を手にして、私は釣竿に充分な手応えのあった時の太公望のような顔で煙草屋の公衆電話を離れた。

私は家に戻ると、もう一度あの週刊誌の染野昭子の写真を見た。絵に描いたような花嫁姿である。手にした花束が貧弱に見える位だった。

身長一米《メートル》六十糎《センチ》あまり、胸と腰が豊かに張って、脚が形よく長く、抜群のスタイルの上にあの美貌の染野昭子が、思いきったオープンネックの純白のオーバーを着て、合同捜査本部に参考人として現われた時、あまり物に動じない係官達が一瞬、彼女を瞶《みつ》めて沈黙したものだった。

しかし、スペイン風に個性的なその容貌も、実は仮面であったのだ。彼女は恐るべき打算と計画とをその仮面の裏に秘めて、私達の事情聴取に応じていたのである。

私は自分の疑惑を丁寧に整理した。

染野昭子は亀田克之助の恋人であった事に間違いない。それも結婚を前提とした二人の交際だった。亀田もそう言っているし、染野昭子もある程度そう認めた。それに商産省の職場の人達で、二人が恋人同士である事を否定した者はなかった。

その染野昭子がもう結婚した。

近頃の恋愛の鉄則は「割り切る事」かも知れない。しかし、恋人の亀田克之助が、トラックの下敷きになって死亡したのは、二月十七日である。それから一ヵ月も過ぎない三月八日に染野昭子は結婚している。

たとえ、気持の上では「割り切って」次の縁談にのぞんだのだとしても、それは実行上、不可能ではあるまいか。恋人の死亡、次の縁談成立、そして結婚、とこれだけの事を、僅《わず》か二十日間ぐらいの間にやってのけられるものだろうか。

そしてまた、その相手となる男性も、何のわだかまりもなく結婚へ飛び込んで行くだろうか。

殺人容疑の汚名を背負ったまま死亡した亀田を慕《した》い続けたり、その冥福を祈って当分は孤独で過したり、そんな殊勝な気持を持ち合わせない女は沢山いるだろう。だが、次の男と結ばれて結婚までこぎつける期間が二十日だったとはひど過ぎる。もしそんな事が職業の女だとしても無理な話である。第一、東京中央会館の結婚式場を予約するだけでも、二ヵ月から五ヵ月前に申込まなければならなかったはずだ。

では何故染野昭子にはそれが出来たか。

答は一つである。

染野昭子はずっと以前から、今度の結婚相手の戸梶奎吾と交渉があって、その時以来、既に結婚への道を歩んで来たのだ。

染野昭子は、捜査本部で、亀田とは長過ぎた春だと言っている。恐らく実感だったのであろうが、戸梶奎吾との交渉は昨年の夏頃から始ったものと考えられる。戸梶奎吾は経済力もあるだろうし、年齢も三十六歳だから、恋愛期間を長びかせる要素は一つもない。

染野は亀田との交際中に戸梶と知り合い、急速に戸梶へ傾いた。亀田のように先の見えた官庁の薄給の一事務官より、ホテル経営というスマートな事業家で自家用車の一台も所有している戸梶の方が、行動的で美貌の染野にとって魅力であったのだろう。

彼女は確かに美しい。彼女自身も多分にそれを意識している。自信ある女は、つつましい巣の中の生活を好まない。美しい自分にとってもっと相応しい世界があると頭から信じている為だ。

染野昭子も、間借生活の共稼ぎでクタクタに疲れながら、家計簿と取組むような亀田克之助との結婚ではなく、電化設備の近代的な家に女中を使って住み、週末にはドライブをして、夫の使用人からは「奥様」と奉《たてまつ》られる戸梶奎吾との結婚生活こそ、自分に最適なんだと、二十二歳の女のすべてで判断したに違いない。

年齢にしても、早熟の染野から見れば、二十八歳の亀田の頼りない青臭さに比較して、三十六歳の戸梶は真の男性として感じ取れただろう。

その結果、染野は亀田より戸梶と結婚した方が「有利」だと考え、そうする決心をしたのだ。

しかし、そうは決めたものの、亀田に別れ話を持ちかける事は簡単には出来なかった。それが具体的に二人の間で話し合ったのは最近だったに違いない。亀田が供述の中で言っていた「二人の間に結婚に就いての悶着が生じた」とは、その事を指しているのではないだろうか。

亀田のアリバイを否定した染野昭子の証言を真実だと信じたのは、けっして亀田が〈黒〉という先入観の作用によるものではない。最後の捜査会議で意見が一致したあの常識的で妥当な解釈からであった。

〈染野はどのような主張をしても染野自身には何の利害もおよぼさない。亀田の供述通り、二月五日及び十日の夜、神宮外苑にふたりでいたと証言しても、染野は何ら迫害も非難も受けない。恋人を救ったという女の情としての自己満足があろう。その染野が否定した。人間は自己の有利の為に嘘をつく。証言の如何にかかわらず自分の利害に影響のない染野が故意に嘘をつくとは考えられない。従って染野の主張を真実と見るべきである〉

しかし、今はもうこの分析は完全にレールをはずれてしまったのである。

それにしても、染野は実に巧妙に戸梶との交際を続けて来たものだ。商産省の職員にも、自分の友人にもさとられないように心掛けたろうし、亀田と戸梶と、互いにその存在を知らせないようにしなければならない。その心遣いは並たいていのものではなかったろう。亀田に知られる事を染野は最も恐れていたに違いない。事実を知った亀田は当然激怒する。その怒り自体は大して怖くはないが、亀田の怒りの発展が、戸梶との交際や結婚に影響をおよぼすと大変である。

この為に染野昭子は徹底した秘密主義で貫いた。何もかもが自分の「有利」な結婚へ到達する方針に基いての行動だった。

有利——。私の妹の口から出た、あの「有利」と全く同じ有利なのである。

その「有利」の為に——こうなれば、もう亀田のアリバイを否定した染野昭子の主張の真実性は崩れてくるのだ。証言の如何に拘らず染野昭子に利害関係はない、と言えなくなったのである。

つまり、亀田の供述通り、二月五日及び十日の両夜を含めて、最近は毎晩のように神宮外苑にいた、と染野昭子が認めたならば、亀田の容疑は全く晴れる、と公表されたであろう。だが、その公表の為に半月とちょっと後に控えた戸梶との結婚に、彼女は絶対不利になる。毎夜神宮外苑で男と結婚に関する悶着で話し合っていたとなれば、今まで幾ら秘密を保持して来たとしても、戸梶の不信を招く事は当然である。だから、戸梶との結婚に少しでも傷をつけたくなかったら、染野昭子は亀田の供述を認める事は出来ない。頭から否定しなければならなかったのである。

染野昭子は、自分と事件との関連を公にすまいとして細《こまか》く神経を使っている。今になってその故が頷けるのだが、参考人として事情聴取に応ずる時、彼女は「もし私の本名や写真を公表するならば、容疑者のアリバイの鍵を握る参考人として、一切捜査本部に協力しない」という条件を出して来た。捜査本部も報道関係者もその条件を諒解した。従ってあらゆる報道機関は、事件関係の記事やニュースの中で、染野昭子という本名や彼女の写真を一つも扱っていない。全部「A子」という仮名で通している。これは染野昭子の秘密を貫く為の策謀であったのだ。参考人となるだけで、これだけの周到さである。亀田の容疑晴れる――という当時のニュースの眼の、センセイショナルな立役者となる事を避けようとするはずである。

その後、商産省を退職する際も、理由は一つも洩らしていない。女として最も誇らしげに吹聴《ふいちょう》したい「結婚」を、一人の同僚にも告げずに退職して行った事は、染野昭子が如何に自分の過去につながるすべてを断ち切る必要に迫られていたかを説明している。

彼女の結婚式に招かれたのは、家族親戚のほかに、商産省などには縁のない友人とか、学校時代の同級生ぐらいであったろう。

（これで亀田と染野との主張の真実度は五分五分だ）

と、私は思った。

二人で神宮外苑にいた。

亀田はこれを肯定する事で有利になり、染野はこれを否定する事が有利なのである。五分五分というのは、二人のどちらかが嘘をついている事だ。

（どっちに軍配をあげるべきか――?）

と、眼の前の、大分ほこりが舞い込んだ湯呑の茶をゴクンと飲んだ。その冷たさを頭に感じながら、私はノートに書き込んだ。

1　亀田は、染野昭子が自分を邪魔者にしている事を知っていた。少なくとも、作為不作為に拘らず、亀田の為を思って染野が口裏を合わせてくれるものとは期待していなかっただろう。
　2　いわば敵対している人間染野昭子の証言で、直ちにばれるような出鱈目《でたらめ》なアリバイを、一時逃れだとは言え主張したとは、亀田の知能レベルから考えられない。
　3　染野昭子の結婚、という事実から推しても、その心変りをめぐって当時恋人同士であった二人の間に悶着が生ずるのは当然だ。そんな悶着はないと言う染野昭子よりも、悶着があったという亀田の主張の方が自然であり現実的である。
　4　悶着があれば逢って話し合うはずである。亀田の行動にはそれを裏付けるものがあった。当時は殺人行為による苦悩と解釈されていたが、病気と称して休んだりバーで荒れ狂ったり、母親宛に絶望的な手紙を書いたり、という多くの非常識な行為は、実は失恋による苦悩からのものだった。また毎夜外出した事も「話し合い」の為に必然的である。
　5　それに対する染野昭子の話は、悶着もなかった、逢った事もなかったの一点張りで、二人が恋人関係にあったという、厳然たる事実まで無視しているような形式的なものであった。二月五日及び十日両夜の行動について、五日は真直ぐ家へ帰ったと答えて、恐らく同じ穴のムジナであろう母親にそれを証明させようとしているし、十日は、捜査当局がそれを嘘だと立証出来ないような場所である映画館へ行ったと答えている。戸梶との結婚を失うのを恐れて、何が何でも否定しようとした作為が感じられる。

五点にわたるメモを了《お》えて、私は、はっきりと確信を抱く事が出来た。染野昭子は何という憎むべきエゴイストであろう。生存競争の世の中であり、割りきる時代であるかも知れない。だが染野は、自分の有利な結婚の為に、かつての恋人亀田の生涯をゆさぶる重大事を無視したのである。

ここで私は小さな三段論法を試みた。

「亀田が主張したアリバイは事実だった」

「とすれば、亀田は犯人ではない」

「亀田が白なら、犯人はほかにいる」

（犯人はほかにいる——）

と、私は思わず呟いた。

「え……？」

と、台所から出て来た妻が小首をかしげて足をとめた。

「いや、独り言だ」

私は軽く頭をふりながら、視線をガラス戸越しに猫のひたい程の庭へ移した。

間の抜けたような春の雨が降りだして、空はどんよりと憂鬱に暗かった。

（その真犯人はのほほんと生きている。祝杯をあげっぱなしだろう）

まるでその犯人が眼の前の庭にでも立っているかのように、私は激しい闘志のたかぶりを感じた。

挑戦しよう――。

2

週刊誌に載った染野昭子の結婚写真は多勢《おおぜい》の人が見ただろう。商産省の職員の中にも、それが染野昭子だと気がついて、（あれっ）と思った人がいるに違いない。ただ私のように特別の目的を持たないから、その結婚写真の花嫁が絶対に染野昭子かどうか確かめてみる程、ものずきにはなれないのだ。

「染野さんって冷酷だわ。もう他の人と結婚してしまうなんて」

と憤慨する元同僚もいるだろう。また、

「今の女なんて、そんなものさ」

と、したり顔をする元上司もいる。しかしその中《うち》に、「まさか。これ別人よ」とか「似ている顔なんて沢山あるものだ」とかいう意見も出て、間もなくこの話は消えてしまうに違いない。何故ならば、染野昭子はもう商産省を辞めた、いわば無縁の人なのだ。自分達とつながりがある人の噂であってこそ興味を感ずるのだから、染野昭子の行為は最早《もはや》刺激のあるトピックとはならない。

だが私はそうはいかない。染野の結婚から彼女の「嘘」を引き出して、亀田を「白」と確信した。今度はもう一歩進んで、その推測の裏付けをしなければならない。

真犯人への私の挑戦は、亀田は「白」という基盤の上に立っている。それにはもう少し土台を厚く固めたいのだ。さいわい私のノートには、染野と亀田の供述が詳細に記録してある。次の日の午前中かかって、記録を細大洩《さいだいも》らさず検討しなおしてみた。

不眠症の為に、ただでさえ充血している私の眼からひっきりなしに涙が流れ出て、ノートのインクをにじませる跡を幾つも残した。頭の芯がしびれて重かった。耳鳴りが断続して襲ってくる。霞《かすみ》が二重三重に、ノートの字句を包んでいるように見えた。

（日記――）

しきりとそんな言葉を、脳の一部が同じ脳の他の部分に呼びかけているような気がしていた。やがて、その呼びかけに応じなかった部分が、（日記？）と答えた瞬間に、

「そうだ、日記だ！」

と、私は叫んだ。

亀田は母親に送った手紙の最後に〈最近の日記の文句は惨憺たるものです〉と書いてい

た。また染野昭子は言っている。「亀田さんは最近ちょっと変だから、何か勘違いしているんだと思います。神経衰弱ではないかと、私も一時は心配したんですが、何かこう妄想的なんです。私、先日あの人の日記を盗み読みした事があるんです。そうしたら〈死ぬ〉〈絶望〉〈女の哲学〉〈宇宙への逃避〉などと、多分に妄想的で大袈裟な言葉が書き連ねてありましたわ」

だが、その日記というのは一体何処にあるのだ。

これは今更気がついた事ではない。捜査本部でも、この日記を気にしていたのである。だが、捜査本部の手にはこの亀田日記は入らなかった。亀田の死体からも発見出来なかったし、商産省の彼の職場からも書記局からも、彼の両親の立会いで参考までに調べた三田《みた》の下宿先からも、とうとう日記は出て来なかったのである。

日記は貸借するものではない。また故意にかくす必要もない。その当時は、手掛りや証拠となるのを恐れた亀田が、整理焼却したのだろう、と推定された。

しかし、亀田は「白」という前提にたっている今の私にすれば、この推定は変ってくるのである。

犯人ではない亀田が、日記を焼き捨てるはずはない。もし犯人だったとしても、考えてみれば、日記を焼き捨てる位なら、それを自分に有利となるよう書き換えた方が余程利口なやり方である。そもそも日記などというものは、捜査の裏付けには役立つが、それが証拠になるような事は殆んどない。その日記だけを御丁寧に焼き捨てるのは無駄事だ。

（では、日記はまだ何処かにあるのか？）

と私は考える。勿論、行方については見当もつかない。ただ、思いもかけなかった場所に置いてあるような気がした。どうしてその思いがけない場所を探すべきか。下宿先なり商産省なりの自分の机の引き出しへでも入れておけば、日記は絶対になくならない。なくなってしまったのは、きっと、亀田が身につけて歩いていたからだ――と考えられる。

私は外出の支度をした。まずこの日記を発見する事から始めなければならない。それには、亀田が所持していたものをそのままにして動けなくなった、つまり彼の人生の終点から、逆に彼の人生を辿ってみるのが確実だと思ったのである。

今日も降りしきる雨の中を、私は亀田が運び込まれた再生会病院へ行ってみた。当夜の宿直医師で亀田に応急手当をした佐藤《さとう》外科医に、都合よく会う事が出来た。

外科の「ろ号病棟」の看護婦詰所の固い椅子で、回診を了えたばかりの理知的な眼をした佐藤医師は、

「そうですねえ、あの怪我人はひどかった」

と、長い指を組み合わせながら言った。

「この病院は救急病院ですから、交通事故の患者は毎日毎晩のようです。しかし、あの怪我人は見馴れているはずの僕達でも眉《まゆ》をひそめましたからね。でも、見た眼にはクチャクチャでしたが、そんな大きな深い傷はなかったんです。引きずられると、裂傷と違って皮膚をむしり取られるでしょう。そしてその傷口へ泥とか小砂利がつまってしまう。だから一見して派手な負傷なんですよ。あの人も頭さえやられてなければ、心配は破傷風だけで、まあ助かったんでしょうがねえ」

「衣類がボロボロになってましたね」

「雑巾でした。オーバー、その下のセーターでしょう、その下のYシャツ、そのまた下の毛のシャツまで、全部が焼け跡から拾って来たみたいになって、おまけにあれだけの擦過傷を負ってるんですからね」

「所持品は別になかったでしょうか？」

「さあ、それは警察の管轄ですよ」

「私どもも一応は見たんですが、特に先生が気づかれたようなものは……」

「ありませんね。とにかく警察の話では五円玉一つが所持品のすべてだったそうですが、僕もそれ以上の事は……」

尤《もっと》も、これは医師に尋ねるべき事ではなかった。所持品や事故の原因より、医師にとって重大な事は、負傷者の手当でありその生命であるからだ。

私は厚く礼を述べて病院を出た。

小雨に濡れた舗道の冷たさが、雨靴の底をとおして腰のあたりまで感じられた。私は金杉橋を抜けて新橋へ向かって歩いた。めまぐるしく往来する車の流れと、その騒音がまるで別世界の現象のように、私はただ黙々と亀田が歩いて来ただろう道を逆行した。

(だが、何故亀田はこんな道を歩いて来たのか——?)

風流に酔歩蹣跚《すいほまんさん》するには、時間といい寒さといい適当ではなかったろう。亀田の酒は自棄酒《やけざけ》だ。いい気分でぶらつくはずもない。それにこの道路には、酔っぱらいが好みそうな店は一軒もなかった。事務所や問屋や商店ばかりで、夜おそくなれば戸がしまり、ただ閑散とした暗い道になる。其処《そこ》にあるのは北風に追われる紙屑と、吠えながら逃げる野良犬の影だけだったろう。

交通の便が悪いならば歩いて帰るのも頷けたが、新橋から4番の都電に乗れば彼の下宿に近い赤羽橋《あかばねばし》を通るのである。都電が面倒ならタクシーで——と考えて、

(ああそうか)

と私は苦笑した。亀田は金を持ってなかったのだ。死体から出た全財産は五円だった。五円では、タクシーはおろか都電にも乗れなかったはずである。

いつの間にか、新橋まで歩いて来てしまっていた。二、三度、聞き込みに来た事があった、亀田の行きつけのバー「草原」へ私は入ってみた。亀田の生前を逆行するには是非寄らなければならない店である。

「草原」は、夜の此処とは別の場所のように静かだった。それでももう客があったのか、カウンターの上に二個のコップと、鈍《にぶ》く光るビールの空ビンがそのままになっていた。

若き夜の蝶達はまだ出勤前なのか、私が店へ入って大きな咳ばらいを一つすると、仕切りの黒いカーテンが動いて奥からマダムが顔を出した。

「あら……」

客らしい客ではないがと知りながら、もうそれが習性の媚《こび》を含んだ微笑を見せて、マダムは身軽く私の前へ来た。

「今日は正真正銘の客だよ」

「あら、どういう意味ですの？」

「公務じゃないって事さ」

「そうですか」

一瞬の間も微笑を消さずに、マダムは熱いおしぼりを私の前へ押しやった。

「不服かね」

「いえ、とんでもない。でも、何の為に?」

「何の為って、バーへ散髪しに来る奴はないだろう」

「まあ……」

と、マダムは大仰《おおぎょう》に笑って、カウンターの向こうから私をぶつ恰好をした。それが、ズラリとならべられた洋酒のビンの真中あたりにはさみ込まれている小さな招き猫そっくりの手つきだったから、私は吹き出しそうになった。

「じゃ、何になさいます?」

「そうね、面倒だからストレートにしよう。勿論いちばん安いウィスキーで結構だ」

雨の降る午後のバーで独り飲むのは、何となく物憂《ものう》い感じだ。遠い旅先にいる自分のような気がして、旅愁に似た感傷に沈んでしまいそうだった。かつて、亀田はここに坐ったのだろうと思うと、彼の死が急に傷《いた》ましく、その儚《はかな》さが他人事のように感じなかった。疲れているせいか、そんな甘さに浸っていたくなる。

「でも、こんな店へ飲みに見えるなんて……」

「警察の者がバーへ来るのは、変かい」

「そうじゃなくて、どういう風の吹き廻しかしらって事」

「亀田の冥福を祈る為に来たのさ」

「亀田さんねえ。そう、早いものだわ。もう一ヵ月以上……」

「亀田はこの店でもう二杯ばかり飲むのをひかえれば、死なずに済んだのにな」

「いやな事おっしゃらないで。まるで私が殺しちまったみたいですわ」

「失敬。そんな意味ではないよ」

「でも、もう二杯ひかえれば——ってどういうわけなんですか、それ」

「彼がタクシー代を残してこの店を出ればよかったというのさ」

「だって、そりゃ無理ですよ。私の方では、あの人が幾らお金を持って店へ来たのか、知らないんですもの」

「だからさ、彼がタクシー代を予算に入れて飲めばいいのに、と言ってるんだよ」

「でもねえ。酔ってしまうと、お客さんは最後の百円まで飲もうとなさるから。あの時だって亀田さんは足を出してるんですよ」

「その話は前に聞いたよ」

「もう駄目って言ってるのに、どうしてももう一杯ってきかないんですもの。千二百円頂きますって言うと、今度はお金がなくなったという騒ぎでしょ。オーバーのポケットを全部探して、それから背広の内ポケットまで残らず探して、やっと見つかったと思ったら千円札一枚きりなんです。混んでましたし気もせくから、残りは今度頂くわって、やっと帰ってもらったんですよ」

ガチンと、投げ出すようにグラスをカウンターへ置いたので、マダムはふっと口を噤《つぐ》んだ。そして私の眼を覗いたとたん、警察官の真剣な表情は凄味をおびるものなのか、マダムは圧倒されたように緊張した。

「もう一度言ってみてくれないか、マダム」

「あの……何か？」

「確か今、マダムは、亀田が背広のポケットから千円札を出した、と言ったね」

「ええ。背広の左の内ポケットから出したんですよ、亀田さんは」

「うむ。有難う」

と言って、私はまた沈黙した。マダムも喋らなくなった。薄暗い店の中に澱《よど》んだ静寂が流れた。

（背広の……ポケット）

私は懸命に思索を続けていた。

あの晩、この店にいた時の亀田は背広を着ていたという。しかし、亀田の死体は背広を着ていなかったのだ。

つい先刻も再生会病院の医師が言ったではないか。

「オーバーの下がセーター、そのセーターの下のＹシャツ……」

そうだ。あの夜、病院へ駈けつけた捜査本部員達も亀田が背広を着てなかった事を自分の眼で確かめていた。と言うより、セーターの上からオーバーを着ていた亀田の服装に何の不審も抱かなかったのだ。不審を抱かなかったのは無理もない。もしＹシャツの上に直接オーバーを着ていたならば、おやっ、と思ったろう。しかし、セーターの上にオーバーだったら当り前の服装だ。誰がセーターは背広の下に着込んでいたのだと想像出来ただろうか。

また、母親なり妻なりが亀田と一緒に生活していたならば、彼の死体が背広を着てない事に気づいただろう。しかし、下宿生活をしている一人前の大人である亀田の洋服の数までは、母親も知っているはずがなかった。

バー「草原」を出た時、亀田は背広を着ていた。そこから金杉橋に至る路上で轢《ひ》かれた時亀田は背広を着ていなかった。

一体、背広は何処へ消えたか――。

オーバーの下で、背広だけが忽然《こつぜん》と消滅するわけはない。辻強盗にでも襲われたのならば、背広だけではなくオーバーもはぎ取られたはずだ。

とするならば結論は一つである。亀田自身が、生前、背広をぬいで何処かへ置くなり預けるなりして来たのだ。

何の為に――？

勿論、金のカタとしてであろう。質屋へでも持ち込んだか、それとも酔った勢いで無銭飲食をしてそのカタにとられたか、である。

眼の前が開けたような気がして、私は言った。

「マダム、亀田があの晩この店を出たのは十時ちょっと前だったという話だね」

「ええ、間違いありませんわ」

亀田がトラックと接触したのは、十一時二十分頃という報告を聞いている。この店から轢かれた地点までは、千鳥足でも三十分あれば充分である。十時前に「草原」を出た亀田は約一時間三十分後に交通事故の地点に達したのである。すると、一時間ばかりの空白が生じてしまうのだ。

捜査本部は、この空白を本筋とは無関係と見て、亀田の泥酔から考え、道端に坐り込んだり嘔吐したり横丁へ迷い込んだりして費された時間、と推測しただけに終っていた。

だが、背広という小道具がクローズアップされた以上、この一時間の空白を埋めるべきもっと具体的な何かがあった、と考えなくてはならない。つまり、亀田が「草原」と「事故現場」を結ぶコースの途中で、その一時間を費消した何処かに寄ったと見るのだ。

「この辺に質屋は多いかね？」

私の質問が唐突過ぎたのか、マダムはちょっと戸惑ってから、

「そうですねえ。駅の向こう側へ行けば沢山ありますけど、この辺では三軒ぐらいでしょうか……」

「そう」

と、一瞬のうちに胸の中で今後の行動予定を組立てた私が腰を浮かした時、嬌声《きょうせい》とともに二人の女が「ママさん、お早よう」と口々に店の入口から飛び込んで来た。「草原」の若き蝶だった。「お早よう」とは恐れ入ったと苦笑しながら私は立ち上った。もう四時過ぎである。

「じゃ、手数をかけたね」

と、五百円札をカウンターに置いて、私は細い階段を入口へ向かって上った。

「あら、お待ちになって。こんなに沢山頂いては」

「余ったらそれで亀田が足を出したって分を埋めといてくれ」

私は、精一杯愛想のいい三色の声に送られて「草原」を出た。外はだらしなく降り続ける雨が呼んだ靄《もや》で煙っていた。

傘をひろげながら、さてこれからが大変だぞ、と思ったが、事実、知らず知らずのうち

に不機嫌になって行くような骨折りが続いたのである。

「二月十六日の夜十時過ぎ、こういう男から金のカタに背広の上着を預からなかったか」という同じ言葉を何十回くりかえしたかわからなかった。それでも、その労が酬《むく》われればいいのだ。やりつくしてから無駄骨だったと知った時の、あの鉛のように鈍くえがらっぽい心の重さ。それに較べれば、今度の店こそはと思いながら歩いている時の方が気持は軽かった。

しかし、何としてでも、私はあの背広を探し出したかった。背広だけなら、今更発見しても価値はなかろう。私が期待するのは、その背広のポケットに入っているに違いない亀田の「日記帳」なのである。まだ一個の物体として存在するならば、その日記のある場所は亀田の背広のポケット以外に考えられないのだ。

「草原」を中心として、都電の通りへ抜けるまでのその一帯を、私は残らず歩いて廻った。質屋、バー、食堂、喫茶店、すし屋、中華料理店、飲み屋等の店先に立って同じ質問をくりかえした。答はきまって「さあ？」であり、時たま酔っぱらいがからんでくる、という付録がついて来た。

それでもまだ場所が狭い範囲に限定されているだけ楽だった。そして私は、国電のガード下に近い小便臭い所にポツンと離れ小島のようにあった「ラーメン屋」で、今までとは全く違った返事を聞いたのである。

「ああ、あるよ。おい、その背広だってよ。洋服ダンスに入ってらあ、出してやんな。二ヵ月しても取りに来なけりゃ売っぱらっちまおうと思ってたんだぞ」

忙しく鉄鍋の中の焼そばをかき廻しながら、禿《は》げ頭まで脂肪の浮いた親爺《おやじ》が、私の方を見向きもせずにそう言った時、私は胸を圧迫されるような喜びを感じた。おかみさんが店の奥から背広を持って出てくるのを待つ間も、卒業証書を受取る前の学生のように落着かなかった。焼そばの匂いを真面《まとも》に鼻から吸った。

そっと店の中を見廻すと、大分うす汚れた「ラーメン屋」だった。二、三年前に塗ったと見える壁の緑色が、上半分は黒く下半分は白っぽく変っていた。その壁に〈ラーメン三十円〉〈焼そば大盛り四十円〉と書かれた札が油ににじんでポツリポツリと貼ってある。

おかみさんが、それでも服地を汚さないように気を使って、一着の茶色の背広を自分の二の腕にかけて、奥から出て来た。

「幾らのカタになってるんですか」

と私は訊いた。

「七十円ですよ」

と、おかみさんが洟《はな》をすすりながら答えた。

「え、七十円?」

「そうです。ね、父ちゃん、七十円だろ」

「ああ」

と、親爺は相変らず手を動かしながら喋り出した。

「こちとら盛り場で商売してんだ。只食いや飲み逃げには馴れっこさ。でも、その野郎のずうずうしいのには俺も呆れたね。お前とどういう間柄か知らねえけど。——店へ入ってきやがって、いちばん高いものを食わせろ、って言いやがる。七十円の五目ラーメンがいちばん高いからそれを出すと、ペロリと平らげといて、オーバーを脱いで背広を脱いで、背広だけテーブルの上へ置いて、すうっと黙って出て行きやがった」

七十円のそば代に背広を無造作に脱いで行く——。これは、ずうずうしいと言うより捨て鉢な人間がやる事だ。恋人と友達に裏切られた傷だらけの男が、自棄酒《やけざけ》を飲めば、それは虚無とか絶望とかを通り越して無軌道そのものとなるのかも知れない。

亀田は何故そのつもりでタクシーへ乗らなかったのか。五目そばではなく、タクシーの為に背広を脱げばよかったのだ。また、下宿についてから料金を払う事だって出来たはずではないか。——と、私は彼の背広を腕にした時、彼の無意味な食欲を叱ってやりたい気持になった。

「すぐその背広をたたき売ってやろうと思ったけど、幾らなんでも七十円のカタじゃ可哀相だと取りに来るのを待っててやったのさ。お前、あの男に、二度と俺ン所へ顔を出したら承知しねえぞって言っといてくれ」

親爺は自分の言葉に興奮する性質《たち》らしい。次第に声が大きくなったので、店内の客達が一斉にこっちを見た。

それまで私の様子を盗み見していたおかみさんが、いきなり親爺の脇腹を肘で突いた。親爺は初めて顔を上げて私に視線を向けた。その表情に狼狽《ろうばい》が走った。若い時分は満更《まんざら》素人の兄さんではなかったらしい親爺は、さすがに敏感だった。一目で私の職業を見抜いたのだ。

「警察の方ですか。こりゃあどうも……」

と言いかける親爺をおさえて、私は百円をおかみさんに渡した。

「これで勘弁して下さい。それから、親爺さん、折角の言伝《ことづて》なんだが、この背広の持主はこの店から帰る途中に死んじまったんだよ」

と私は言って、妙に静まりかえってしまった「ラーメン屋」の店を出た。

腕時計を見ると八時を過ぎていた。新橋から銀座《ぎんざ》へかけて、今夜も同じ色彩と光の夜を迎えていた。濡れた舗道に映るそれらの影を踏みながら、私は国電の新橋駅へ歩いた。

ホームのベンチに坐ると、俄《にわ》かに「あれ」が気になり始めた。私はもう我慢出来なくなって、亀田の背広の端から徐々にそして恐る恐る探ってみた。

（あった！）

弁当箱よりはやや小さい、固い形が、私の両手の中でふくらんでいた。私は夢中でその「固い形」を引っぱり出した。

〈当用ポケット日記〉

ダークグリーンの表紙に金文字でそう記されてあった。

貴重な古文書でも扱うように、私は怖々《こわごわ》とそして全神経を針のようにして日記のページを一枚一枚くってみた。自分では冷静のつもりでも、一つの目的を達した時のあの妖《あや》しい顫《ふる》えが指先の機能を狂わせた。

一月一日に始って、二月十五日までで終っている。その間の各ページには、覚え書きのような短い字句と、事件や感想を抽象的な短文で記したものが、あまり規則正しいとは言えない字とその配列で書き込んであった。中には酔って書いたらしい乱雑な字がページ一杯に踊っている箇所もあった。

私は、二月へ入る頃からのページに眼を走らせた。

〈一月三十一日〉

昭子は女性選択権を主張した。つまり、男を選ぶのは女の権利であって、選ばれ損なった男は豚のように引き退《さ》がれと言うのか。それに、女は自分を最も幸福にしてくれる男を選ぶものよ、と来やがった。たかが金だ。金が目当で惚れるのか。昭子はいつからそんな女になったのか。

神宮の森が笑ってやがった。甲斐性のなきフラレ男よ、早々に立去れ、とね。渋谷まで一緒に行く。ギョウザで飲む。吐く。胃痛。

〈二月一日〉

静かなること林の如く。そんな人間になりたいね。お袋に逢いたい。

昭子の奴《やつ》断って来た。相手の男に会見を申込むぞと言ったら慌《あわ》てた。そして明日都合をつける、だとさ。憎い。実に憎い。軽蔑している。そのくせ、そんな女に未練がある。まさに森の石松以上の俺だ。自己嫌悪と孤独。疲労。

〈二月三日〉

昭子が嫌だと言うんだから、逢って話をしたところで仕方がないんだ。

私は母娘二人暮しです。アパートも追い出されそうなんです。貴方には食べさせてくれる能力があるのでしょうか——と来た。畜生、まさに屈辱。俺が本俸一万五千四百円だって事を百も承知のくせに。男の弱味につけ込む女の切札だ。

共稼ぎして静かな郊外の二階を借りてひっそり暮しましょう。新婚時代が過ぎたら母を呼んでもいいわね——なんて言ったのは一体誰だったんだ。もっともあの頃の昭子はまだ十九だった。化粧気がまるでない綺麗な顔をしてたっけ。女は大人になるものじゃない。十代の清純さは二十代になると欲望とすりかわる。

少し休暇をとろう。短い期間にいろいろとあり過ぎた。俺はいかにも弱い。

〈二月四日〉

鶴飼から電話あり。虫がよすぎるよ。でも昭子よりは始末がいい。単純なるユダよ。

鋸山が眼の前にあって、海が美しい。潮の匂いが素晴しい。刺身が実に美味しい。今朝は三浦半島と富士山がはっきりと見えた——とならべたてやがった。暢気《のんき》なんだか低脳なんだかわからん男だ。幸福なユダ。

酔う。喧嘩をしたらしいが記憶がない。また吐く。胃痛が激しい。

〈二月五日〉

今日から病休。神宮外苑は寒く、空が美しく澄んでいた。その夜空を仰いで「女の数は星の数よ」と昭子が言った。驚いた。当の相手から慰められようとは思わなかった。「でも、一つとして同じ星がないのだ」と映画だったら答えたろうが、俺は大声で思いっきり笑ってやった。

〈二月九日〉

鶴飼の葬式。俺は行かない事にした。こっちが代りに棺の中へ入りたくなる。いや鶴飼はもうお骨になっているんだ。哀れなユダよ。お前は娑婆気《しゃばっけ》があり過ぎた為にこんな事になってしまったんだぜ。俺は同情はしない。でも、お前さんより昭子が死んだ方が俺は喝采《かっさい》を送るだろう。

〈二月十日〉

捨てぜりふを用意して行ったのにまた言いそびれた。昭子は凄いオーバーを着ていた。これみよがしに。あの財閥の贈り物だろう。一段と魅力的だ。昭子って奴は憎いけど綺麗だなあ。地球が破裂するか、俺一人で宇宙への逃避を計るかだ。

下北沢まで送って行く。別れ際に握手を求めたら手袋をしたままの手を出した。これが女の哲学か。

〈二月十二日〉

鶴飼と二階堂殺しの容疑者が俺だという噂だ。喜んでいるのは昭子だろう。なんなら俺の方から警察へ名乗って出ようか。但し条件つきだ。訊問抜きで直ちに電気椅子により死刑執行の事。

女は恐しい。三年前には貴方の為なら世界中を相手にしてもいいと言った昭子。今は俺が殺人犯として抵抗しようもない巨大な社会的制裁を前に血を吐く絶叫を続けても、コーヒーを飲みながらそれを眺めているだろう昭子。この二人の昭子は違う人間なのか。

〈二月十五日〉

万事絶望。酒。夢を見た。ギロチンの下のマリーアントワネット。その顔をよく見たら昭子だった。

これだけを拾い読みして私は立ち上った。ベンチの冷たい固さに尻がしびれていた。滑り込んで来た電車の窓がイルミネーションのように鮮やかであった。電車に乗ると、ムッとする熱気に人間のあらゆる匂いがまざっていた。座席の人々は平和な居睡《いねむ》りを続け、ドアに寄りそって立った若い男女は、遊び疲れたように黙り込んでいた。肩を組み合った二人の酔っぱらいが、何が嬉しいのか、けたたましく笑った。妖艶《ようえん》な美女が異人種のように取澄まして空間を瞶《みつ》めていた。誰もが、明日の自分を予知してない人達であった。

(明日、千葉へ行ってみよう)

と、窓ガラスに映っている私が言った。私自身がそれに応えて頷いた。

安らぎが私の瞼《まぶた》をとざした。

——万事絶望。酒。

この亀田の最後の言葉は、ボードレールかポーが口にしそうな事だ、とそんな考えが意味もなく私の何処かで囁《ささや》かれた。すると、久しぶりに、実に久しぶりに、私は睡気《ねむけ》に誘われた。吊皮に摑《つか》まりながら二度三度ガクンと膝が崩れた。

3

事件直後、鶴飼範夫が千葉県の内房海岸にある金谷町に潜伏していたらしいという情報に基いて、捜査本部は、千葉県警を通じて地元警察に連絡、その事実の有無を確かめてもらった。

被害者の生前の足どりを確実に摑む事は、捜査技術の常道である。その足どり如何で、どんな手掛りを得られるかわからないからである。

しかし、地元警察からの回答は、「そのような形跡なし」であった。

金谷は大きな町ではない。ただ、地理的に東京からのハイキングや一泊旅行に便利で、三浦半島の浦賀《うらが》から船の便もあるし、夏季はかなり繁昌《はんじょう》する土地である。

石切場で有名な奇山の鋸山、新鮮な海のものの料理、それに海水浴場、この三つが遊覧地としての主な看板なのだろう。それだけに旅館も六、七軒はあった。

しかし、大きい温泉郷や観光町と違って、警察の捜査に洩れるようなかくれ場所は、この金谷にそうあろうはずがない。それに、亀田が供述の中で言っているように、鶴飼から一方的に「金谷にいる」と言って来ただけであり、それを確かめたわけではないので、鶴飼が出鱈目を口走ったとは充分考えられる。また鶴飼にしてもそうだ。何も居所を喋ってしまう位なら最初から身をかくす必要はないのである。まして内妻細川マミ子にさえも教えてない潜伏先を真正直に明らかにするはずがない。

——と、捜査本部は、この金谷調査を早々にあきらめたのだった。

ところが、亀田の日記を入手した私には、今またこの「金谷」がクローズアップされて来たのである。

亀田の日記によると、二月四日の電話で鶴飼は次のように言っている。

〈鋸山が眼の前にあって海が美しい〉

〈潮の匂いが素晴しい〉

〈刺身が実に美味しい〉

〈今朝は三浦半島と富士山がはっきりと見えた〉

これは、その地にいる人間の実感である。例えば群馬県の山奥の温泉から電話して、これだけの事をペラペラと言える深慮遠謀《しんりょえんぼう》さは鶴飼にはない。

私はもう一度私自身の足で金谷を歩いてみようと思い立った。次の日の朝早く私は家を出た。秋葉原《あきはばら》で総武《そうぶ》線に乗換え、更にその終点千葉駅で房総西《ぼうそうさい》線に乗換えた。浜金谷駅まで約二時間である。

この「足と根気の捜査」は、亀田の背広を探して歩いたあれとは比較にならない困難なものであった。亀田の背広の時には、場所も限定されていたし、何よりも必らずあるという自信の強味があった。だが今度の場合は、金谷町全体という限定だけであり、その何処かとなると雲を摑むような話だ。おまけに鶴飼が潜伏していたという確信はなかったのだ。

とにかくその日一日、私は金谷の町中を歩き続けた。町とは言っても海岸線に沿ってだらだらと家並が続いているだけだ。駅の付近に食堂や商店が密集して、その辺から海へ出るまでの間に割烹《かっぽう》旅館や安宿が点在する。

私は、旅館は勿論の事、貸部屋のありそうな家や、大きい農家まで一軒残らず尋ねて廻った。だが、その当時、鶴飼らしい男が滞在していた形跡《けいせき》がある家は見当らなかった。

完全なる失敗だった。私は空虚な頭と重い足に閉口《へいこう》しながら、金谷町を後にした。また振り出しに戻るのである。

その夜、家へ帰った私は最初からもう一度考えなおした。

自分の居所を適当に誤魔化すならば、山にいて海を語り、南国にいて雪の話をするのが得策だろう。しかし鶴飼は自分の居所を知られたくなかったならば、何も言わずに黙っていればそれで済んだはずである。何も金谷にいる事を強調する必要はなかったのだ。

では何故鶴飼はそんな事を口にしたものだろうか――。

鶴飼は本気で自分の居所を教えてしまう気はなかっただろう。だが誰も察知してないと思うと、何となく小出しにヒントを与えて相手の気をひいてみたくなる。こんな心理は誰にでもあるものだが、特に鶴飼のような自意識過剰の人間、そして単純な小悪党が好む、一種の見栄である。としても、そのヒントである〈鋸山が眼の前にあって海が美しく、刺身が美味しくて、三浦半島と富士山がはっきり見えた〉と、これだけを、咄嗟《とっさ》に空想するような芸当は鶴飼には出来そうもない。空想でなければ鶴飼は金谷にいた事になるが、私の徒労はその事実を否定している。

推理と事実が堂々めぐりをして、私も結論の出しようがなかった。柱時計が寝呆けたようにゆっくりと深夜の二時を告げた頃、焦燥《しょうそう》のあまり簡単な拡大解釈を忘れていた自分に気がついた。

何も「浜金谷」だけにこだわる事はない。鶴飼は「浜金谷近辺」にいたのではないか。

（もう一度出直そう）

私は即座に決めていた。

翌日、前の日と全く同じコースを辿って、私は房総西線に乗り込んだ。

気動車特有の頼りない進行音を耳にしながら、早速旅行案内を拡げてみる。浜金谷の次が「保田《ほた》」という駅だ。この町は金谷と同じ程度に鋸山に近い。鋸山の北側が金谷であり、南側に下山すると保田であった。

旅行案内の〈保田〉という項を読むと、

〈気候温和、海と山の大自然の風光美に恵まれ、特に夏は海水浴場として賑《にぎわ》う。保田町は房総の名山鋸山を始め、日本寺《にほんじ》、妙本寺《みょうほんじ》、鹿峰山等の名勝古刹《こさつ》に富み、明鐘岬《みょうがねみさき》以南一里余の浜辺は水清く、波上遥かに三浦半島を望み、晴れた日には富士、天城《あまぎ》、三原《みはら》も望み得る〉

と書いてあり、その末尾に、

〈海越えて鋸山は霞めども此処の荒浜浪立ちやまず　牧水《ぼくすい》〉

と添えてあった。

こんな旅行案内を読んでいると、本来の目的を忘れて、ふと早春の夢幻に捉えられそうであった。数年前、木更津《きさらづ》へ妻と妹を連れて簀立《すだて》漁に来た事を思い出した。簀立漁とは、小舟で一粁《キロ》あまり沖へ出て、船頭に竹で編んだ簀を仕掛けてもらい、潮の引くのを待つのである。上げ潮に乗って来た魚群は引き潮によって簀立の迷路にひっかかる。それを手網で掬《すく》い取るのであって、後の天ぷらの美味とは別に大人も興奮する漁だった。そんな回想も束《つか》の間《ま》、忽《たちま》ち私の意識は旅行案内に引戻された。いつの間にか、それが膝の上から滑り落ちたのを、前の老婆に注意されたからである。

私は改めて「保田」の先を調べた。勝山《かつやま》と岩井《いわい》がある。これも旅行者の滞在可能な土地だ。だが鋸山から離れている。鋸山が眼前にある、と鶴飼が表現した場所としてはピッタリしない。

私は「保田」で下車する事に決めた。

気動車は海岸線に沿って南へ走り続けていた。小さい漁船が、東京湾とは思えない蒼《あお》い海に散っている。その海の蒼さと雲の白さの対照が鮮やかであった。

十一時を少し廻った頃、保田に着いた。少し早かったが、私は駅前の小さな食堂へ入った。人気《ひとけ》がまるでないのに、ラジオのロカビリーだけがガンガン鳴っていた。やがてオズと出て来た十二、三の女の子にカレーライスを注文して、

「ついでにね、保田の旅館の名前と場所を残らず書いて来てくれないか。どんな紙にでもいいから」

と頼んだ。女の子は下唇を突き出して戸惑ったふうであったが、すぐ頷いて奥の方へ消えた。

カレーライスより旅館の案内図の方が早かった。あの女の子が自分で書いたらしい。保田の町の簡単な略図に、旅館の位置が□印で示され、その中にカタカナで旅館の屋号が書き込んであった。旅館の数はたいしてなかった。カレーライスを食べながら、訪れる旅館の順番を私は頭の中で描いた。

通りへ出ると、眼の前に海がひらけた。潮風は冷たくなく、さすがに南房総の気候であった。

バスが残して行ったほこりの煙幕の中を突っ切って、絹江屋《きぬえ》という旅館へ入った。

「いらっしゃい」

季節はずれの、しかもアベックでもない客を不審に思ったのか、出て来た女中は気のない声で私を迎えた。

「いや、客ではないんだ。ちょっと訊きたい事があってね」

と、私は入口の石畳に立ったまま言った。女中は無愛想な顔つきで私を見下した。

「出来たら、宿泊者名簿を見せてもらいたいんだが……」

女中は黙って左手の帳場へ引込み、かわりにカーデガンを背中にひっかけた五十年輩の男が現われた。

「何か御用だそうですが？」

この男もあまり私を歓待していない顔つきであった。

「いやね、宿泊者名簿を見せて欲しいと、今の女中さんに頼んでみたんだが」

「宿泊者名簿は矢鱈《やたら》に見せられない事になってるんですよ。警察の人なら別だけど」

「そりゃわかってるんだ。しかしね……」

「わかってるなら頼まなきゃいいでしょう」

と、男は出っ歯をむき出して言った。

私は右側のポケットには、私の職責を証明するものが入っている。だが、今の私は病気休暇中であり、個人行動をしているのだ。警察権を行使するわけには行かなかった。

「仕方がない。では休ませてもらおうか」

と、私は靴をぬいだ。男の態度は変った。まめまめしく私の靴を片付けながら、大声で女中を呼んだ。

「女中さんより君がいい。君から話を聞きたいんだ」

と、客になったからには私も遠慮はしなかった。

「へい。ちょっとお待ちになって」

男は、さも急いでいるといったふうに、駈け足をして見せて帳場へ入り、すぐに出て来た。そして小腰をかがめて私の先にたった。

二階の、海に面した座敷へ案内された時、私はすっかり覚悟を決めていた。何を聞き出すにも、一応はこうして客にならないと相手は乗って来ない。こんな調子で旅館を何軒も歩いたら相当な出費である。財布《さいふ》の中身を考えると少々心細かった。とにかく財布の続く限りやってみるより仕方がないのだ。

しかし、幸運にも、最初の一発が確実に的を射ち抜いたのである。

「一月下旬から二月上旬まで、東京から来た男が此処に滞在してなかったかね」

と、茶を運んできたあの男に尋ねると、

「居られましたよ。商産省のお役人で」

男はそう事もなげに答えた。私は思わずニンマリと微笑してしまった。

「で、お客さん、御注文は？」

「そうだね、酒をもらおうか。刺身とね」

「エビはいかがです」

「エビ？」

「いいのがありますが。鬼殻焼きにすると美味しいですよ」

「じゃ、それと」

此処の払いは少し位高くてもいいだろうと思った。一軒だけで終ってくれれば、先刻の悲壮な覚悟の手前、エビの一匹や二匹奮発してもかまわないはずである。

再び、酒と刺身を持って入って来た男が、朱塗りの円卓に皿の類をならべ終るのを待って、私は訊いた。

「その男の名前は？」

「鶴飼さんって方ですよ。半月近くも滞在されましたんで、すっかり馴染んでしまいましてね。女中達までが、鶴飼さん、なんて呼ぶようになりました」

「二十七歳ぐらいに見えたかね？」

「ええ。宿泊者名簿にも二十七歳と書かれましたよ」

「滞在はいつからいつまでだった？」

「ええと、確か一月二十三日から二月五日までだったと思います」

姓名、年齢、職業、すべて鶴飼はありのままを記入したらしい。長く滞在する場合は偽名を使ったりすると、かえって不自由な事があるからだろう。

「三つばかり質問があるんだが？」

盃を男に持たせて酒をついでやりながら私は言った。

「鶴飼は何月何日の何時頃に此処をたったのか正確なところを訊きたい。それから鶴飼が電話をかけた先とその日時。また鶴飼へかかって来た電話があったか。以上の三点なんだが」

「お客さんは警察の方ですか？」

男が盃を口許《くちもと》でとめたまま言った。

「うん……」

「何かやったんですか、あの鶴飼さんが」

「君は新聞を読まんらしいね」

「いや気がつきませんでしたよ。ね、何をやったんです？　強盗ですか、殺人ですか」

「いや、今日此処へ来たのは別の用件なんだよ。私用だな、つまり。ちょっと頼まれたもんでね」

と、仕方なく私は言った。

「そうですか。ではその三つについて女中達に訊いて参りますから」

男は何となく緊張した面持《おももち》で部屋を出て行った。

頼まれた――？

一体誰に頼まれて私はこうして南房総くんだりまで来たのだろう。亀田に頼まれたのかも知れない、と微かな酔いが私にそんな事を呟かせた。

男は一人の女中を連れて戻って来た。

「鶴飼さんがお発ちになったのは二月五日の朝でした。それから、電話をかけられたのは二度で、一度目が一月二十五日、二度目がお発ちになる前日の二月四日、二度とも東京を申込まれました。もう一つは、そうそう鶴飼さん宛にかかって来た電話はありません。でも、手紙が一通来たそうです」

「なに？　手紙……」

私は投げ出していた脚を引っ込めて坐りなおした。

手紙――。手紙という最もオーソドックスな通信方法があった事を忘れていた。電話ばかりに気をとられていたからである。

「その手紙は、これが受取ったそうで、詳しい事を知っていると思って連れて来たのですが」

男は背後の女中をふりかえって言った。男が案外気が利《き》いているのに私は満足した。

「で、その手紙が来たのは何月何日です？」

「二月四日でした」

と、女中が半分腰を浮かせて言った。

「此処を発つ前の日だね」

「だから覚えてました。鶴飼さんの処へその速達を持って行くと、さあ俺もそろそろ東京へ引上げるぞ、って言いました」

「速達？」

「そうです」

「速達を見たら、すぐ、引上げるぞって言ったんだね？」

「ええ。速達ですって言ったら、すぐです。まるでその手紙を待っていたようでした」

「そして次の日の五日に此処を発った」

「ええ。五日の朝です」

「うむ……」

私は酒が冷たくなった盃を円卓に戻して唇を嚙《か》んだ。

鶴飼が手紙を待っていた——

それが二月四日に速達で来た——

それを見た鶴飼は五日に引上げた——

その夜東京へ帰った彼は殺された——

（その速達は誰から来たのか）

私は無理とは知りながら訊いた。

「差出人の住所か名前に何か記憶ない？」

「廊下の途中で封筒の裏を見たのですけど、何も書いてありませんでした」

「消印なんか見なかった?」

「さあ、そこまでは……」

「封書だったんだね?」

「そうです。でも中身が変な手紙でしたよ」

「変な手紙って、ぎっしりと分厚いものが入ってたのかね?」

「その反対なんです」

「空っぽみたいだった?」

「ええ。最初、郵便屋さんから受取った時、空っぽの封筒かなと思った位です。だって、手に取ったら手紙そのものがペラペラしているんでしょう」

「それでも中身はあったのかね?」

「歩きながら封筒をすかして見たんです。そうしたら、トランプみたいなものが一枚だけ底の方に入ってました」

「トランプ……」

また謎めいた新事実が一つ出て来た。私は手帳にメモしながら首をひねった。

「鶴飼は此処に滞在中、外出はしなかったのかね?」

「一歩も出ませんでしたよ」

　と男が答え、

「散歩ぐらいした方がいいって言ったのですけど、到頭《とうとう》、下駄を一回も履《は》きませんでしたよ」

　と女中が言った。

「手紙を出してくれ、と頼まれた事は？」

「ありません」

　鶴飼の方からは誰にも一切連絡をとらなかったのだ。ただ二度ばかり東京へ電話をしているが、これは月日の合致から言って亀田への連絡である。そして、外部から鶴飼宛に連絡があったのも、例の速達一通だけである。何故、その速達の差出人は鶴飼の潜伏場所を知っていたのだろう。それも単に「保田」とかいう地名だけではなく、鶴飼が宿泊している「絹江屋」という旅館宛に速達を出す事が出来たのである。その差出人は誰だったのだろうか。私は行き詰った。

　鶴飼はその速達により東京へ帰った。そしてその夜、商産省の非常階段の上で殺されている。速達は呼出状だった。即ちその差出人が犯人なのである。

「絹江屋」を出て、私は海沿いの砂利道を金谷の方向へ歩いた。子供の頃を思い出させる潮のかおりを含んだ風が、私の髪の毛を嬲《なぶ》った。漁師の夫婦がのんびりした口調で、話を交しながら通り過ぎた。その後から裸足《はだし》の男の子が黄色い風船の糸を持って駈け抜けて行った。岸辺に立った老婆が、近づいて来た小舟の中の男に大声で何か怒鳴《どな》っている。小舟の男はただ大口をあけて野卑《やひ》な笑いを続けている。私だけがまるで異端者のように暗い顔だった。

二十分程歩くと、砂浜が見えて来た。砂浜と言っても、波が打ち寄せる一面の浜辺とは違う。岩と漁船と網と海草が雑然と散らばった白っぽい砂浜だった。

私は靴の中へ砂が入るのを気にしながら浜を横切って、海の中へ鼻先のように突き出た岩ばかりの岬に上った。海にも背後にも人の気配は全くなかった。私は平板な岩を選んで腰を下した。

殺人事件について考えるには相応《ふさわ》しくない周囲の情景だった。しかし、新鮮な空気が脳のほこりを拭《ぬぐ》い取ってくれた瞬間から、人間の習性は仕方がない、私はあの速達の差出人の朧《おぼろ》げな顔を追っていたのである。

速達の中身——

何だかわかりきっている物のようで、私の喉《のど》の辺まで出かかっているのだが、どうしても口から飛び出さないという、もどかしさだった。

ただのレターペーパーではなかった。「絹江屋」の女中の言葉を借りれば、トランプのようなものが一枚、入っていたのである。

トランプのような物を、次々に思い浮かべてみた。こんなに特徴がはっきりしているものだったら直感的に「何」かを言えるようでなければおかしいのだ。トランプ、いろはがるた、葉書の半分、煙草の箱の一部、身分証明書、定期券――。

私は力まかせに自分の膝をたたいた。思いがけない大きな音がビシッと鳴って、波に吸い込まれるように響いて消えた。

「名刺だ！」

私は声に出して言った。鶴飼の死体が手にしていたあの亀田克之助の名刺に違いなかった。速達の中身は名刺――。

捜査本部は、あの名刺は殺人現場で取り交されたものであり、鶴飼が転勤先をメモするつもりで亀田から便宜的にもらったのだ、と解釈したのだった。

だがそうではなく、あの名刺は犯人が速達で鶴飼の潜伏先へ送った呼出状であり、鶴飼はその死のパスポートを持って現場にやって来たのだ。

だとするならば、あの名刺の価値も役割も意味も完全に違ってくる。その価値は単なる遺留品ではない。犯人割出しの端緒《たんしょ》となるものだ。名刺が果した役割は、メモ用紙どころか犯行の為の呼出状である。名刺の意味は、その県名の列記を転勤先の地名と思わせながら、実は犯人と鶴飼の間に交された通信文で、一種の暗号だったのだ。

ここまで来て、差出人の範囲が限られ、その輪郭《りんかく》がはっきりした事に私は気がついた。

手帳を開くと急いで次のような事を書き込んだ。
○ 差出人と鶴飼は、鶴飼の潜伏場所を南房総保田の「絹江屋」とする事を、前もって相談し決めてあった。鶴飼の方からは一切外部へ連絡してないのに、速達は間違いなく「絹江屋」宛に来たからである。
○ 差出人と鶴飼は相当な長期間親密な関係にあった。連絡に二人だけが解読出来るような暗号を用いているからだ。
○ 差出人は鶴飼と内密に逢わなければならない状態にあった。暗号による通信を行なったのは、万が一にでも通信の内容を第三者に知られては困るからである。
以上の三点を私は幾度も読みかえした。鶴飼と差出人の二人の顔が眼の前の海に浮かんでは消え、また浮かんでは消えた。

鶴飼は、殺される瞬間まで、この差出人を最も信ずる事が出来る味方だと思っていただろう。鶴飼の潜伏先を知っているのが当然の人物。暗号文を送って何の懸念《けねん》も与えずに鶴飼を呼び出せる人物。そして鶴飼と同じ後暗さに怯《おび》える人物。それが差出人即ち犯人だ。

私は立ち上って足許《あしもと》の岩の破片を蹴った。

「細川マミ子のやつ……」

岩の破片は勢いよく飛んで水面に消えた。もう海は夕暮であった。空と海が溶けあって波も静まっていた。遠い岩塊や岬が影絵のようになり、海辺の家に赤茶けた灯がついてまたたいていた。黒々と空を区切った山が、あたりの雑音を吸い取ったかのように静寂そのものだった。

私は砂浜へ引返した。微《かす》かに女の子の歌声が聞こえて、凪《な》いだ海の上を渡り山間《やまあい》へ消える。その歌声を耳にしながら歩いていると、私は何か耐《た》まらない気持になって来た。鶴飼と二階堂は殺され、亀田も死んだ。染野昭子は何の自覚もなく新婚を愉楽《ゆらく》しているだろうし、細川は素知らぬ顔でテレビを眺めているのだ。——そんな東京が、この海の斜め対岸にあるのだとは思えない。私は、これからその東京へ帰るのが億劫《おっくう》で仕方がなかった。

女の子の歌声がまた風に乗って流れた。

みかんの花が咲いている

思い出の道丘の道

はるかに見える青い海

………

4

「もう西側の窓に日射しが廻ったわ。そんな時間かしらねえ」
朝食をすませてから、妻がそう呟くまで、
東京　徳島　石川　高知　広島　青森　福井　高知　石川　東京　福島　ん　山口
岡山　愛媛　福岡　鹿児島　福岡
と書いた紙を前にして、私は考え続けてきた。物の順序として、この都県名が意味するものを解かなければ私の推理は進展しない。これが呼出状ならば、然るべき意味があるはずなのだ。
私も含めてだが捜査本部は、これが通信文とは思いもよらなかった。商産省の地方機関とされた上に、鶴飼が地方転勤を考えていたと聞き込んだから、それを結びつけたわけである。それに、だいたい暗号というものは日常性のないものだ。スパイ小説ならばともかく、現実の殺人事件と暗号は過去においても縁がなかった。それも国際的あるいは政治的背景のある殺人事件ならば、暗号がからまる事が考えられる。しかし、単なる怨恨憎悪の殺人に、芝居がかった暗号が一役かっているとは判断出来なかったのである。

この一見悪戯書ともとれるものが通信文だったのだと知った今でも、私はこれが必要に迫られて作り上げられた暗号だとは思っていなかった。つまり、これは既に出来上っていたある種の「約束事」を通信文に利用したものだと考えたのである。

同じ環境に生きている者同士や、暗黙のうちに相通ずる何かを持っている者同士は、ある種の「約束事」で第三者を煙にまく事が出来る。一般的な例を言えば、力士とか映画人とか職人とかが使う、それぞれの社会や職業独特の符牒《ふちょう》である。また、行動を共にした二人が印象で突拍子もない言葉を思いついたとする。その言葉を多勢《おおぜい》の人の中で口に出してみる。他の人達には意味が通じないが、その二人だけはゲラゲラ笑う。よくある事だがこれも一例である。

そのような「約束事」に違いない、という前提で、私に想像出来た事は、この都県名の一つが「いろは四十八文字」の一字に該当するのではないかという事であった。

全国の都道府県の数は合計四十六ある。いろは四十八文字であるから、その数は殆んど同じだ。それに、県名の中に〈ん〉の字がたった一字だけあったが、これは該当する県名がないので、仮名文字をそのまま書いたものではないか。とすれば、四十六都道府県プラス〈ん〉で四十七となる。四十七と四十八ならば、〈いろは〉に県名を当てはめる事が可能である。四十八文字と全国の都道府県の数が同数に近い——これで自信を得た私は、更に、○○と傍点がある県名は、それが該当する仮名文字に濁点をうつ、という意味だと解釈した。

さて、県名と仮名文字を置き換える規準だが、これは個人的に創作したものではなく、公的にあるいは自然に出来上ったものを活用したのだとするならば、何か全国的規模の施設か組織か機構に関係があるはずだ。

鉄道。道路。全国天気図。官庁組織。電話と郵便――。

こう書きならべて来た私は、そうだ、と思いついた。聴取した参考事情の中に、細川と鶴飼はかつて長崎の同じ郵便局に勤めていたという一項があった。その郵便局員時代に二人は何かからヒントを得て、共通の通信方法を考えついたのではなかろうか。郵便は全国各県に繋《つな》がりがある。県名による暗号を作れるような専門的な知識を二人は持つ事が出来たはずだ。

その専門的知識とは何か――。

それは郵便局で訊けば簡単にわかる。と、私は最寄《もより》の普通郵便局へ出掛けて行った。その局の郵便課の主事とは以前から顔見知りだった。主事は一般会社で言うと係長に相当する役職である。常に何かに怯えているようで実直そうな彼の席へ、私は直接乗込んだ。

「公務ではないんですがね。実は、全国の県名をいろは四十八文字に当てはめる、そのヒントのようなものが郵便局にありますか、お尋ねしようと思ってね」

「県名といろは文字ねえ……うむ、ありますよ」

と主事は当然な事だと言わんばかりに深く頷きながら答えて、後は勿体《もったい》ぶって黙った。

「どんな事でしょうか？」

「局番、と言ってますがね。正規な名称は郵便局の記号番号ですな。つまり、全国郵便局にはそれぞれ記号がついているんです。まず大別して県毎に〈いろは文字〉が決められています。東京都なら〈い〉、高知県なら〈ろ〉、大阪府が〈へ〉、兵庫県でしたら〈ぬ〉、と言った具合にですね。そして次に各県内の郵便局に、その県に当てはめられた仮名文字を頭文字として記号がついているわけです。例えば東京の場合でしたら〈いは〉だとか〈いし〉だとか〈いぬう〉とかね」

「東京の郵便局だったら全部〈い〉の字がつくわけですね」

「その通りです。高知県の郵便局でしたら、最初に〈ろ〉がつくんです。この記号は主に業務上で部内で使用するものですが、郵便貯金の通帳なんかにも、その受持局の記号の印が押してあるでしょう」

「それで〈ん〉の字に該当する県はありますか？」

「〈ん〉はないですね」

「恐縮ですが、ちょっとその表を拝見したいのですが」

主事が局員の一人を呼んで持って来させた「記号番号簿」に、あの名刺の表の県名を照らし合わせて、私はそれを書きつづった。

東京　い
徳島　つ
石川　か
高知　ろ
広島　く
青森　ご
福井　ぜ
高知　ろ
石川　か
東京　い
福島　だ
ん　　ん
山口　の

岡山　う
愛媛　え
福岡　で
鹿児島　ま
福岡　て

「いつかろくごぜろかいだんのうえでまて」

こうなった。最初ちょっとその意味が理解出来なかったが、二、三度読み返すうちに、

「五日六五〇階段の上で待て」

と言っている事だとわかった。「六五〇」とは六時五十分という待合わせ時間を表わしているのであり、「階段」とは非常階段を指しているのに間違いなかった。その日時も場所も鶴飼事件と符合しているし、呼出状の内容としても辻褄《つじつま》が合う。私の想定は一応適中したらしい。

六時五十分と言えば、夜の同時刻を指しているのにきまっている。密会するのに朝の六時五十分を指定するわけはない。また非常階段の上という場所は、前から諒解済みであったのだろう。だから「階段」の一言で鶴飼は商産省の非常階段へ出向いたのである。

郵便局員時代に二人はこの暗号をもっと楽しい面で活用しただろう。ラブレターなどは

特にこんな方法で交換したとしたら、書く方も読む方も一層楽しかったに違いない。人前で拡げて見せて、ニヤニヤしながら読んだ事だろう。まさか、将来これが殺人の道具に利用されるとは夢にも思わなかっただろうからである。

二人が同じ環境にいた事がなければ、この暗号は通用しない。その点だけから推しても細川マミ子が速達の差出人であり、鶴飼殺しの犯人である事を確信出来る。

（しかし……）

と、私は考える。ここまでは順調だった。自分から言うのはおかしいが、いわゆるトントン拍子であった。

妹の失恋という怪我の功名から、染野昭子の結婚とその矛盾を発見した。それを出発点として亀田の日記を探し、「草原」のマダムの言葉から彼の背広の存在を知って、日記を手に入れた。日記から、鶴飼が南房総の金谷周辺に潜伏していたと想定し、保田へ飛んで絹江屋旅館をつきとめた。速達が来た事があるという新事実を知り、その中身を名刺と判断して、暗号を解読した。

ふりかえってみると、私なりに全能力を使い果すような苦難の道だった。だが、何と言っても好運に庇護されている。好運とは、そういつまでも、つきまとっていてくれるものだろうか。

（これから先はどうなる）

疲れきった私を嘲《あざ》けるように、もう一人の私が囁《ささや》く。郵便局を出た私の足取りは少しも軽くならなかった。

外は明るかった。磨硝子《すりガラス》を通して射し込むような柔い春の陽光の中を、小学生の列が長く続いていた。子供達は絶えず動いているのに、それらの喋る細かい言葉が固定したものとなってあたりに留まっていた。交通巡査が小学生の列と都電の線路の境界に立っている。その笛が忙しく鳴った。どの子供もただ嬉々《きき》として歩いて行く。

私はポストの脇に佇んで、この長い小羊達の行列を見送った。

〈今の私はこの子供達と同じなのだ〉

ふとそう思う。小学生達は、目的地が何処であるかは知っているだろう。だが目的地へ行きつく道順や方法はわかってないのだ。ただ前を行く者の後に従って歩くだけである。

私もそうだ。細川マミ子が目的地だという事だけは、もうわかっている。しかし、どうしたらその目的地に到達するかは知らない。そして私の眼の前には一人の先導者もいないのである。

目的地細川マミ子へ近づくまでの行程には数々の障害がある。厳然とそそり立つ、高いそして厚い壁が、行手を阻《はば》んでいる。ちょっと思い浮かべただけでも、その壁は五枚もあった。

(1) 細川のアリバイ。
(2) 細川が鶴飼を殺した動機。
(3) 細川の非常階段の殺人は可能か。
(4) 細川が二階堂を殺した動機。
(5) 細川が二階堂を殺した凶器。

この五枚の壁をぶち抜かない限り、細川マミ子という目的地は地図の上の仮想に過ぎない。

私にとって唯一の希望的観測は、それらの壁の合成原料なり出来具合などに、必らず一箇所ぐらい欠陥があるだろうという事であった。

その壁一枚一枚について、既に暗誦してしまった予備知識を私はもう一度反復した。

第一の壁は細川のアリバイだ。これが最も頑強で難関なのである。鶴飼事件当時、細川は貝塚と二人で新潟県長岡市に滞在していたというあのアリバイだ。同じアリバイでも、東京の何処かにいて成立したものではなく、約二百七十粁《キロ》も離れた地にいたのである。一目瞭然のアリバイとも言えるが、裏返しすれば御丁寧過ぎて作為を感じさせるのだ。しかし細川は、決して自分から長岡行を企ててはいなかった。沢上夫妻や貝塚のすすめに仕方なく応じたというポーズをとっている。私に言わせれば、このポーズも何か意識的なものに感ずるのだが。

この壁にも一つの欠陥がある。それは細川が二月四日の午後から二月五日の午前中まで、湯沢へ行くと称して単独行動をとった事である。この事さえなかったならば、細川のアリバイは疑う余地のない完璧なものであったろう。だが、たとえ鶴飼事件当夜は既に長岡の貝塚の処へ戻っていたのだと言っても、犯行時間と半日の違いで二十四時間の穴があっては、どうも釈然としない。この「半日の違い」が細工《さいく》された罠《わな》ではなかろうか。長岡から東京まで急行列車で約四時間三十分だ。湯沢へ行っていたという二十四時間の穴を利用すれば、殺人行為を含めて長岡東京間を充分往復出来る。

細川から事情聴取をした際も、この湯沢一泊について係官の質問が集中してくると、細川の答はさっぱり要領を得なくなった。

「湯沢温泉の何という旅館に泊りましたか」

「さあ、何という屋号でしたか……」

と細川は考え込んでしまう。

「おかしいな。忘れたの？」

「旅館の名前なんて気にしてませんでしたから、記憶がないんです」

「マッチかなんかもらったでしょう、旅館のマッチ」

「いいえ。女一人だったから必要ないと思ったのでしょう」

「でも変だな。泊った旅館が何という旅館か知らない、って事あるかな？」

「だって知らないんですもの。そんなはずがないなんて言いきれないと思います」

「湯沢のどの辺だった？　その旅館」

「どの辺なんて一口では言えません。西も東もわからずに初めて行った土地ですから」

「でも、もう一度行けばわかるね。案内してもらえるかな」

「そりゃ、行けば思い出すかも知れません」

細川はそう答えたが、このあたりから不機嫌な表情を示し始めた。

「湯沢あたりは雪が大変だったでしょう？」

と別の係官が尋ねた。

「ええ、でも今年は比較的雪が少ないという話でした」

「お風呂はどんなお風呂だった？」

「どんなって、普通のお風呂です。お湯が入ってました」

「そりゃお湯はあるでしょう、温泉だもの。例えばね、岩風呂だとかローマ風呂だとか、そういう種類があるでしょう？」

「はっきり記憶してません」

「だって、風呂へ入ったんでしょうが」

「軀にさわりますから、ちょっと入っただけです」

「一度でも入れば知ってるはずだがな」

「忘れました」

「ね、本当に湯沢へ行ったんですか？」

　この質問で、細川は怒りを露骨に見せた。

「そんな疑い方するなら、私もう帰ります。私は湯沢温泉へ行きました。湯沢のおみやげだって買って来ました」

「みやげなんて駅でも買えますよ」

「だから嘘だと思ったら貝塚さんに訊いて下さい。私が湯沢へ行ったか行かないかって事より、二月五日の夜、長岡にいたかどうかが重要なんでしょう」

　普通の軀ではない細川だし、あとの質問に差支えては困るので、主任が、その位で、と話題を変えたのだった。

「どうもすっきりしない」

　と私達は囁き合ったのだが、細川に引続いて行なわれた貝塚の事情聴取で、彼女のアリバイは成立し、従って湯沢問答の不審も立消えとなったのである。

貝塚はこう証言した。

「細川さんは、私が困らないようにと二食分の食事を食べられるばっかりに支度して、四日の午後から出掛けました。帰って来たのは五日の二時半頃です。これは長岡着十三時五十九分の急行『佐渡』に乗って来たのでしょう。この急行は湯沢にも停車しますから。午後二時半頃帰って来た事は絶対間違いないです」

そして、帰って来た直後の細川と貝塚の行動については、

「細川さんは別に変りはありませんでした。遊んで来てすいませんと言いました。二人で屋根の上に出ました。私は残雪を掻きおとしました。真冬とは思えない日射しで、私は爽快な雪掻きをしながら細川さんのみやげ話を聞きました。隣の家のラジオから時報が聞こえて、トウーリナのセビーリヤ交響曲が始まりました。それから間もなく地下室へ戻り、二人の行動は元の軌道に還《かえ》ったというわけなんです」

と説明している。それによって、

4日　細川が湯沢へ行く
5日　細川が湯沢から帰る
　　　鶴飼が東京で殺される

この食い違いが証明された。細川と鶴飼は交叉する事のない二本の線上にいた、というわけである。

貝塚の証言の信憑性《しんぴょうせい》について、私達捜査本部員は当時こんな雑談を交した。

「貝塚は細川に参っているんじゃないか」

「惚れっぽい性格だという話だしね」

「すると、貝塚と細川が口裏を合わせる可能性もあるのか」

「可能性があるという程度だね。いわゆる共謀共犯説だが、詐欺《さぎ》とか窃盗ならば簡単に意気投合して共犯者となる。しかし殺人ね、しかも遂行しても二者平等の利益がない殺人だろう。なかなか共犯者にはならんさ」

「物欲なら別だがね。知り合ったばかりの女に少しばかり心をひかれたとしても、即《そく》共謀者とはならないね」

「そう一概に言えないだろう」

「いや、貝塚という人間から言っても、彼は人殺しするような女に惚れたり協力したりする男ではないと思う」

「それにね、もし共謀して口裏を合わせるつもりならば、細川が湯沢へ行った事自体を、二人は口に出さんよ。二人が黙っていれば、湯沢一泊の話など誰も知らない。湯沢一泊の話さえ聞かなければ、我々も細川に疑惑を持たないだろう」

この説に私は賛成だった。また細川を犯人としている現在の私も、貝塚が細川を庇《かば》って偽証したとは思っていない。貝塚はあくまで事実を述べている。それならば、二月五日の夜に細川が長岡にいたのも事実となる。まさか鶴飼殺しの犯人である細川が、もう一人いたわけではないだろう。ここに私が頭をかかえる矛盾がある。

細川の捨台詞《すてぜりふ》の通り、確かに「湯沢温泉に行った行かないという点は曖昧《あいまい》である。しかし二月五日夜に長岡にいた事は証明された」のである。

（だが細川が犯人だ）

と、私の確信が叫ぶ。この「湯沢温泉行の曖昧さ」が突破口なのだ。そこに何らかの詭《き》計《けい》がかくされている。それを理論的に破壊する事によって、アリバイという巨大な壁が崩せるのである。

第二の壁は動機である。

細川は何故鶴飼を殺したか。これも細川を「白」とした有力なポイントだった。

長年の夫婦の間には、第三者にも想像出来るある種の離反原因が生ずるものだ。夫婦が互いに殺意を持つ場合もある。現実に、夫殺しや妻殺しの犯罪は発生している。

しかし鶴飼と細川の夫婦生活は短い。そして細川は昨年九月に鶴飼を慕《した》って上京して来たのだ。いわば二人は新婚である。同棲期間が短ければ、それだけ共同生活者としての衝突も軋轢《あつれき》も少ない。その上、細川は妊娠している。その子が成長して、父親がいない事に気づいたら、細川は何と言訳《いいわけ》をするつもりだったのか。

何故殺意を抱いたのだろう。一般概念では遠く及ばない翳《かげ》が、二人の過去にからみ合っているのだろうか。

第三の壁は、あの非常階段である。

私も検証に立ち会ったが、全長四十八米《メートル》、七十七段、傾斜度七十五度の、あの使いものにならないような非常階段を三十分間に上り下りするのは容易な事ではない。まして、殺人という重労働を加えれば、誰もが細川の犯行を否定したくなるのが当然だ。

だからと言って、絶対不可能という物理的裏付けはなかった。もし、あらゆる物証が揃ったら細川が犯人に間違いないのだが、ただ三十分間にこの非常階段の上で犯行し得たかどうかが残された問題である、というならば可能論も出てくるであろう。

妊娠四ヵ月乃至《ないし》五ヵ月と言っても、母体の体質によってその外見は一概ではない。上体を折り曲げるのも苦痛な人もあり、腹部のふくらみが平常と変らない人もいる。動作にしてもそうである。何をするにも緩慢《かんまん》でなければ出来ない妊婦もいるし、敏捷《びんしょう》に駈け廻って平気な人もある。

だが、外観に拘らず妊婦に共通している点は、母性本能が常に胎児を庇《かば》っている事だ。その為に、母体は健康に自信を失ったり、過激な行動を避けたり、すべてに慎重となる。船酔とか地震とか発熱ですぐ寝込んでしまうのもこのせいだ。用心が過ぎて気弱になるのである。

事件当夜は北風が強い曇った晩であった。眼先が利かないから、手足の触感に頼って非常階段を上り下りしたであろう。また手摺などは氷のように冷たかったから、触感がしびれる事もあるだろう。階段の間隔が広い為に少しでも足を踏みはずしたら墜落する。下を見れば貧血を起したに違いない。

これだけの悪条件のもとに、和服姿の細川が、どうしてやり得たか。そしてまた、わざわざ悪条件の重なる非常階段の上を指定したのは何故か。死体隠匿《いんとく》の場所として絶好だからだという見解もあったが、それは違う。死体発見をおくらせるのが目的ならば、何も鶴飼を東京へ呼び出す必要はなかったろう。海の上なり山の中なり、何処へでも連れ出す事が細川には出来たのである。

非常階段の上を選んだ狙いは、それ以外にある。

(そこに細川の魂胆《こんたん》があるのだ)

と私は考える。非常階段の上の犯行であれば、細川は容疑者圏外へ置かれるからだ。私はこれをトリックと見た。

第四の壁は二階堂殺しの動機であり、第五の壁はその凶器である。

この動機と凶器の不明が主因で、細川は二階堂事件の容疑圏からも巧みに逃れ出た。

これは、亀田を犯人に仕立てようと細川が講じた一連の策に眩惑されて、誰もが、この二階堂事件だけを切離して考えようとしなかった処に、盲点があるのではなかろうか。

私はまず、凶器とアリバイという作為の壁にアタックを試みて、それから逆に動機へと焦点を絞ってみようと思った。

郵便局前のゆるい坂道を下った。ふりかえると、小学生の列の最後尾が坂の上から消えようとしていた。私は空を仰いで不精髭をなでた。

細川は五枚の壁の向こうで、自分は被害者ですと、やがて世間の記憶からすべてが拭い取られる日を待つ気でいるのだ。だがそうはさせない——と、悲壮だが鮮烈な決意が私を奮い立たせた。足が自然に早まった。昼火事の現場へ急ぐ消防自動車が、サイレンとベルを鳴らしながら、生暖《なまあたた》かい烈風を吹きつけて私の傍を通り抜けて行った。

5

玄関の前で私は一息ついた。心の準備を整える為である。

犯罪者は自分に疑惑を持っている者の眼に非常に敏感である。玄関をあけて、最初に出てくるのが細川マミ子かも知れない。下手に眼を覗き合ったりすれば、その瞬間のある種の閃《ひらめ》きで、もう細川は貝のように警戒態勢をとるだろう。

出来るだけ私は明けっぱなしで、しかも茫漠《ぼうばく》とした表情を保たなければならない。このような「演技」は職業柄しばしば要求されるものだが、その場に直面するとつい硬くなった。玄関をあける。甲高《かんだか》くベルが、森閑とした家の奥へ反響して、廊下を歩いてくるスリッパの軽い足音がする。私は玄関の正面の壁にある中国風の絵画に眼をやった。

「あら、これは……」

と、沢上夫人が顔を出し、急いでエプロンをはずしてから今度は全身を現わした。

「御主人は御在宅ですか？」

「あの、社の方へ出勤して居りますが……」

いない事は初めから知っている。日曜日でもないのに、沢上氏が午後一時の自宅にのんびりしているはずはない。ただ、御主人は、と言わなければ訪問の体裁が整わないのである。

「ああそうですか」

「あの何か急な用件でも？　社へ電話致しましょうか？」

「いやいや結構です。この近くまで来たものですから、その後落着かれたかどうかと思ってお寄りしただけです」

「そうですか。では、ちょっと位ならよろしいでしょう。どうぞお上り下さいませ」

「公務中ではありませんから、では一休みさせて頂きましょうか」

私としては精一杯の厚かましさだった。夫人が揃えてくれたスリッパを突っかけると、他人の家を訪れた時に感ずるその家特有の匂いが私の鼻を包んだ。

夫人は私を庭に面した廊下兼サンルームへ案内した。

「どうぞ構わんで下さい」

と、私は籐椅子に腰を下《お》《ろ》した。ギシッという籐椅子のきしみが心地よかった。

眼の前の庭に小さな噴水があったが、水は出ていなかった。一握り程の芝山ではあるが、そこには自然石が意識した無造作さで配置されてあった。私はふと我が家の庭を思って、空々しい気持になった。

「相変らずお忙しいんでしょう？」

茶器を運んで来た夫人が言った。

「いや、しばらく休養してます」

「まあ、お加減でも……？」

「鬼のかくらんでしてね」

「大きな事件の後っていうのは、夏の後の秋のように無理がたたるのでしょう」

「そんな余裕は我々にはないはずですが」

「大事になさらないといけませんわ」

今日の沢上夫人はにこやかである。事件当時の夫人はもっとギスギスした、電柱かするめのような感じであった。尤も警察の調べに対する時は誰もがそうなるのかも知れない。

「細川さんはどうです。その後元気ですか」

「ええもう。明るく振舞っては居ります」

「で、今は……？」

「病院へ行ってます」

「病院？」

「はあ。今日が定期の診察日なんですよ。ほら、お腹の子の……」

「ああそうですか。わかりました。病院はどちらです？」

「目黒《めぐろ》の塚田《つかだ》産婦人科医院というお医者さんの処です」

「はあ、大変ですな。ところで話は違いますが、今来る時気がついたのですがね、ガレージの入口に板がうちつけてありましたが、あれは閉鎖したという意味ですか？」

「ええ。何だか気味が悪いしねえ。マミ子は今はもう母屋の方へ移らせましたし、近い中《うち》にガレージをそっくり取り壊す予定なんですの」

「そうですか。では今日はいい機会ですから、あのガレージの二階に名残りを惜しませて頂きましょうか」

「あの、まだ何か調べる事でも？」

と、沢上夫人は驚いたように私を見た。

「いや、別に。もうあの事件は全てすんだのですから」

「それではもう……」

「いえ。被害者の亡霊が招くのでしょう。過去に事件のあった現場付近へ行った時は、私は必らず寄って冥福を祈らずにはいられないんです。因果な職業ですよ」

夫人は怯えたように肩をすくめた。白昼の静寂が夫人の肌にひんやりと触れたのかも知れない。

「かまわんでしょう、どうぞ。……でも私は、奥さん」

「勿論、私一人で行きますよ」

「そうですか。では失礼して……でも、お帰りの際には声をかけて下さいませ」

「はあ」

私は灰皿へ煙草を捨てて立ち上った。沢上夫人は玄関の外で私を見送った。私はゆっくりとガレージへ近づいた。

ガレージの入口には×形に板がうちつけてある。その隙間から軀を折って中へ入り込んだ。黴《かび》くさい澱《よど》んだ空気が意外に冷たく、靴音が乾いた反響を呼んだ。

静かに階段を上り、部屋のドアを押した。微かなきしりが長く尾を引いた。錠は壊れたままであった。

ガラス窓から射し込む真昼の光線で、室内は物の見える明るさだったが、四隅は薄墨色にぼやけていた。ベッドとかテーブルとか、家具の類は母屋へ運んだものとみえて一つも残されてなかった。ただ、木製の椅子が一脚とグロテスクな大型ストーブが寒々とほこりにまみれていた。かつて人殺しがあった場所とは思えない、退屈でありきたりな物置部屋である。

私はほこりを払って椅子に坐った。

（此処へ来ても何もない）

そんな呟きが溜息と一緒に洩れる。

ようやく焦燥が下っ腹から拡がり始めた。病気休暇は後《あと》一週間であった。それが過ぎれば私は本庁へ出勤する。もう私的行動は許されない。事件続発と人手不足で眼の廻るような忙しさが待っているだろう。そして細川追及は挫折するかも知れないのだ。そうなるまでのこの一週間に私は何とかしたかった。地の底から、「真実」を掘り出したい。そして、「不眠症」という贅沢で高級な病気を私の軀から追放したいのである。

落着こう、と私は眼をとじた。静けさが一枚の膜となって、キーンと耳を覆った。

（凶器を何処へやったか）

ガレージ全体が一個の密室となっている。たとえ部屋からは出たとしても、階段や階下の空間がある。そしてガレージの外には沢上氏と貝塚がいた。細川は凶器をガレージ外へ持ち出す事は不可能であった。金網を張った窓は、あってなきが如しである。

結論はただ一つ、細川は凶器を室内で処分しなければならなかったのだ。処分とは、凶器の原形をとどめない事である。しかし厳しい捜索にも拘らず、分解された凶器の一部分と思われるものさえ発見されなかった。ハンマーが一丁、これは石炭を砕《くだ》くのに使っていたらしく、ストーブの脇に置いてあったが、勿論ハンマーは凶器ではない。

私は立ち上って歩き廻った。

捜査会議の席上で、ある刑事が氷を凶器としたならばと一例を持ち出したが、重量その他の点で非科学的だと一蹴《いっしゅう》された。その否定の理由をひっくりかえすと、凶器の輪郭が出来上る。

1　手にしていても気付かれない。

2　ハンドバッグに入れれば申し分ない。

3　あったという痕跡をとどめない。

4　重さは二・七キログラム前後。

5　大きさは赤レンガぐらい。

6　熱を加えても、煙、湯気、臭気、音などを発しない。割れば割れる物体。

これが凶器だ。その上、使用後には空気のように消えてしまったものなのだ。まるでクイズである。だが、細川が犯人ならば事実こういうものを凶器としたはずなのである。細川はガレージから一歩も出なかったし、舌を出す事さえ、人知れずやってのけるわけには行かなかったからだ。

やはりそのクイズの答を出す以外に方法はない。私は部屋の中には見切りをつけて勢いよくドアを開いた。

次の瞬間、私の五体は硬直した。

「……！」

もう少しで迸《ほとばし》り出るところだった声を、やっとの事で飲み込んだ。

あまりにも不意をつかれたのだ。ドアを開いて外へ出ようとした私のつい眼と鼻の先に、音もなく立っている無表情な女の顔があったのである。

細川マミ子であった。

「やあ、しばらくでしたね」

驚愕《きょうがく》の後にくる腹立たしさに、鼻のまわりを冷たくしながら、それでも態勢を立てなおして私は言った。

「何か結果が出ましたかしら？」

と、細川は抑揚のない声で訊いた。

「いや別に。結果を求めに来たわけではありませんからね」

「仏様の冥福をお祈りするんですって?」

「そうです」

「お上手な口実ですこと」

と、細川は皮肉な笑いを口許《くちもと》に走らせた。

(挑戦に応ずるつもりか)

私は胸のあたりでそう叫んだ。

事件後、初めての対面である。さりげない平静を装いながら、互いに炎のような敵愾心《てきがいしん》を秘めている。ある意味で宿敵と言えよう。重苦しい沈黙が、その敵意を物語っていた。

「口実ではありませんよ。私の習慣です」

「哀しい習慣ですのね」

「さあ、そうかな」

「でも、警察の方の言う事だから信用出来ませんわ」

「ほう、信用出来ない。何故です」

「だって警察も、人を信用しませんもの。何でも色眼鏡で見て、何でも疑ってかかるでしょ?」

「犯罪者は嘘をつきますからね」

「私も疑われましたわ」

「貴女も事件の関係者だった。仕方がないでしょうな」

「私は嘘つきの犯罪者だったんですか？」

「そうかも知れない、とは考えました」

「何故ですの？」

「我々の職業です」

「嫌な職業だわ」

「そうとは思っていませんがね」

「だからその職業を辞めないんでしょう」

「世の中の犯罪者達にとっては、確かに嫌な職業でしょうね」

と、私は笑いながらガレージを出た。

「しかし二階堂さんは気の毒でした。殺す事もなかったのでしょうが、犯人は鬼畜にも等しい奴です」

私は細川をふりかえりながら言った。「亀田は鬼畜にも等しい奴」とは言わずに、わざと「犯人は鬼畜にも等しい奴」と表現した。

「もう余計な御心配はなさらないで頂きたいわ」

　そう言って細川は、傍の樹の葉をむしり取ると前歯で嚙んだ。

「どういう意味でしょうね？」

「落着いたかどうか見舞って下さったり、仏様の冥福を祈って下さったり、もうそんなお心尽しは結構です、という意味ですわ」

「要するに、私にもう来るな、という事ですか」

「そうです」

（恐しくハッキリ言いやがる）

　私は思わずムカッとした。

「貴女はどうして私を敬遠するんです」

「私はもう貴方とは無関係です。お目にかかる必要もありませんわ」

「警察官とは個人的、私的な交際もしたくないというわけですか」

「貴方を見ると、折角忘れかけた鶴飼をまた思い出します。そんな苦しみを私に強《し》いる権利は貴方にもないと思いますけど？」

　空々しい事を臆面もなくうそぶく、とはこれを言うのだろうか。私の経験からも言えるのだが、犯罪者は男よりも女の方が手強い。一度覚悟をしたら女は頑として良心を表面に現わさないのである。人間性も社会常識も全然通用しない。何が何でも冷徹な鉄面皮で白《しら》をきろうとする防禦《ぼうぎょ》本能の塊りとなる。

（たいしたものだ）

私は細川を凝視しながらそう思った。自分の犯罪の記憶が甦って、少しでも苦痛の色を顔に浮かべるというのならば、細川もまだ救いのある人間だ。しかし、その険《けわ》しい表情には何の弱味も辟易《へきえき》も見せていなかった。むしろ勝ち誇った傲然《ごうぜん》さが感じられた。

（名刺の通信文を解読しましたよ）

と、今この場でズバリと言ったら、細川はどんな顔をするか、そして私の胸がどんなに晴々するか、と思うと、その誘惑を抑《おさ》えて想像だけにとどめるのに私は苦心しなければならなかった。

「ではこのまま帰りますから、奥さんによろしく」

昂然《こうぜん》と突っ立ったまま会釈もしない細川にそう言って、私は足早に門へ向かった。

表通りへ出ると、胸の中を風が吹き抜けて軀中の力が吸取られて行くような疲労を感じた。あの虚をついた細川の出現、ドアを開いた時の驚愕を、今思い出してみても私の動悸《どうき》は早まった。一瞬凝固した血液の解放が今度は疲れを呼んだらしい。

私は「甘いものの店」へ入った。店内は暗く、床《ゆか》に水がまいてあった。ひんやりした空気が、火照《ほて》っている私の軀に気持よかった。アンミツを注文して、私は両腕をテーブルに置き、その上に顎を乗せ上眼遣《づか》いに店先を見やった。

お汁粉、小倉ぜんざい、安倍川餅《あべかわもち》などがならんでいるガラスケースの上へ、黄と緑の縞《しま》模様の日除けが突き出ている。ガラスケースの傍に大きなアイスボックスがあった。

「もうアイスクリーム売ってるのかね」

アンミツを運んで来たエプロンの女に私が言った。

「もう処《ところ》ではありませんよ。クリームは真冬でも売ってますよ」

「へえ、売れるのかな」

「最近ではね、アイスクリームは夏のものではなくて、冬の温い部屋の中で食べるのが常識だそうですよ」

「そうかねえ」

「だって旦那、ビールだってそうでしょう。夏のビールより、冬の暖炉の前で飲む方が美味しいんだから」

「金持のやる事だろう。こっちは夏でもあまりちょいちょいはビールに面会出来ないんだから」

と、私は二口三口アンミツの匙《さじ》を口へ運びながら、

（尤《もっと》も、冬の方がアイスクリームの保存がきいて、ロスが出ないから売る側も損はない）

そう何気《なにげ》なく考えた。その時である。閃光のように一つのアイデアが、絶えず例のクイズの答を求めていた私の脳細胞と激しく抱擁した。

（……！）

私は唖然として立ち上った。もうアンミツどころではなかった。金を払う間ももどかしく店から飛び出すと、トラックの運転手に罵倒されながら道路を直線に突っ切った。恰度流して来たタクシーの正面に仁王立ちとなってそれを停車させる。

「代々木の大学付属化学研究室だ」

と、咳込みながら運転手に告げた。

化学研究室は何も逃げる相手ではなし、タクシーで飛ばすほど、急を要するわけではなかった。だが、私は一分でも一秒でも早く、第五の壁が崩壊するのを、目《ま》のあたり確かめたかったのである。

私の目指す所は、私立大学の付属機関となっている化学研究室である。正規の研究員は少数だが、その私立大学の学生達が自由に出入りして、研究の見学や実験をする事が出来た。

代々木駅からやや原宿よりの常緑樹の分厚い繁茂に囲まれた一角に、こぢんまりとしたクリーム色の瀟洒《しょうしゃ》な建物に、その研究室はあった。

昨年の夏、この研究室の守衛殺し事件の捜査陣に私も加わったのが縁で、小島《こじま》という若い研究員と親しくなったのである。

受付で、私は小島研究員に、面会を申込んだ。

大学関係者でないと、面会一つするにも相当に厳格な手続を要した。〈外来者票〉という用紙に、私の住所氏名職業を記入し、用件が公用か私用かの区別を書込まなければならなかった。

私は小さな面会室で待った。世界的な化学者の胸像が、面会室のガラスケースの中に七つ八つ並べてあり、装飾品はその外《ほか》には棕櫚《しゅろ》の鉢だけだった。

やがて、油っ気のない長髪をうるさそうに振って、手を洗って面会室へ来たらしく大きなハンカチで両手をゴシゴシこすりながら、小島研究員が入ってきた。

互いに世間話は苦手であり、またそんな無駄話を交す閑《ひま》も必要もなかったので、私はすぐ本題を持ち出した。

「今日は御教示にあずかりたくて来たのですが」

「大袈裟ですね。私でわかる事でしたら何なりと、どうぞ」

小島研究員は強度の近視眼らしく、厚いレンズの奥で、絶えず眉をひそめるように眼を細めていた。

「私が中学生のおつもりで、一つお願い致したいのです」

渋味のある光沢を放つ楕円形のテーブルに映っている、小島研究員の白衣を瞶《みつ》めながら私はそう言った。

「どんな事でしょう？」

「ドライアイスに就いてお訊きしたいのですよ」

「ドライアイス？」

「あの、アイスクリームを保存させたり、冷蔵用に使うドライアイスです」

「わかりました。何から説明しますか？」

専門家らしい厳しさが彼の眉のあたりに漂った。

「一般的な、つまり初歩の知識で結構なんです」

「そのような御注文にあてはまるかどうかわかりませんが、ドライアイスに就いて簡単に申上げてみましょう」

と、小島研究員は短い間天井を見上げた。

「ドライアイスというのは御存知でしょうが固型炭酸ガスですよ。個体二酸化炭素を圧搾《あっさく》して使い易い形とし、冷凍剤として市販されてます。ドライアイスの作り方は色々ありますが、コークスの燃焼したガス中から、二酸化炭素を炭酸ナトリウム溶液に吸収させて炭水素ナトリウムとします。そして再び純粋な二酸化炭素を分離させ、これに加圧して液化させるのです。で、液体二酸化炭素として噴出させて、その一部の気化にともなう冷却により固化したのがドライアイスです。どうも言い方が拙《つたな》いので飲み込めないかも知れませんが、ドライアイスの最も手軽な作り方は、炭酸ガスのボンベの口に袋をつけましてね。急激にガスを噴出させると、気化潜熱によって個体化します。それで出来上ったわけなんです」

メモはしているが、正直に言って私には理解する能力がなかった。

「それから使用上の注意としては、必らず手袋を用いる事ですね。火傷《やけど》したように水ぶくれになったりしますから。また保存する場合は、気体となって逃げるすきのないように、外気と絶縁しておく必要がありますよ。但し密閉した容器だと、気体化の膨脹により破裂爆裂の危険があります」

「一般的な事というとその位でしょうか」

「そうですね。後は質問にお答え致します」

私は二階堂事件の凶器としての条件を思い浮かべながら、質問を始めた。

「持ち運びの点は如何でしょう？」

「ええ、便利です。五、六枚の新聞紙に包んでおけばそれでいいのですから」

「勿論、水がたれたりはしませんね」

「水分は無関係ですから、そんな事はありませんよ」

「実はこの辺が肝腎なのですが、ドライアイスと普通の氷と赤レンガ、この三つの重さと言いますか大きさと言いますか、その比較はどうなるでしょうか？」

「赤レンガというものは大きさも重さも決ってますから、つまり、それに対するドライアイスと氷の比重は、という御質問ですね」

「はあ、そうです」

私はちょっと赤面して、ハンカチで鼻のあたりを無意味にこすりながら頷いた。彼と私の頭脳の優劣の差に、大分開きがあった。

彼は白衣のポケットから、無造作に一枚のザラ紙を取出して、テーブルの上に拡げた。

「そうですね。その三者を比較しますと、まず比重はだいたいこんなものです」

と、太い万年筆でザラ紙に次のような数字を書いて、私に示した。

赤レンガの比重　約一・八
氷の比重　約〇・九
ドライアイスの比重　約一・六

「だから、この比重で三者の重さを計算するとですね……」

小島研究員は更に、暗算しながら、こう書加えて、見せてくれた。

赤レンガ　　　　二・七キログラム
氷　　　　　　　一・三キログラム
ドライアイス　　二・四キログラム
「……と、まあこうなりますね。大きさは勿論赤レンガ大に統一してですよ」

「すると、赤レンガとドライアイスの重さはあまり変らないというわけですね」

私は勢い込んで訊いた。

「二・七キロと二・四キロですから、赤レンガより少し大きいドライアイスだったら重さは同じになりますね」

小島研究員はニコリともしないで答えた。一歩一歩核心に近づく緊張と期待が次第に私の頰を紅潮させた。

（凶器はドライアイスだ！）

私は視線を自分の膝に下して秘《ひそ》かに確信していた。

細川は数枚の新聞紙に包み込んでハンドバッグにドライアイスを忍ばせていたのだ。それは赤レンガよりやや大きいものであった。どう持ち運んでも気づかれる心配はなかったのである。私は顔を上げて言った。

「硬さはどうでしょう？」

「そりゃ赤レンガの方が硬いですよ。でも、レンガ状に成型したドライアイスは氷よりも硬いし脆《もろ》くありません。打ちつける相手によってはドライアイスも簡単には割れたり崩れたりしないでしょう」

「ドライアイスを最も短時間に消滅させる方法は？」

いよいよ、私のアイデアが死ぬか生きるかの最後の質問だった。

「加熱する事ですね。熱湯の中へ入れるのもいいでしょう」

「火の中へ投げ込んだら？」

「瞬間的に消滅します」

「え！　本当ですか」

「但し、ドライアイスの量と火の強さの、プロポーションが問題です。少しの火の中へ多量のドライアイスを一時に投入したら、火の方が消えます。温度が低下するし、炭酸ガスが燃焼を支えませんからね」

「ガンガン燃えている大型ストーブの中へ、赤レンガ位のドライアイスを投げ込んだとしたら、どうでしょう？」

「ストーブですか。ストーブは元々排気設備が出来ているのですから効果は悪くないでしょう。ドライアイスをなるたけ細かく砕いてから投げ込めば、火勢が強い限り大丈夫だと思います」

「その場合、煙や蒸気や音、匂い、そういったものは残りませんか？」

「勿論煙や水蒸気のようなものはありません。温度が低い時には、空気中の水分が凝結して湯気のようなものが発生するかも知れませんが、微々たるものでしょうし、ストーブの中ならこんな現象も起らんですね」

「跡が残るような事が考えられますか？」

「ないと思います」

「ドライアイスを砕いてストーブの強い火の中へ入れたら、五分間位で消滅するでしょうか？」

「可能性は充分です。気化潜熱は水の蒸発潜熱の約十分の一ですから、氷が水になる時間よりも稍《やや》短く、水が気化する十分の一という短さです。それから、もしストーブの火が消える心配があったら、そのストーブの真赤に焼けている鉄の表面にドライアイスを置いてもいいのですよ。火の中へ入れたのと同じ効果です。ただちょっと酸の匂いがするかも知れないが、すぐ臭気も消えます」

完全に私の確信は凝固した。難解な知恵の輪が解けた直後の、あの充足と虚心が混った沈黙に、私は浸っていた。

国電が走り過ぎる音が、意外に近くで聞こえた。

——凶器のドライアイスの処分は、あの石炭用のハンマーで砕いてから、ストーブの中かストーブの鉄の表面かで消滅させたのだ。それだけで、後には何の痕跡もとどめなかったのである。

日常生活に直接触れるようになって日も浅く、一般の人が専門的知識をまだ持っていないドライアイスというものを凶器としたのは新手であった。やはり一種の「盲点」をつかれたのではなかったか。

「御多忙中、どうも有難うございました」

儀礼の言葉ではなく、私は心の底から小島研究員に感謝した。

「いやあ」

彼はボサボサの髪の毛へ手をやりながら笑った。ただの一度も「何に応用するのか」とか「事件があったのか」とも尋ねない彼の学者肌に、しみじみ感服させられながら私は研究所を出た。

引続いてやらなければならない事が、私にはあった。凶器がドライアイスだったという事を裏付けるのだ。つまり、細川はそのドライアイスを何処から手に入れたか、である。二階堂に対する凶行は突発的なものと推定出来るし、それにドライアイスも長時間保存するのは無理だから、細川が前日やそれ以前からドライアイスを用意しておいたとは考えられなかった。事件当日、または凶行直前に入手したものだろう。

事件当日の午後からは、細川は外出しなかったそうである。だが、一人、家人の眼の前から姿を消した時間はあった。夕食後、ガレージへ行って鶴飼の写真や手紙をストーブの火にくべて来たと称する、あの小一時間だ。

その前の日に、鶴飼の葬式に立ち会って来た細川が、彼の想い出を清算する為に写真や手紙を灰にした、と言えば甚《はなは》だ真《まこと》しやかに聞こえる。

しかし、考えようによっては、その細川の行為は唐突である。一日中勝手気儘な時間を持っている細川が、何故夕食後の団欒《だんらん》に母屋へ人が集っている時を狙って、急にガレージへ戻り鶴飼の想い出に訣別を告げたのか。一人でそっと涙したかったのなら、朝早く庭へ出て焚火で灰にすればいい。哀惜の情というものは、食後の満腹時に湧くものではない。

細川がドライアイスを買い求めたのは、この小一時間を利用したのに違いなかった。そうなれば、入手先は沢上邸との距離が往復五十分程度の範囲内に限られるわけである。

私は国電でもう一度大井町へ引返した。

（それにしても、細川はどうしてドライアイスなどというものを思いついたのか）

天才的な犯罪者は、巧妙な犯行方法をインスピレーションで案出するのだそうだが、ドライアイスを一度も手にとって見た事がない人間がそれに気づくはずはない。細川は過去においてドライアイスを観察する機会にぶつかったのだろう。

（そうだ、葬式だ）

と私は思った。これは私自身が一昨年の夏に、親戚の者の葬式でドライアイスの効用の一つを見た事があったからだ。それは、仏の腐敗を防ぐ為に棺《ひつぎ》の空間へドライアイスを詰め込む事である。

細川の両親は昨年の八月末に死亡した。勤務先の学校が、校葬として葬儀万端を取計ったそうだが、八月末という気候から考えても、棺の中へドライアイスを詰め込んだ事は当然であったろう。

その際、細川は、後日これを殺人の凶器に利用するなどとは考えてもみなかっただろうし、ただドライアイスとはこういう物質だと意識にとどめたに違いない。それが、切羽詰った窮極の必要に迫られて、彼女の記憶に甦ったのではなかろうか。

（この線で押そう）

と、私は大井町の下町風の雑踏を縫いながら思った。

大衆酒場の大提灯はもう点灯されていた。人の急ぎ足と、しっとりとした肌寒さが夕暮の間近い事を予告している。

私はまず葬儀社を探した。ドライアイスの販売店などは矢鱈《やたら》にあるものではない。八百屋や魚屋で尋ねてもわからないのである。だが葬儀社だったら、夏季は常時ドライアイスを使うだろうし、冬でも日数を食うような格式張った葬式ならば、ドライアイスを必要とする。だから葬儀社で訊けば、その販路がわかるはずだと、私は思ったのである。細川も恐らくそんなルートで、ドライアイスの製造元へ求めに行ったに違いない。

一軒目の葬儀社では、ドライアイスなんか使わない、と断られ、二軒目では江東区の知り合いに頼んでドライアイスを入手するという話だった。

私は方向を変えて、陸橋を渡り、大井線の駅がある側の商店街を歩いた。

三軒目の葬儀社で、やっと望み通りの返答を得られた。

「小さな工場ですが、神明車庫前にありますよ」

そこの主人は、妙な顔で私を見ていたが、間もなく板敷の店先まで出て来て、そう教えてくれた。

「その工場の外には？」

私が訊いた。

「ドライアイスを造る処ってのは、この近辺ではその工場だけだと聞いていますがね」

主人は板敷の床を掃き始めながら、そう言った。

私は駅前から神明車庫行のバスに乗った。バスは狭い道路を大威張りで走った。計算してみると、沢上邸から神明車庫前まで約二十分で行けるはずだった。夕食後のあの小一時間で充分往復出来た距離である。

バスを降りると、停留所の斜向《はすむか》いに洋服屋があった。その横丁へ入り、十五米ばかり行った所に、その工場があると教えられて来たのである。

成程《なるほど》、小さな木造建ての工場であった。工場と言っても、少しも工場らしくない。ただ普通の民家と違う感じなので、私は工場だろうと解釈したのである。

ゴミゴミと小さな家が密集した横丁の奥にある、いわば典型的な町工場であった。入口は商店の店先のように、ガラス戸のあるコンクリートのたたきだった。庇《ひさし》の上の看板には〈Dry Ice〉とあり、その下に〈ドライアイス製造有限会社木下《きのした》商店〉と書いてあった。路地はもう夕暮の闇を吸い寄せたように暗いので、私は辛うじてそれを読んだ。それだけ、看板の色も褪《あ》せていたし、屋外灯も点いていないという活気のない工場だったのである。

人のいる気配もなく、薄暗く静まりかえった店の奥を覗いて、私は三度も声をかけなければならなかった。

店の奥が工場へ通じているらしかったが、どうやら工場では仕事をしている様子がなかった。休業中なのかな、と私は微《かす》かに失望した。やがて、顔色の悪そうな痩せた老人が、のっそりと姿を現わした。

「二月十日の話なんだが、若い娘がドライアイスの事で何か頼みに来なかったですか？」

「はあ……？　二月十日……？」

「貴方、ここの御主人？」

「いや、店番みたいなものです。ここしばらく仕事は休業してますが、私ゃ、いつも店にいるのでね」

老人は、妙に間をおく喋り方で答えた。

「二月十日頃の事はわかりませんか？」

「いえ、待って下さいよ。その娘さんが店へ来たのなら私が応対したはずだから」

「ドライアイスをほんの少し欲しいと言って来たと思うんだがね」

私も必死だった。細川がこの店へ来てなかったならば、一体何処からドライアイスを手に入れたか皆目見当がつかなくなるのだ。

「ドライアイスをほんの少し欲しいと言って来た娘さんね。あんまり珍しい客だから忘れなかったですよ」

「え？　来たかね！」

「二月十日の朝ですよ」

「朝？」

「ええ。中学生の弟が学校の教材にどうしても必要だ、厚い辞書ぐらいの四角いのを作って欲しいって言うんですよ。そんな少しばかり小売した事がないんですが、何でも大森《おおもり》の方からわざわざ尋ねながら来たとかいう話なんで、それでは、注文通りのやつを作って置くと引き受けたんですよ」

入歯の為に発音のはっきりしない老人の言葉から、私はそれだけの事を聞き取った。

まぎれもなく細川である。

「で、取りに来たのは？」

「夕方でした、その日の」

「何時頃でした？」

「さあねえ……六時か七時でしたか」

と言いながら、老人は暗いのに気がつき、頭の上の電灯に手をのばした。あまり明るくない光が、だらしなくあたりに陰影を作っていた。

「その娘の顔を憶《おぼ》えてますか？」

私は、赤くただれたような老人の眼を睨みつけて、そう訊いた。奥から魚を焼く匂いが流れて来る。それが気になるのか、老人は小刻みに鼻を鳴らして、

「いやね。白い大きなマスクをして、ショールっていうものか、肩かけみたいのを頭からかぶってましたから、髪型や顔は殆んどわからなかったですよ」

と言った。

細川は慎重に行動している。顔を知られては足がつく心配もある。だから、大森の方から来た、なんて言ってるし、顔も異様と思われない程度に、マスクやショールで隠して来たのだ。

「和服だったでしょう？」

「はい。ショールの端をコートの襟の中へ突込んでね。どうも娘さんか、奥さんか区別がつかない人でしたよ。眼だけは見えてましたが、そうそう大きな眼をしてました」

「いや、どうも有難う」

と、私はガラス戸を開きかけたが、ふと、小さな不安を思いついた。

（細川が探《さぐ》りに来はしないか？）

今日の細川の態度から考えて、彼女は挑戦的であると同時に、私に対する警戒と回避とを露骨に示した。

もしも私の動きを細川が察したら、真先にこの店あたりへ様子を訊きに来るだろう。そして、私が既にこの店まで手をのばしている事を知ったならば、彼女は現在のままでいるはずはない。自殺するかも知れないし、逃亡するかも知れないのだ。また虚構の確立の為に新たな工作をする恐れもあった。

私は、是非ともこの老人の口を封じて置かなければならなかった。

二、三歩、歩を戻して、

「もしね、またその娘がここへ来ても、私が今みたいな話を聞き込んで行ったという事を喋らんで下さいよ」

と、私は老人に言った。

「……？」

だが、老人は黙っていた。不審とも不服ともつかないような表情で私を見返した。承知した、という気配を見せないのである。

もう仕方がない、と私はポケットに手を入れて、

「警視庁の者です。いいですね、黙っていて下さいよ」

と、充分に重量を加えた声で言った。

老人の顔に初めて軽い反応が走った。そして威圧されたように頷いた。

通りへ出て、バスを待った。洋服屋の電灯はさすがに明るく、ショーウィンドーの「最優秀賞」と書かれた紅白リボンをつけた金牌が輝いていた。

私は今日初めて落着いて吸う煙草に火をつけた。何とも言えない解放感と共に、紫色の煙が暗い空へ舞上って行った。ウィンドーのガラスに、例のもう一人の私がいた。

私はニヤリと笑った。

(第五の壁は崩れた——)

もう一人の私も、ニヤリと笑った。

6

三国《みくに》山脈が、銀砂をまぶしたような霞《かすみ》の中に絵に描いたような秀麗な姿を見せて、時折、移動する雲の影が山肌を走る。

急行「佐渡」は、魚野川《うおのがわ》に沿って北北西へ向かっていた。上野発九時三十分で、長岡着十三時五十九分の、細川が湯沢へ行って長岡へ帰る時に乗ったという列車と同じ急行「佐渡」であった。

三等は混雑していたが、それでも水上《みなかみ》で温泉行の団体客が降りたので、私は窓際の座席に坐る事が出来た。

出掛けに妻が大急ぎで作ったノリマキの折詰を、レインコートのポケットから引っぱり出して私は食べた。もう正午を過ぎていた。

食べながら、ノリマキを作る間中、私に長岡行をやめてくれと言い続けた妻の言葉を思い出した。

結婚以来、私の行動に関して、あまり口出しはしなかった妻が、今度の私の「細川への挑戦」には露骨に嫌な顔をして見せるのである。

それも無理はなかった。妻から見れば、私の挑戦は無謀とさえ受取れただろう。病気休暇中に、落着した事件をもう一度追う――規律に違反した私的行動だからである。それも単身敵陣に乗り込むような、刀一本で嵐に立向かうような、心細い私の闘争である。いわば私は主流に逆行する小さな渦に過ぎない。その小さな渦巻の行末を案じて、妊娠中の妻が漠然とした不安にかられるのは当然だった。

しかし、私にも言い分はあった。職務とか形式とかいうものの以前に、裸の人間の信念があり熱情がある。一切それを抑制して、ただ無難に生きろ、と強制する権利など誰にもない。死ぬ寸前に、自分の生涯を振返っても少しの後悔も残らないような生き方をしているだけだ――。と、私は妻に叩きつけるように言ったのである。妻は不満の沈黙を続けていたが、私は委細構《かま》わず家を出て来た。

あの名刺の暗号文を解いたし、細川がドライアイスを入手した事もつきとめた。今のこの私に、全てを中断せよ、と言う方が無理である。誰が何と言おうと、私はアリバイ崩しに遮二無二突進するのである。

だが、出掛けの喧嘩を思い出すと、急にノリマキが不味《まず》くなって来た。私はソッと折詰をポケットへ戻した。

車内の一隅から、突然唄声が聞こえた。慰安旅行の連中だろう。既に酔っぱらった濁《だ》み声で、手拍子も賑やかだった。

来いと言たとて、行かりょか

佐渡えヨ、佐渡は四十九里、

波の上。

おけさ踊りに、ついうかうかとヨ、

月もおどるか、佐渡の夏。

佐渡おけさの一節であった。

窓からキラリと光る川面《かわも》が見えた。この流れはやがて新信濃川《しんしなの》となり、日本海に通じている。その日本海に佐渡がある――それで、あんな唄も飛び出すわけか、いやこの急行の名前が「佐渡」だからか、と他愛もない事を私は考えていた。

瞬く間に六日町《むいかまち》、堀之内町《ほりのうちまち》、川口町《かわぐちまち》と過ぎて、列車は二分遅れで長岡に到着した。

大都市の中央駅のようなスマートな華麗さはないが、旅愁を呼ぶような、慌《あわただ》しさに混雑して、ホームも階段も、そしてざわめきも、活気をおびていた。

改札口を出ると、北国特有の鉛色の曇り空の下に、家並やビルの壁がくすんで見えた。

この長岡市の何処かに、かつて、あの細川がいた。いや、この駅前で買物をしたかも知れない、その同じ改札口から出て来た事もあるのだ――と、私は妙な感慨にふけって、しばらく佇んでいた。まるで、何年ぶりかで故郷の街へ帰って来た男か、恋人の死んだ地を懐しみに訪れた男のように、迎えてくれる何ものもなく、私は飄々《ひょうひょう》と、北国の駅前に立ち、風を受けた。

やがて、駅前で熱いうどんを食べた私は、神明町の「眼」社特別出張店へ直行した。

神明町は静かな街だった。地方裁判所の長岡支部や、赤十字《せきじゅうじ》病院があった。

出張店は、通りに面したモルタル建ての小さな家であった。戸はトタン張りの引戸で、ピタリと閉ざされ、大型の南京錠が錆《さ》びついたままぶら下っていた。

私は、ゆっくりその建物を一周してから、両隣と真向いの家を覗いてみた。

右隣は下駄屋だった。間口は狭いが奥行の深い店で、あまりセンスのある陳列方法とは思えない履き物の山が、無造作に積み上げられていた。その薄暗い奥の椅子に、眠そうな老婆がつくねんと坐っていた。

左隣は鉄工店である。油で黒く染った作業衣姿の二人の工員が、溶接の火花を散らしていた。私の方など見向きもしないで、仕事に熱中している。

真向いは、夜だけ繁昌しそうな、ひっそりと暗い感じの質屋だったし、これでは、とても細川や貝塚の動静に興味を持ちそうもない条件下の周囲である。

せめて食料品店か煙草屋なら、二人の生活に触れていただろうが――と、私は近所の人からの聞き込みはあきらめて、細川が毎日行ったというマーケットを探す事にした。

買物帰りらしい女性に尋ねると、そのマーケットはすぐ知れた。特別出張店から百米《メートル》ばかり離れた横丁へ入ると、簡易建築のような天井の高い建物があった。食料品の雑多な匂いが、道へ漂って出ていた。

そこには出店するだけであって、商人達の住宅は別にある、という典型的な市場で、一坪か二坪ずつ仕切って、あらゆる品物が用意されていた。

入った処にある八百屋で、このマーケットの責任者に逢いたい、と言ってみた。幸いにその責任者はこの建物の中にいるとの事だった。私は狭い通路を漬物の匂いが強いのに閉口しながら、奥の責任者の事務所だと教えられた部屋へ向かった。

事務所と言っても、ガラス戸で仕切った小さな土間だった。机一つに、それでも電話が置いてあった。

ガラス戸を開くと、ひんまがったような椅子に坐っていたコールテンのジャンパーを着た爺さんが、老眼鏡越しの上目遣いで私を見た。

「東京から来た者ですが、ちょっと訊きたい事がありまして……」

私は後手《うしろで》にガラス戸を閉めながら言った。

爺さんは、読みさしの新聞をガサガサとたたみながら、

「警察の方だね」

と、赤い口の中を見せて笑った。私は肯定も否定もせず、曖昧に苦笑した。

爺さんは机の上の大きな湯呑を手に取り、ゴクンと美味そうに中身を飲んでから、

「鋭い眼してるもの。わしぐれえになると、他人様の職業など、一見して見抜けるさ」

と、上機嫌の様子であった。笑うと酒の匂いがプーンとした。

「で、何が知りたいんだね？」

「今年の一月末から二月八日まで、すぐそこの『眼』の特別出張店に、若い男女が東京か

ら来てたのですが――」

「ああ、知ってるよ」

「このマーケットへ毎日買物に来たという話を聞いたんです」

「うん。女が来てたようだ。わしもちょくちょく見かけたよ。マーケットの客は顔馴染ばかりだから、たまに毛色の違ったのが来ると目立つんだな」

「その女の事で訊きたいのですが、女がよく買物したという店の者に会わせてくれませんか」

真剣な顔はしなかったが、爺さんはウンウンと気軽に頷いて見せた。

「あの女の御贔屓《ごひいき》は、そうだな、果物屋と酒屋と肉屋だったな。ちょいと待ってなさい」

爺さんは、湯呑の中の残りをチュウチュウ音をたてるまで飲み干してから、ゆっくりと出て行った。

間もなく、屋号を染め抜いた前掛けの中年男と、白いエプロンの女、そして背は高いがおさげ髪の少女の三人を連れて爺さんは戻って来た。

「みんな忙しいからね、簡単に話を終らせてくれとさ」

爺さんは、口をモグモグさせながらそう言った。店先の佃煮《つくだに》でもつまんで来たのか、人さし指と親指をしきりと舐《な》めて、机の下から酒のビンを取り出し、湯呑に注いだ。

「すいません。ほんの一分か二分です。つきあって下さい」

と、私は三人に頭を下げた。そして、三人の顔を平等に見較べながら言った。

「あの、出張店へ東京から来ていた女の人を御存知ですね？」

「ああ、あの別嬪《べっぴん》ですね」

と、中年男が言い、

「妊娠してた人でしょう？」

エプロンの女が、そう口走った。

「そんなに目立ってお腹《なか》が大きかったのですか？」

と、私は訊いた。エプロンの女は、照れたように笑って答えた。

「そりゃあ男の人には気づかれないかも知れないけど、私みたいに生んだ事のある女にはわかりますよ。歩き方が変るし、それに女同士だから、すぐ喋るんです。私にもあの女の人の方から、妊娠しているって、教えてくれたのですよ」

「その人に間違いありませんが、皆さんの店へ買物に来たでしょう？」

「あの人なら、毎日必らず来ましたよ」

前掛けの中年男が大きな声で言った。

「毎日来ましたか？」

私は、その酒屋らしい男を瞶《みつ》めた。細川が毎日来ていたはずはない。中に一日、歯の抜けたようにポツンと姿を見せなかった日があるだろう、と私の眼は問うていた。

「一月三十一日からだった。覚えてます。それから、幾日目かの明日東京へ帰るって日まで、来なかった日は一日もなかったですよ。なあ、おい」

中年男は、エプロンの女とおさげ髪の少女に同意を求めた。二人の女はすぐ頷いた。

「私の処はマーケットの入口ですからね、出入りするお客さんの顔は必らず見ますが、今日はあの人が見えなかったな、と思った日はなかったですよ」

八百屋の向いにある肉屋のおかみさんらしいエプロンの女が、そう付け加えた。

(おかしい……)

私は僅かではあったが、不安と焦燥を感じた。細川が必らず毎日このマーケットに現われたとしたら、彼女のアリバイは立証されるのである。夜七時頃、商産省の非常階段の上で鶴飼を殺したのだから、細川はその日の中《うち》に長岡へ帰って来る事は不可能だ。午後から出掛け、翌日の昼頃に長岡に戻って来たはずである。

(とするならば……待て!)

二十四時間、長岡を離れていたとしても、毎日マーケットへ現われる事は出来る——と私は気がついた。朝五時頃から二十四時間、長岡にいなかったならば、確かに一日だけマーケットへ来ない日があっただろうが、細川の場合は午後一時頃を起点とする二十四時間だから、前の日は午前中に、そして翌日は午後から、マーケットへ買物に来る事が可能だったわけだ。

要するに、来ない日を尋ねるのではなく、マーケットへ来た時間を訊かなければならないのだ、と私は思った。

「あの女が、このマーケットへ来るのは、いつも何時頃でしたか？」

「午前中に定《きま》ってましたよ」

と、酒屋が応じた。

「よく考えてみて下さい。毎日、必らず午前中に来ましたか？」

私は、三人の表情からどんな小さな動きでも捉えるつもりで、鋭く瞶めながら訊いた。

ふと、おさげ髪の少女の眼が一回転した。

「思い当った？」

と、私はすかさず言った。

「ええ。一日だけ午後に来た時があったわ」

中学校を去年あたり卒業したらしい少女は言い澱《よど》みながらも、そう答えた。

「午後からね。それは何日だった？」

「さあ……」

「午後から来たのは、その日一日だけ？」

「ええ。あの女の人、私の店で毎日必らずリンゴを買って、それを齧《かじ》りながらマーケットを買物して歩くんです。でもたった一日だけ……私が午後から映画へ行った日がありました。その日の午前中にあの人が来なかったもんだから、私、映画から帰って来て、今日あの人来た？　って母ちゃんに訊いたんです。そうしたら、珍しく今日は午後から来たよ、って母ちゃんが言ってました」

果物屋の少女は、顔を赤らめながら、それでも一生懸命に話してくれた。少女の記憶力は素晴しかった。

きっと、東京から来たという個性的な美貌の細川に、この少女は憧憬《しょうけい》に近い関心を持っていたのだろう。だから、細川が来るか来ないかに興味を持ち、また記憶していたに違いなかった。

「そう言えば、そんな事があったな。私の店へも必らず毎日来てましたがね、一日だけ夕方に来た時があったですよ。……そうだ、思い出した、その時は二本まとめて買って行ったですよ」

「二本まとめて——何を買ったのです？」

きまりきった事を訊くな、と言わんばかりに酒屋は口を尖《と》がらした。

「貴方は酒屋さんでしょう?」

「ええ」

「酒屋さんへ、毎日来てたのですか?」

味噌や醬油はその日その日に買いに行くものではない。一体何を買いに来たのか、私は不思議に思った。

「しかし驚きましたねえ、一緒に来ていたという男の人は酒豪ですよ。とにかくまあ、売る方があきれたんですから」

と、酒屋は大袈裟《おおげさ》に驚きの表情をして見せた。

「毎日買いに来たというのは酒ですか?」

「それもウィスキーですよ。毎日大ビン一本ずつ買って行きましたよ、あの女の人が」

「本当ですか!」

「商売ですよ。私は間違えっこないです」

細い針をスルリと脳天から差し込まれたような、そんな衝撃が私の手足までに電流となって突走った。

「ウィスキーですよ」

（これは重大な聞き込みだ）

貝塚は自分が洋酒党で、一年前に胃を悪くして入院した事があった、と捜査本部で述べている。また彼の言を借りると、細川が長岡まで同行した一つの理由には、彼の飲酒を監視させる為という事であった。その監視役の細川が、進んで酒屋へウィスキーを買いに行き、毎日大ビン一本ずつ、ある日は二本も、貝塚に飲ました、というのはどういう訳だ。大きな矛盾ではないか。

私は、細川の偽装アリバイ計画図が次第に読めて来たような気がした。

マーケットを出て、五分も歩いた頃、遠慮しいしい呼びとめるような声に、私は振向いた。あの果物屋のおさげ髪の少女が、肩で息をしていた。

「あのう……私が映画へ行った日ね……」

と、少女は視線を避けるように横を向いて言った。

「うん。あの女が午後から来たという日だろう？」

「ええ。母ちゃんと二人で考えたら、二月六日でした」

それだけ言うと、少女は後を見ないで、どんどん駈けて行ってしまった。

「わざわざ、有難うね！」

その後姿《うしろすがた》に、そう叫びながら、果実の一包もあの少女の店で買えばよかった、と私は軽く後悔し、左右にピョンピョンと踊って遠くなる二本のおさげ髪を見送った。

時計を見ると四時を過ぎていた。今日はもう東京へは帰れなかった。私は一晩を長岡で過す事に決め、駅前にある「丸屋《まるや》旅館」という古ぼけた文字通りの旅宿に入った。レインコートを着て、鞄《かばん》一つ提げていない私を、旅館の番頭が不安気にそして胡散臭《うさんくさ》そうに見ていた。

定食のような夕食をすませて、駅付近の騒々しさが遠のいた頃、私はあまり上等ではない四畳半の真中に寝転んで火鉢を引寄せ、煙草の煙の輪を作りながら考えた。

虚偽のアリバイをデッチ上げるには、時間の差異を巧妙に操作する方法が最も多い。つまり、アリバイの証明者が錯覚しているか誤魔化されているわけである。

細川の場合、そのアリバイの証明者は貝塚である。貝塚が何かを錯覚しているのだ。その何かとは即ち時間であろう。長岡と東京を往復するには一日の余裕が欲しいから、貝塚は結局まる一日を誤魔化されているのではないか。

しかし、一時間や二時間の差異であるならばともかく、二十四時間を錯覚させるのは容易な事ではない。貝塚にしても、赤ン坊や薄馬鹿ではあるまいし、まる一日を誤魔化されて気づかない、とは考えられなかった。

気絶させたり、睡眠薬を飲ませたりしたとしても、ある一定時間は意識不明だろうが、それを恢復してから時間の差異に気がつく。

（もし、貝塚が二月五日だとばかり思い込んでいた日が、実は六日であった——）

これだ、これ以外にはない、と私は結論した。

実際は二月六日だったのを、何らかの方法により、貝塚に二月五日だと思い込ませる。そうなれば、現実が二月五日なのに貝塚は二月四日と本気に証言するわけである。それによって、細川のアリバイは完全に成立したのだ。

現実の細川		貝塚の錯覚の細川	
	2月3日	?	
	2月4日	2月3日	
上京	2月5日	2月4日	湯沢へ
帰長岡	2月6日	2月5日	帰長岡
	2月7日	2月6日	
	2月8日	?	

と、こうなるのである。

貝塚の錯覚から言えば、細川は明らかに二月四日に湯沢へ行き、五日に帰っている。従って五日の夜に細川が東京にいるわけがないと、貝塚が証言するのは当然であった。

私は列車時刻表を参考に調べてみたが、細川が湯沢へ行って来たと称する時間内で、東京へ行って殺人を了《お》えて帰って来る余裕はたっぷりだった。

長岡発十三時四十五分の急行「越路」でたつと、上野着は十八時二十九分である。上野から商産省までタクシーで十五分、約束の六時五十分に非常階段の上で鶴飼と会う。犯行後は都内の目立たない旅館に一泊して、次の朝、上野発九時三十分の急行「佐渡」に乗れば、十三時五十九分に長岡着、となる。これで湯沢温泉へ行って来たと何食わぬ顔をして言えば、それで貝塚は何の不審も感じないであろう。ただ二月六日を二月五日だと思い込んでいるに過ぎない。

それを裏付けるのが、マーケットの買物時間の狂いであった。細川は毎日必らず午前中に、あのマーケットへ買物に来た。ところがたった一日だけ、午後に来ている。何故に買物日課が一日だけ崩れたのだろう。それは、どうしても午前中に来る事が出来なかったのである。即ち、この長岡に細川がいなかったからだ。

その日は、果物屋の母娘は二月六日だと言っている。これが鍵なのだ。細川は二月六日の午前中、長岡にいなかったのだ、という事を証明している。もっと的確な証明がある。貝塚の主張通り、二月五日の午前中は細川がまだ長岡へ帰って来てなかったとして、マーケットの人達が六日を除いては必らず午前中に姿を見たというのはどういう訳だ。五日の午前中はマーケットへ来るのが不可能なはずである細川が、れいれいしく買物をしている事になる。午前中にマーケットに姿を見せた細川がその日の午後、湯沢から「ただいまア」と帰って来たとでも言うのだろうか。

つまり、左図の点線のように五日午後と六日午前に長岡を離れたというならば、マーケットの証言とも辻褄《つじつま》が合うわけである。

これで、貝塚の錯覚による証明は、八分通り効力を失った。だが、もう一つ、それを裏付けるべく決定的な手がかりがあった。私はそれを調べる事にした。

細川と貝塚の主張		マーケットの証言
	3日	
買物に行った	4日午前	買物に来た
湯沢へ行っていた	4日午後	
湯沢へ行っていた	5日午前	買物に来た
	5日午後	
	6日午前	
	6日午後	買物に来た
	7日	

床柱《とこばしら》の側面にある呼《よび》リンを押して、女中が来るのを待った。こんな用も頼む事があるだろうと、私は女中にチップをはずんで置いたから、彼女はあまり「お待たせ」をしないで部屋の襖《ふすま》を開けた。

「この旅館に新聞のとじ込みがあるかな？」

私は火鉢の灰を火箸《ひばし》で掻き廻しながら、肌の白い女中の頸筋《くびすじ》を見た。

「どうですか……訊いて参りましょうか」

「是非必要なんだよ。この家になかったら、何処からか探して来て欲しいな。今年のね、二月一日から十日までの朝刊だ」

「そんな前の新聞、何をするんですか？」

「まさかこの部屋で焚火はしないさ」

と、私は笑った。女中は怒ったような顔をして立去った。それでも、大分苦労して見つけて来たらしく、三十分もたって、一束の新聞を抱えて戻って来た。

私はその新聞を受取ると、中からラジオ版ばかりを引抜いて揃えた。そして、多くの放送番組の欄を丹念に調べた。私の探し求めたのは、「セビーリヤ交響曲」という文字であった。

事情聴取の際に、貝塚は言っている。

「隣の家からラジオの時報が聞こえて、トウーリナのセビーリヤ交響曲が始まりました」「眼」の特別出張店の屋根の上で、細川が湯沢から帰って来た直後、二人して空を見た、という時の事である。ラジオは隣の下駄屋から流れて来たのだろうし、時報とは三時に違いなかった。

（やっぱり……）

と、私は満足の溜息を深々と吐《つ》いた。

貝塚の言う、二月五日の午前三時からセビーリヤ交響曲を放送している局は、全くなかった。

だが、その代りに、実に二月六日の午後三時から、NHKの新潟放送局の番組名曲コンサートアワーで「トウーリナ、セビーリヤ交響曲」を放送しているのである。

これ以上の確証はなかった。五日の午後から六日の午前中にかけての細川のアリバイは崩れ始めていた。

しかし、殆んどが瓦礫《がれき》と化した残骸でも、肝腎な壁の根元の部分が依然として体裁を保っている。

それは、何故、貝塚を錯覚させたか、であった。五日を四日、六日を五日と思い込ませた、その「何らかの方法」さえ、理論的に解明出来れば、私は完全な勝利を得られるのである。

人間から「時間の観念」を奪う方法に、どういうものがあるか、私はまず、そこから考えた。

1　薬物などにより意識を混迷させる。

2　眼、耳を完全に遮蔽《しゃへい》する。

3　眠らせる。

思いついたのは、こんな点だが、細川の場合の絶対条件は、どんな方法でも貝塚本人には意識させない事である。極く自然な環境に置いて、しかも貝塚が望む方向へ誘導しながら、いつの間にか、その錯覚の中に溶け込ませなければならなかったのだ。

（……！）

突然、私は吹き出した。考えている中に、貝塚がその条件のピッタリした立場にあった事に気がついたのだが、何か、その錯覚に沈むまでの過程の貝塚が、ひどく滑稽に想像されたからである。

それにしても、細川マミ子という女の恐しさを、私はつくづく思った。怜悧《れいり》などというものは通り越して、その緻密《ちみつ》な計画性、あらゆる習性や反応に精通している悪魔性はさながら狂女であった。

私は、その狂女の、毒ある微笑に誘われて、「時間」を失った貝塚という男の酔態の経緯を、こう想像した。

1　薬物などにより意識を混迷させる。

細川は、この薬物の代りにウィスキーを使ったのである。ウィスキーでは意識不明にはならないが、錯覚を強めるだけの効力はあるはずだ。

貝塚は洋酒党である。沢上家に寄食している限り、滅多に飲む機会はないだろう。ウィスキーに飢えていたに違いない。その欲望に細川が、ちょいとした言葉で、火を点じれば全ては細川の思惑通りの軌道に乗る。

「可哀相だわ、じゃ今夜だけね」

と言って、最初の一本。

「仕事が大変で気の毒ですもの。いいわ、同情したから買って来ちゃうわ」

と、二日目。

「今度だけよ。ね、軀が心配だもの」

と、これが三日目。

こうなると、酒飲み根性は坂の途中でとまらない。駄目と言われれば余計飲みたいし、誘いの一言でもう我慢出来ないのである。その辺のテクニックよろしく、細川は毎日ウィスキーを貝塚に飲ませたのだ。

2

眼《かん》、耳を完全に遮蔽する。

この間の貝塚の生活は、殆んどが地下室で続けられて、しかも暗室の仕事が多かった。経験者の話によると、半日を暗室の中で過すと、もう時間の推定は出来なくなるそうだ。

貝塚は、ウィスキーの為に時間を浪費したり、またウィスキーを飲みたいが為に、仕事を強行軍で進めなければならなかった。屋外へ出て日光を浴びようなどとは思わない。細川は、その錯覚に無関係な時間を選んで貝塚を屋根の上へ連れて行ったりして、自然を装っている。勿論、貝塚の腕時計は最初から適当な口実を設けて、取上げてしまっただろう。

貝塚にはまた時間を気にする必要が全くなかった。洗濯も買物も雑用も、外気に触れる仕事は全部細川がやり、黙っていても、時間になれば食事の支度が出来る。食事も恐らくはウィスキーの影響で、規則的にとってはいなかったであろう。

貝塚は毎度、美人の酌《しゃく》でウィスキーを飲めるから、外へ出て酒を飲もうなんていう気は起らなかったし、細川が留守にした二十四時間は、細川が食事を用意して置いて、出掛けたから、外食もしなかった。貝塚は、素晴しい世話女房だと感激していたが、細川は彼に外食させまいとして、食事の準備をして行ったのである。

こんな状態にある貝塚を錯覚させるのは、いとも簡単な事であった。

細川の自然な振舞に、貝塚は少しも疑わず、彼女の言葉をそのまま信用する。彼が時間を訊く。彼女は適当に答える。それでいいのだ。新聞は適当の時を見計らって読ませ、カレンダーは適当な曜日にして置く。時計の針は適当に動かして、都合よく合わせればいい。何もかも、細川の「統一された適当」でやれば、意のままに貝塚はそれを信じ込む。

ウィスキーに酔った貝塚に、事実はもう十時だが、まだ七時よ、と言えばそのつもりで寝るだろう。翌朝、眼をさました時、事実はまだ五時だが、もう十一時よ、と言えば慌《あわ》てて起きる。これは誰もが経験する瞬間的な錯覚だが、これだけでも合計九時間の狂いが、現実との間に生じたわけである。

それを、貝塚は、洞穴の奥でくり返すのも同じなのだから、細川の術中に陥るのが当然だった。

私は、この哀しき喜劇の二重生活を日程表のように図解してみた。勿論これは想像ではあるが、貝塚から詳しい事情を訊いてみれば、当らずといえども遠からずという結果が出るに違いない、と私は思った。余分なものは一切略して、就寝と起床時間だけを示すとこうなる。

現実	貝塚の錯覚生活	生じた差異
一月三十一日夜十二時	ウィスキーで酔う。まだ九時だそうだが、眠いので就寝。	3時間
二月一日の午後六時	一度眼ざめて迎え酒をやり、再び寝る。今度は起されたがまだ午前十時だった。	8時間
二月二日午前六時	酔って寝る。二月一日の夜の九時である。	9時間
二月二日午後七時	眼ざめる。まだ早いといわれ一眠りして起きる。午前六時だ。	13時間
二月三日午後一時	大分仕事がはかどった。だがまだ早いと言われたが、酔って就寝。二日午後九時。	16時間
二月四日午前五時	迎え酒をやって一眠りすませて、二月三日午前九時起床。	20時間
二月四日午後十一時	酔って寝る。三日夜十時。	25時間
二月五日正午頃	二月四日正午頃は細川、湯沢へ行く。	24時間
二月六日午後二時頃	二月五日午後二時頃、細川湯沢から帰る。	24時間
二月六日午後九時	ウィスキーを多量に飲む。もう夜半の二時と言われて慌てて就寝。	19時間

二月七日午前三時	飲み過ぎたために大寝坊する。遅いと起された。二月六日の午後二時起床。	13時間
二月七日午前十時	夜、ウィスキーを飲み就寝。十二時だった。	10時間
二月七日午後五時	仕事の能率上らず。	4時間
二月七日午後十時	また寝過した、と叩き起された。午後一時だという。眠くて仕方がない。	1時間
二月八日午前九時	飲んで寝る。十一時だ。二月八日午前九時起床。	0時間

以上が貝塚の錯覚日記だ。こう書くと、飲んで寝てばかりいるようだが、仕事の時間も充分にあったはずだ。

一言で説明すると、つまり、五日を境いとして、五日までは実際の時間より引伸ばされて錯覚させ、五日後は実際の時間より短縮して錯覚させたわけである。

この表が出来上った頃、はるか彼方まで長い余韻を響かせて、列車の汽笛が静寂を裂いた。

雨戸を押し開くと、外は水色に明るんでいた。清浄で荘厳《そうごん》な黎明《れいめい》である。人口十四万のこの都市は、一人の人間のいる気配も見せずに、まだ深い眠りの中に横たわっていた。

私は冷たい空気を心地よく吸った。白い吐息が一瞬漂って、すぐ八方へ散った。

暁の駅の灯《ひ》が、寂寞《じゃくまく》とした孤愁に私を包んだ。遠く東京の我が家を私は思った。

鋭く、また汽笛が鳴った。私はそれを、第二のバリケードを突破された細川マミ子の、煩悶《はんもん》の悲鳴として聞いた。

7

ふくれ上ったゴム風船がいつかは破裂するように、この日の昼近く、到頭《とうとう》私達夫婦は激しく衝突してしまった。

何を言われても黙々と外出の支度をしている私を見て、妻は激昂したのである。久しぶりに彼女の甲高い声が、狭い家中に響いた。興奮が興奮を呼び、私の無抵抗主義がそれに拍車をかけ、妻は忿懣《ふんまん》を洗いざらいぶち撒《ま》いた。

「見舞いにどなたか見えたら、何て言訳するんです！」

と、妻は絶叫した。

長い期間を病気休暇で休んでいれば、いつ上司や同僚が見舞いに訪れるか、予測出来ない。その病人が家にいなかったら、弁明する妻の立場は最も辛いものに違いない。

ともあれ、私は沈黙戦術に終始し、着換をすませ、昼食もとらずに玄関へ出た。その背中へ、

「電車へでも飛び込みますからね！」

という妻の言葉が毒矢のように突き刺さって来た。彼女にとって最後の切札であったのだろう。だが私は、憑《つ》かれたように一切を無視して我が道を歩んだ。家を出てから、ふと侘《わび》しい孤独感に襲われた。この世に私の味方となってくれる者が一人もいないような、一人取残された時の、胸を風が吹き抜けて行く気持であった。

私は、そんな女々しい自分の妥協性を激しく振払って、カメラ雑誌「眼」の本社へ向かった。途中で電話をすると、幸い沢上七郎氏は午後は在社しているとの事であった。

第二の壁である鶴飼殺しの「動機」に対して大槌《おおづち》を振うには、細川の隠蔽《いんぺい》された過去を引出さなければならなかった。

その霞の彼方に、我々の理解では到底及ばなかった、細川の人となりや、鶴飼との絡み合いがあると、私は信じていたからである。

今日、沢上七郎氏から何とかして、細川の半生のプロセスを細大洩らさず聞き出すつもりだった。

「眼」本社は、神田三崎町《かんだみさき》の三階建てのビルであった。

二階の編集局の大部屋の一隅で、沢上氏はその小柄で丸っこい軀には不釣合いの、大型デスクの前にちょこんと坐っていた。私が女事務員に案内されて、そのデスクの前まで行った時、沢上氏は積上げた外国のカメラ雑誌に眼を通しているところだった。

「いやあ、いらっしゃい」

沢上氏は細い眼を一層細くする満面の微笑で、私を迎えてくれた。

「先日は拙宅の方へおいで下さったそうで、失礼しました」

と、沢上氏の声は半分怒鳴るように大きかった。大部屋の多くの人の動く雑音、電話のベルやその応対、紙を扱う音などが絶え間なくこの部屋に充満しているから、張りのない声では聞き取りにくいのである。

「いやどうも、お留守にお邪魔をしまして」

と、私もすすめられたソファに腰を下しながら負けず劣らずの大声で言った。

「また、あのガレージの中を見られたそうですな」

「ええ。それで細川さんにえらく叱られましたよ」

「失礼な事を言ったですかな。あの日、私が家へ帰ると、マミ子が大層機嫌が悪い。何かあったのかと訊いてみますと、貴方がおいでになられたそうで……」

と、沢上氏は磊落《らいらく》に笑った。

「細川さんの意見だと、警察官は平素の交際すら許されないらしいです」

私も少し嫌味めいた事を言った。だが沢上氏は豪放な笑いをとめなかった。

「貴方に正面向かって言うんですからねえ。どうも若い女というものは男性を舐《な》めるという悪い癖、悪い自信があっていけません」

「細川さんも、もう正常な神経に戻られたのでしょう？」

私は自分のこの見えすいた猿芝居の台詞《せりふ》を口にしながら、生理的な自己嫌悪を感じた。

「それがねえ、どうも……」

と、沢上氏は笑いを消して暗い眼になっていた。

「いかんのですよ」

「いかん……と申しますと？」

「将来への方針、つまり今後の生活指針といいますか。それがどうも統一出来ないらしいんです」

「落着けないわけですね」

「思いつきを口にするのか、迷っているのかわかりませんが、言う事がその度《たび》に変っているのです。私なんか、どれがマミ子の本心なのか雲を摑むような感じです。まあ、事件がそれだけマミ子にとって大きな打撃を与えているのでしょうが」

好人物の沢上氏は、心から細川を被害者と信じて、その気持を労《いたわ》ったり、言動は全て善意に解釈しているのだ。

細川が迷うのは、犯罪者として気持が安定していない為だ。楽観と不安が常に彼女の心の中で葛藤《かっとう》を続けているのである。

「しかし、沢上さんは彼女を養女とされるおつもりでしょう」

と、私はハンチングを両手で揉《も》みながら言った。

「ええ。家内も乗り気ですしね」

「生まれてくる赤ン坊はどうするんです？」

「私達の子として入籍するのがいちばんいいわけです。つまりマミ子の弟か妹となるのですよ」

「それを、細川さんが承知されない？」

「そうなんです。困ったものです。マミ子の生活が軌道に乗らなければ、生まれて来る赤ン坊が可哀相です」

子供に恵まれない沢上氏だけに、その赤ン坊が心から不憫《ふびん》なのであろう。視線を伏せて自分の湯呑と来客用の茶碗に茶を注いだ。

「しかし、どうして細川さんは養女になるのが嫌なのでしょうか？」

どうもこの辺に細川の湿った謎が、不気味に培養されていそうな気がして、私はそう言った。

「マミ子は養女が二度目になりますし、あの娘には複雑な出生の秘密があって、それがどうも、素直にさせないようです」

（しめた！）

と、私は胸の動悸《どうき》を感じた。複雑な出生の秘密――これこそ、私が聞き逃してはならない細川の裏面ではないか。私は思わず、ひと膝乗り出した。

「出生の秘密と申しますと？」

「それを知っているのは、極く限られたマミ子の関係者だけです。まあ貴方は警察官であるし、ある意味で真剣に聞いて下さるでしょうから、うち明けてもいいのですが……」

沢上氏はそう言って、デスクの上の銀の灰皿を指先でクルクルと廻していた。あまり他人には喋るべき話ではないが、話さずにはいられない、と逡巡《しゅんじゅん》している様子だった。

私は、糾明《きゅうめい》せずにはすまされない気持で、鋭く沢上氏を凝視《ぎょうし》していた。やがて、私の熱っぽい眼光に根負けしたのか、沢上氏はそのファニーフェイスを深刻な憂色で覆った。

「俗な表現をすれば、マミ子は暗い星の下に生まれた人間なんです。御存知でしょう、マミ子の表情の何処かに、暗いそして弱々しい翳《かげ》があります」

「ええ。憂鬱な、虚無的な……」

「そう。落魄《らくはく》した人間の翳です。それは、どんなに楽しそうにしている時でも、決して消えません」

「その翳には原因があるわけですね？」

「出生の秘密と言っても母もの映画のようなお涙頂戴の物語ではありません。マミ子のそれは、もっと人間の根本的な、そうです、現実的で残酷で、生々しい、生命の傷跡なんです……」

語り始めた沢上氏の表情は静かではなかった。細川に対する同情で歪《ゆが》んでいた。私は、その沢上氏の顔を真面《まとも》に見ていられなくなって、全神経を耳に集中して視線は窓外の春の柔い雲へ移した。赤いアドバルンが、その雲と戯れるように漂っていた。

——細川マミ子は昭和九年、長崎県の西端の町野母《のも》に生まれた。だがマミ子が生まれる数ヵ月前から、既に悲劇は始っていた。

両親は健在だったが、それは健康的にという意味であり、親としての能力には欠けていた。その貧窮度が論外で、とても子供に対する人並の養育は出来なかったのである。

父親は馬方と漁師の手伝いを兼業として、僅かな日銭《ひぜに》を稼ぎ、家族はその日暮しをしていた。貧乏人の子沢山とはよく言ったものである。この貧しい一家も子供が多く、マミ子は六人目の子供であった。

両親は相談した。生まれてしまえば他人の手には渡したくなくなる。それに喜んでやれるような養子養女は望むべくもない。せいぜい辛い奉公にやられて泣くのが関の山だ。また、働く事が出来るようになるまで育てられないかもわからない。では、いっその事、生まれる前に始末をつけよう、と人工流産を決心した。

現在と違って、当時の堕胎罪の適用範囲は厳しかった。極秘裡《ごくひり》に事をすませなければならなかった。両親は遠く佐賀県まで行った。母親は四ヵ月の軀であった。

その頃の技術的な未熟さもあって、その妊娠中絶の手術は失敗した。母親は苦痛に耐えられなくなって、途中で堕胎をやめると言い出した。聞くところによると、麻酔注射もしなかったそうである。

医師は、胎児に致命傷は与えてないが、傷をつけたかも知れないから、ここで中止したら身体障害者が生まれる、と言ったが、両親はそのまま帰って来てしまったのである。

やがて、母体には何の変調もなく、両親の恐怖に近い不安と後悔の中《うち》に、マミ子は誕生した。ここで二つの幸運が訪れた。一つは、マミ子の軀に別に目立った傷もなく、五体は健全だった事であり、もう一つは、人を介して思いもよらぬ素晴しい養女の口がかかった事である。そして、マミ子は生まれて間もなく、長崎の小学校に勤務する教師、細川喜平夫妻の養女として迎えられたのである。

マミ子が、自分は細川夫妻の実の娘でない事を知ったのは、十一歳の時だった。近所のお喋り女から無理に聞かされたのである。しかし、そうと知っても、マミ子は何のショックも受けなかった。生みの親より育ての親であり、彼女の記憶にある両親は全て、細川夫妻の顔だったし、現実に細川夫妻から愛情を注がれているのだから、今までと少しも変らない気持であった。まして、生みっぱなしの親に対する慕情など、まるっきり感じなかったのである。

このまま過ぎれば、細川マミ子の生涯には何の波風も立たずにすんだかも知れない。しかし、世間には多くの悪魔がいる。他人の不幸を喜び、またその不幸を知らせた時の反応を楽しむという、罰せられる事のない悪魔がいたのである。マミ子が女としての兆しを持ち始めた十四歳の春だった。野母からマミ子の家の近くに越して来た一家の主婦が、ある日マミ子に、手にとるように詳しくマミ子自身の出生の秘密を説明したのである。

性に自覚を持ち、愛とか母とか子供とかいうものを、少女らしいバラ色のベールを透《とお》して見ようとする年頃のマミ子にとって、その話は、あまりにもグロテスクで陰惨で醜いものだった。今まで限りなくロマンチックであったこの世の全てが、突如として醜怪な老婆の皺のように変った。そして、その腐った屍《しかばね》のような自分と思い込んだマミ子は、激しい自己嫌悪に苛《さいな》まれた。傷つき易い少女の心はズタズタに引裂かれ、絶望を通り越して、人間なんてなんだ！　と、その日からマミ子は行方不明になった。細川夫妻の捜索は徒労であったが、三日目に発見されて家へ送り返されて来た。二日間を岬の洞穴で過し、三日目に海へ飛び込んだが、半死半生で釣舟に救い上げられたのである。

だが、この家出を境いとして、マミ子は人が変った。おっとりとして穏和な娘に見えたが、実は翳に覆われた陰気な性格となったのである。

高校三年の時のマミ子に、こんなエピソードがある。

その高校は共学制ではない女学校であったが、クリスマスイブが迫って、親しい友達同士の間で相手が最も欲しがっているものをプレゼントする約束が、全校中に流行した。それは女学生らしい清潔と感傷をこめた遊戯だったから、最も欲しいもの、と言っても乙女らしいそれに相応《ふさわ》しく、可愛らしい注文の品物が飛び出すのである。マミ子も友達との間で色々と約束をして歩いた。だが、不思議な事に、マミ子自身は一向に欲しいものを口にしなかった。

ある日、二、三の友達がマミ子のところへ訊きに来た。だが、マミ子は笑って、

「何もいらないわ」

と答えるだけであった。

「どうして何もいらないの？」

友達の一人が、いささか憤慨して言った。マミ子は黙って首を振っている。

「何も欲しいものはないっていう意味？」

何となく小癪《こしゃく》にさわった友達の一人が、語気を強めた。

「とても欲しいものがあるわ。でも、それを頂戴って言っても、無理だもの」

マミ子は真面目な顔でそう言ったのだが、友人達には嘲弄《ちょうろう》されているようにとられた。自尊心を傷つけられる一方、その欲しいものが一体何であるかを知りたい気持もあって、友人達は憤然としてマミ子に詰め寄った。

「無理かどうか言ってみたらどう？」

「侮辱だわ」

「どんな事しても、それを貴女にプレゼントしてみせるわ」

などと攻め立てられて、到頭マミ子がたった一言口にしたのは、

「子供が欲しいの……」

であった。今まで言わせようと躍起《やっき》になっていた友人達は、一瞬、呆気《あっけ》にとられて沈黙した。

後日、これが全校中の評判となり、マミ子に就いては、

「凄い！」

「勇敢ね」

「恋人がいるのじゃない？」

「不潔よ」

というような批判や分析が、しばらく絶えなかったという。

女学生であっても、子供が欲しいと思ったり、それを口にしてみる事もあるだろう。しかし、マミ子の言う「子供が欲しい」には、もっと深い意味があったのだと思われる。

自分の出生の秘密を知って絶望したマミ子も、成長するに従い、陰気なら陰気なりに、この絶望を埋め合わせる方法を、内攻的に考え続けて来たのではないだろうか。それは、女として、自分の子によって、その埋め合わせをしようと考えたのではなかったか。自分が結ばれる事が出来なかった昔の恋人の面影ある男と、自分の娘とを結びつける事によって満足する母親の気持のように。

女学生のマミ子は、自分が背負っている「招かれざる客」という十字架、自分に課せられた永遠の傷跡を、自分が心から求めて歓迎する幸福な子供を得る事によって癒《いや》そうと願う、その気持を「子供が欲しい」と表現したのではないだろうか。

──沢上七郎氏は、太い吐息とともに語り終った。彼も私も、言い合わせたように、冷たくなった茶をゴクンと飲んだ。

「それが、出生の秘密ですか」

期待していたような「何か」が聞き出せなかった私は、独り言のつもりでそう言った。

だが、沢上氏はその柔和《にゅうわ》な表情を強《こわ》ばらせて私を見た。

「と、貴方は簡単に、事もなげにおっしゃるでしょう。他人事だからです。本人にしてみれば一生を左右する大きなショックだ」

と、彼は激しい口調で言った。

「考えてもみなさい。人間にとって、望まれないままに生まれて来てしまった、これ程不幸な事はないでしょう。貴方も、招かれざる客となった経験が一度や二度はあると思いますが、あの時の主体性を失った惨めな自分、何とも言えない嫌な気持。マミ子は、この世へ招かれざる客として来てしまったんです。それも来る意志はなかったのに……。マミ子はその憂鬱を一生持ち続けなければならないのですよ」

「わかってます……」

私は少々閉口《へいこう》して、顔を伏せた。

「そりゃあね、人間誰しもが、大いに歓待されて生まれて来るとは限りません。だが、招かれざる客だったのだ、とはっきり言われなければ、そんな事を気にもすまい。しかし、お前なんか生まれて来なけりゃいいんだ、とよく自分の子供に向かってののしる親がいます。そう親から言われた子供は素直に育つ事は絶対にありません。酷《ひど》い言葉です。マミ子の場合はもっとはっきりしている。冷酷な器具によって、生命の世界から追い出されそうになったんです。招かれざる客だという烙印を押されたも同様ですよ。招かれざる客……何をするにも遠慮勝ちに、人の眼を避け、決断力も自信も失って……、貴方はこんな生活に耐えて行けますか。これで翳のない人間が出来上ると思いますか?」

沢上氏の顔は上気していた。私はまるで叱られているように小さくなっていた。やがて冷静を取り戻した沢上氏は、デスクのいちばん下の引き出しの中から、一冊の薄い本を出して私に渡した。

本と思ったが、手にとってみると、それはガリ版刷りをホチキスでとめたパンフレットのようなものだった。

大分古いものらしく、水色の表紙は黄色く褪《あ》せて、紙の表面が毛ば立っていた。

〈学友会誌　想いの窓　八月号〉

と、表紙にあった。

「これは例のマミ子の高校時代の学友会誌ですよ。父親が私の処へ送って来たのでしまって置いたのですが、その中の、Ｍ・Ｈと署名がある文章がマミ子の書いたものです」

沢上氏は、そう言いながら、Ｍ・Ｈの署名を指さした。

私はその短文に眼を走らせた。ガリ版とは言っても商売人の手によったものらしく、読み辛い事はなかったが、その文章の内容は、私をして幾度も沢上氏の顔を盗み見させたものだった。

〈暗い生命〉という題で、その下に〈三年Ｃ組Ｍ・Ｈ〉と記されてあった。

〈招かれざる客は、何の予告もなしに訪れる。招く意志はなかったにしろ、その客が訪れるような手違いをやらかした家の主達は、今更のように慌てふためく。

座敷は冷やかで、座布団一枚なく、招かれざる客は心細く時を待たされる。主達は襖の蔭で相談する。如何にして、この客を合理的に、そして秘密裡に追い払うかを。

……生みたくないから、生めないから、生まない方がいいから、と、まるで虫けらを踏みつけるように、一つの生命を、銀色の器具によって、闇から闇へ葬り去る。朝に小さな生命を処分した人は、夕にはホッとした気分でブドウ酒を飲む。招かれざる客を追い返した時のように……。

「愛」という出発点から、その美名に隠れて、哀れな小さな犠牲者を作る。魂と魂、男と女、親と子、という触れ合いから、こんな残酷な終着駅へ到着する。

私は、こんな人達を憎んでいる。そして、私だけはこんな事はしない。私は、どんな事があっても、暗い生命だけは、この世に存在させない。葬る事もしない。

生命の誕生は祝福されるべきである。健在である両親。その両親が心から招いた客である事。この二つが揃って、初めて暗い生命ではなくなる。

私のささやかな生きる希望は、それだけである。ただ一人の愛する人との間に、限りなき幸福に恵まれた生命を造る事……それだけが私の生きる全てなのである〉

女子高校の学友会誌に載せるには相応《ふさわ》しくない文章だった。多少の甘さはあっても、そのテーマも内容も、人間の裏面を陰惨に書いている。

沢上氏の話を聞いてあったから、細川が実感としてこんな事を書いた気持は、理解出来る。だが、この文章から滲《にじ》み出る暗い執念、蛇の舌のように鋭い毒素、これ等が既に、数年後の彼女の冷酷な殺人行為を予言していたように、私には感じた。

「細川さんは現在も、子供に関しては大騒ぎしてますか？」

と、私は訊いた。

「ええ。そりゃもう大変です。だから、私の養女となり、自分の子を弟妹と呼ばなくてはならないのが嫌なのでしょう。まあ弟妹と言っても籍の上のいわば形式で、実際は、マミ子と赤ン坊はあくまで母子だし、私どもも、母子らしく生活させるつもりなんですが」

「それでも細川さんは嫌なのですかねえ」

「やっぱりね」

「何故でしょうか？」

「自分の子が欲しいという念願の大きさが、形式実質を問わず、遮二無二自分だけの赤ン坊としておきたい、とさせるのでしょう。男にはわからない気持かも知れません」

「では、細川さんは今後どうするつもりなんでしょうか？」

「長崎へ帰りたいなんて言ってます」

「生活して行けるんですか？」

「死にもの狂いで、母子二人生きて行く、と言ってました」

「そんな事が出来るものですか」

「マミ子だったら、やり遂げるでしょう。マミ子は、子供の為なら命も投げ出します」

「沢上さんのお考えは？」

「仕方がないですよ。どうしても長崎へ帰るというなら、私として出来るだけの事をやってやり、送り出します。マミ子から子供を奪ったら、マミ子に殺されますからねえ」

「しかし、変ですよ」

と、私は遂に一つの矛盾を発見して、沢上氏に食いついた。

「細川さんは、幸福な子供の条件として、両親の健在という事を言ってますが、母子二人で死にもの狂いで生きて行く、という現在の細川さんの言動と矛盾してますよ」

「父親は死んでしまったのですからね」

「いや違う。これは両親が健在というよりも経済的に子供を苦しめない、つまり貧乏は嫌だという意味の方が強いです。言い換えるならば、母子二人、死にもの狂いで生きて行くなんて事は不幸だから、と言ってるようなものです。そういう事は避けたいと主張しているんです。細川流の子供の幸福論から行けば当然、死んだ父親は仕方がないが、貴方の養女となって、生活の安定を計るはずです。何故それを嫌うんです？」

私は熱弁をふるったつもりだが、沢上氏は苦笑しただけであった。

まだお前にはマミ子の本当の気持も苦悩も判ってないのだ——と、その沢上氏の笑いは言っている。

（沢上氏こそ、真の細川の姿を知らない）

と、私も無言で彼に反発した。

細川の底知れぬ犯罪への才能を、仮面の下の恐しい素顔を、悪魔の住む眼の奥を、血にまみれた手の裏を、沢上氏は全く気づいていないのである。

細川は何故、養女を嫌って長崎へ帰ると言い張るのか――発見した唯一の疑問であり矛盾であるこの点を、私はもう一度胸の中で吟味した。

細川マミ子は確かに何らかの必要に迫られて、長崎へ帰ろうと焦《あせ》っている。勿論、私が動いている事を薄々感づいているだろうから、それで東京を離れようとするのかも知れない。だが、それだけの理由なのだろうか。これ以上東京にいる事が、彼女に致命的な作用を及ぼすとしたら、一体それは何によるものか。

沢上氏のデスクの上で電話が鳴った。

私はそれを機に立ち上った。正面の壁の電気時計が四時を指していた。

「いや、大変失礼しました」

と、沢上氏は帰ろうとしている私を見て、言った。

「ところで、今日、貴方は何か御用があって此処へお見えになったのではないのですか」

「いいえ。退屈まぎれに、ただ何となくお邪魔しただけですよ」

私は慌てて答えた。訪問の真意は絶対に隠さなければならなかったからである。

「また細川さんの気持を乱すような事になるので、私がこちらへ伺った事は、内密にどうぞ」

と、私は付け加えた。

「そうですね、私もそのつもりでした」

沢上氏は鳴り続けている電話に手をのばしながら、頷いた。

私は、大分疲れて来たハンチングをかぶりながら編集局の大部屋を出た。

油絵のような神田の街の夕景が、廊下の窓から眺められた。東から西へ、霞がかかった空を飛行機が飛んでいた。

「やあ！」

と声をかけられて、私は振返った。

「珍しいですねえ」

と、貝塚哲太郎だった。

「いや、別の事件でね、ちょっと寄らしてもらったんですよ」

私は言葉を濁して、何か言おうとする貝塚を抑えた。

「胃の工合《ぐあい》どうです？」

「まあまあですよ」

「ウィスキーはいけませんな」

と言って、私はチラッと貝塚の反応を窺《うかが》った。貝塚は照れたように笑った。そのまま私は階段の方へ足早に歩いた。

「眼」社を出て、水道橋《すいどうばし》へ向かった。歩きながら、ふと私の足は重くなった。出掛けの夫婦喧嘩を思い出したのである。たださえ、空気孔が詰っているような、釈然としない気持だったから、二日酔に似た夫婦喧嘩の後の家の中を考えると、私の足は素直に進まなかった。

（このまま帰る事はない）

と、私は水道橋駅の改札口の前でクルリと向きを変えた。お目当はなかったが、後楽園の方へぶらぶらと歩いた。

後楽園の前の寿司屋へ入った。昼飯抜きだった事を思い出すと急に空腹を感じたからである。

にぎりを肴《さかな》に、コップ酒を四杯飲んだ。しかし一向に酒が廻らなかった。酔いたいとは思わなかったが、少しも気分が解《ほぐ》れて来ないのが癪だった。顳顬《こめかみ》のあたりがズンズンと脈をうって痛むだけであった。

（動機……）

アルコールが軀中に行きわたらないわけである。私の血液はこの「動機」の周囲に凝固してしまっているのだ。ただ眼球だけがジーンと熱くなって来た。

常軌《じょうき》を逸するような子供への愛着を持ちながら、その最も大切な父親である鶴飼を殺した動機――。

細川の生い立ちを探ってみたが、その動機はますます不可解となったのである。「招かれざる客」という細川の苦悩と、鶴飼殺害の動機とに繋《つな》がりがあるのだろうか。単純でない犯罪動機には、その犯人の精神生活の内面から出発したものが多い。だが、「招かれざる客」と鶴飼殺害の要素は全く異質のもの、と私には感じ取れた。

（鶴飼と細川の間は、本当にうまく行っていたのか……）

第一歩からやりなおすつもりで、もう一度その点を探る必要がある、と私は思った。そう想い立つと、もうじっとしてはいられなかった。私は急いで寿司屋を出て、水道橋から中央線に乗り、ラッシュアワーの殺人的混雑に揉まれながら、中野《なかの》まで行った。中野駅から新井薬師《あらいやくし》の方向へ十五分ばかり歩いて、繁華街も次第に明るさと賑やかさを失い始めるあたりに、鶴飼の元下宿先であった畳屋がある。

少し手前の煙草屋で仁丹を買った。酒の匂いを消さなければならなかったのである。後《あと》先《さき》の考えもなく気を許して酒を飲んだ自分に腹を立てながら、私は銀色の小粒を大量に口に含んだ。

畳屋の店先は広い土間であった。低く下げた裸電球の下で、二人の職人が急ぎの仕事らしいものに、せっせと手を動かしていた。

夕飯の支度中だったのか、濡れた手を前掛けで拭き拭き奥さんが台所から店先へ出て来た。奥さんと言うとピンと来ないが、職人達も奥さんと呼ぶので、私もそうしたのである。普通、職人の妻であり、また若い職人を二人も三人も店で使っていれば、おかみさん、とか、姐《あね》さんとか言われそうだが、ここの奥さんは、いかにも奥さんと言うのが相応しい感じがするのだ。決して奥さんぶる人ではなく、むしろ職人の女房らしく、鉄火肌で、てきぱきしていて、義侠心の強い姐御タイプの女性だった。ただの下宿人であった鶴飼の葬式を、費用は勿論、店を一日休業して出してやったのも、この奥さんの計らいだった。ところが見た感じが、近代的で明るく、垢抜けのしたインテリ女性で、そんな事から職人達も奥さんと呼ぶらしかった。

「お忙しい処をすいません」

口の中の仁丹を吹き出さないように気を配りながら、私は言った。

「いいえ」

ちょっと笑って、あっさり頷いただけだったが、それが妙に愛敬《あいきょう》になる感じの良さを、この女性は天性として持っているのである。

「まだ、例の事件ですか？」

「是非知っておきたい事があるんです」

「何でしょう?」

「鶴飼の奥さんの事ですが」

「奥さん? ああ、あの細川マミ子さんね」

奥から駈けて出て来た二人の子供が、母親の背後に隠れて、左右から顔だけ覗かせて私を見た。

「お宅に二人で厄介になっていた頃、どうです、二人の仲はうまく行ってましたか?」

「まあ、以前に幾度も刑事さんから訊かれてお話ししましたが、仲が悪いって取り立てて言う程の事はありませんでしたね」

「別に、円満とは言い切れない、まあ普通の夫婦並ですかな?」

「そうですねえ。それに、二階をあまり気にしないようにしてましたから。何しろ若い男女が二人きりの世帯だしねえ」

と、奥さんは少女のような微笑を見せた。

「喧嘩など……つまり階下まで聞こえてくるような喧嘩は、なかったですか?」

「そうだなあ……鶴飼さんが横暴でも、あのマミ子さんって人は、よく我慢していた様子でしたからね。もっともそれで鶴飼さんも、舐めてかかってたんでしょうけど」

私の背後で、畳の耳をシュッと切り取る小気味の良い音がして、職人の一人が大きな声で言った。

「奥さん、一度派手な喧嘩があったじゃないですか」

「そうだった？　いつ頃だったかしらね」

「正月早々ですよ。ほら、みんなで梯子段の下へ集って、二階を覗こうとしたじゃないですか」

と、その職人は仕事そっちのけで言った。住み込みの若い職人にしてみれば、二階の男女の生活に幾らか興味を持っていただろう。

「そうだよ、凄かったよ」

と、突然母親の背後から顔を出した男の子が叫んだ。

「馬鹿ね、黙ってなさいよ」

その男の子を一睨みしておいて、奥さんは言った。

「今言われて思い出しましたけど、たった一度だけ、怒鳴る、投げる、泣く、ってやつをやらかした事がありましたよ」

「正月早々だそうですね？」

私は、奥さんと若い職人の顔を半々に見ながら、そう訊いた。

「ありゃ、確か正月の五日だったと思いますよ」

と、瞼をとじて、若い職人が答えた。

「男と女と、どっちが怒ったのですか?」

「マミ子さんの方が凄い剣幕でした。普段耐えて来たものが一度に爆発したのでしょうねえ」

「階下まで聞こえたんですね?」

「何事が始まったのかと思いましたよ」

「喧嘩の原因はわかりませんか?」

「訊いてもみませんからねえ。でも、あのマミ子さんが狂ったように何か叫んでました。どんな事を絶叫してたんだっけねえ、源ちゃん」

と、奥さんは、もうこっちに背を向けて太い針を操《あやつ》っている若い職人に声をかけた。源ちゃんと呼ばれた若い職人は手をとめて、エヘッと笑ったが、半分照れたように横顔だけ見せて、

「欺《だま》したのね! と怒鳴ってましたよ」

と答えた。

(欺したのね!)

男女の喧嘩には、必らずと言っていい位に使われる台詞である。この言葉から、鶴飼殺

しの動機を引張り出す事は不可能である。

「その翌日からは元のように静かなマミ子さんに戻ってしまいましたよ。喧嘩らしい喧嘩と言えば、それ一度だけですね。二人揃ってこの二階に住んでいたのは、マミ子さんが長崎から尋ねて来た当初の二ヵ月位と、それからは今のお正月で、その外は、マミ子さんは勤め先に泊っていたらしいですよ」

やはり、ここからも具体的な、鶴飼と細川の葛藤は探り出せそうもなかった。

（一体何だって、細川は鶴飼を殺したんだ）

と言って投げ出せたら、さぞすっきりするだろうと私は思った。

高校時代の学友会誌に細川が寄稿した短文の中で、〈ただ一人の愛する人と……〉という理想が述べてあったが、彼女にとって鶴飼はただ一人の愛する人だったに違いない。その鶴飼に対して、欺したのね！　と絶叫したからには、細川は彼に裏切られた事になる。だが、何を裏切られたというのだろう。鶴飼は別に細川を捨てる気ではなかった、と各参考人の意見は一致しているし、細川自身もそう認めている。男と女の間の裏切行為とは、絶縁を前提とした行為、例えば他に愛人が出来たとか、嫌気がさしたとか、その後へ「別れよう」という言葉が継ぎ足されるような事であろう。別れる気のなかった鶴飼に、欺したのだという憎悪を膨脹させた殺意を抱いたとしたら、その欺され事とは一体何であったのだろう。それは、細川の生い立ちを覆う暗い翳と、やはり関連がある事なのか。

後頭部に詰った鉛のようなしこりをそのままに、私は畳屋を出た。

轟音とともにオートバイが三台、私の背後から走り抜けて行った。その爆音がいつまでも消えない。不思議だな、と思っていると、西の黒い空を青白い閃光が瞬《またた》いた。ドロドロという音が暢気《のんき》そうに鳴った。遠雷である。

(春雷か……)

そんな句題で風雅な趣向を楽しんでいる人もあろうに、と私は自分が飢えた野良犬のように惨めに感じた。

確かに飢えたる野良犬であった。畳屋を出てからも、私は家へ帰る気にはなれなかったのである。ありつけない食い物をあさって、尚も嗅ぎ廻るように、私は東京駅へ引返し、大手町の商産省の裏庭にふらふらと入り込んだ。通用門に看視員のいない時間であったから、私はそのまま無断で非常階段の下まで行った。

商産省ビルは一つの灯も残っていなかった。廃墟と化した城のように、黒々と聳《そび》え立ち、森閑と静まりかえっていた。見上げるとはるか七階まで、黒い稲妻のように非常階段が続いている。上って来る者を阻《はば》むように冷厳として、闇がその上部を包んでいた。

(これを細川が、あの妊婦が上ったのか)

と、非常階段は私の想定を嘲笑するかのように険しく沈黙していた。

十分、二十分、と時が過ぎた。私は次第に挫《くじ》けて行く自分を感じていた。今になって酔いが出たのか、瞼が重くなり、諦めに似た疲労が私の意志を鈍らせ始めていた。

(休暇は残るところ三日だ)

そんな閃きが脳裡を横切った。

私は、地球の巨大な触角のように突立っている煙突を見た。その尖端に光る星が二つあった。

肉体的条件なら克服出来ようが、大切な胎児を庇う気持が細川を躊躇させたはずではないか——私は、もうどうでもいい気持で、その非常階段を仰いだ。

この時であった。懐中電灯の光の輪と、黒い人影が二つ、私の横へ飛び出して来た。

「誰です、職員の方ですか?」

一つの影が鋭く言った。商産省の看視員だった。事件以来、神経質になって怪しい人影を見たら、こうして不審訊問するのだろう。

(しまった——)

と、私は舌うちをした。

官職姓名と裏庭へ侵入した理由を糺《ただ》されれば、私は事実を述べなければならない。下手に誤魔化そうものなら警官を呼ぶかも知れなかった。警官が来れば、私の行状は暴露される。妻の危惧が事実となってしまうのだ。

(逃げよう)

咄嗟《とっさ》にそう決めた私は、無言で身構えた。そうと察したらしく、二人の看視員は突如として通用門へ向かって走った。門を閉鎖して、私をとじこめるつもりである。私も全速力で二人を追った。門を閉鎖される前に、脱出しなければならなかった。だが一歩遅かった。一人の看視員に板きれで殴られて怯《ひる》んでいる隙に、もう一人の看視員が門を閉じてしまった。

私は一度門の扉によじ上ったが、忽《たちま》ち二人がかりで引ずり下された。板きれの雨が、私の軀中に降り注いだ。背中や腕がゴツゴツと音をたてた。蹴り上げられた鼻から、ヌメッと血が流れた。

だが、二人の看視員は前後の見境いもつかない程興奮している事が、私にとっては救いだった。格闘に興奮は禁物である。殴られながら私は機会を窺っていた。

隙を狙って二人の脚の間を飛び出した私は、門とは逆に、裏庭の奥へ向かって一目散に走り出した。看視員達は勿論、狂ったように追って来た。二十米《メートル》程走った時、私は突然脚をとめて、くるりと追って来る二人の方に向きなおった。駈けて来る脚を払われた一人の看視員は地面へダイビングして這《は》い、すれ違いざま腰車にかけられた看視員は、踏ん張る余裕もなく宙を半回転した。

私はそのまま、振向きもせず通用門へ駈けつけ、反動をつけて扉に飛びつくと、懸命によじ上り、間もなく、外側に転げ落ちた。

8

酔って殴り合いをやった——

と妻には弁解しておいたが、翌日になると、さすがに軀中がズキズキ痛んだ。

顔をしかめながら、鏡台の前で自分の貧弱な軀を点検した。

背中、二の腕、太腿のあたりに、青黒い痣《あざ》が無数にあった。口を開くと顎がメリメリと音をたてそうな疼痛《とうつう》を覚えた。

しかし、この怪我のおかげで、昨日の夫婦喧嘩は立ち消えになってしまった。

私が動けない方が妻も気が楽なのである。上機嫌と見えて、さっきは台所からハミングが聞こえていた。

（畜生——）

痛みを怺《こら》えて布団の中へ戻った私は、思わずそう呟いた。少しでも収穫があって、痛い思いをするならば我慢もするが、相変らず、細川の最後の尻尾を摑む事が出来ないのだ。休暇は終るし、細川も何処へ行方をくらますかわからない。時計の針は刻々と動いて行くのに、布団の中で便々と痛みを怺えているのが、私は腹立たしかった。

枕を胸の下に置き、腹這いになって、縁側の日溜りを見た。二匹の羽虫が、この日溜りをのろのろと歩き廻っていた。

のどかな図に見えたが、羽虫の動きが静止した一瞬、戸袋の蔭から宙を飛んだ三毛の小猫が、もう前脚で羽虫を踏んまえていた。

（やっぱり、こうしてはいられない）

私は視線を上げた。計画的で陰険なこの猫の襲撃が、はっと私の闘争心を掻き立てた。猫から細川を連想したのである。

枕元にあった二本の牛乳を、たて続けに飲んだ。そして私は大声で言った。

「ポケットから手帳を出してくれ。それから机の上のノートもだ」

何とまあ執念深い――とでも言いたそうな顔つきで、妻は手帳とノートを持って来た。

私はニヤニヤしながら、

「今日は出掛けないぞ」

と言った。

妻はやっぱり黙ったまま、朝刊を私の顔にかぶせて、台所へ去った。

〈商産省に賊　看視員と格闘〉

朝刊を拡げると、三面の下の方に小さく、そう出ていた。私は苦笑した。賊呼ばわりされたのは生まれて初めてだった。私の長い習慣で、三面にある犯罪記事は舐めるようにして一字残らず読みあさった。

その中に、思わず二度ばかり読み返した記事があった。

〈少年、幼児を池へ投げ込む〉

という見出しで、こう報ぜられてあった。

〈二十七日午後二時頃、杉並《すぎなみ》区高円寺《こうえんじ》五ノ一の通称稲田池と呼ばれている小さな古池で、同町三ノ七一七会社員上田進《うえだすすむ》さん三男浩《ひろし》ちゃん（五つ）が溺れそうになっているのを通行人が発見、救い上げた。浩ちゃんや目撃者の話により、同池の端をうろついていた同町三ノ八九、少年B（十六）を調べた結果、浩ちゃんを池に投げ込んだ事を自供した。原因は、少年Bが高円寺商店街のある店内で万引を働いている現場を浩ちゃんに見つかったので、交番に知られるのを恐れ、浩ちゃんを稲田池まで連れ出し、投げ込んだと言っている〉

少年Bにとって、浩ちゃんはただの近所の子供らしい。殺す理由など少しもなかった。

少年Bの目的は万引であった。ただそれを浩ちゃんに目撃された為に、殺してしまおうと考えたのだろう。少年の所業と言いながら、「目撃者を殺す」という犯罪動機の典型にピタリと当嵌《あてはま》っている——そう思って私は二度も読み返したのであった。

次の瞬間である。

〈二階堂殺しも同じではないか〉

ひょいと、そう気がついた。私は今まで、何故こんな常識的な犯罪分析を忘れていたのだろう、と自分の耳を強く引張ってみた。痛いところをみると、夢でもなければ、空馬鹿になっているわけでもなかった。

細川が少年Bであり、鶴飼殺しが万引行為であり、二階堂が浩ちゃんだとしたら——つまり、細川は鶴飼殺しを二階堂に感づかれたのである。そこで、細川は二階堂の口を塞《ふさ》ぐ為に殺したのだ。

立派な動機である。そして極めて単純な動機だった。

捜査本部も、そして今日までの私も、どうしてこのような色褪せた動機を考えてもみなかったか。それは、二階堂が鶴飼事件に巻込まれていようとは、到底予測出来なかったからである。

二階堂は鶴飼事件と何の関係があったか。ありはしないのである。鶴飼事件の容疑者として細川を見たならば、あるいは捜査本部も、二階堂は何かを感づいて細川に殺された、という動機を仮説したかも知れない。だが、捜査本部は細川を鶴飼殺しの容疑圏から完全にはずしていた。

細川を犯人だと確信した私でさえ、二階堂が鶴飼事件に関して細川から何かを感づいたとは思いも寄らなかったのである。

その理由は二つある。

まず、あの恐るべき犯罪者の細川が、下手な証拠を残して身の周辺に置くはずはなかったし、不審な挙動を見せて悟られる事など考えられなかった。細川自身、うなされたり寝言を口走るような心配があれば、最初から母屋に一部屋を確保して一人で寝る算段をしただろう。

二つ目は、二階堂だけが細川の不審に気づくなんていう事は有り得ないからだ。

二階堂は細川と起居を共にしていたが、それは就寝時間が主であって、それ以外は殆んど母屋の人達と一緒なのである。だから、二階堂が感づくような不審なら、当然沢上夫妻や貝塚も感づいたはずである。

もし、二階堂一人だけが細川の犯罪に気づいたのだとしても、それを自分の胸に秘めて沢上夫妻や貝塚にしゃべらなかったとは考えられないのである。それを喋る隙もなく、間髪を入れずに殺されたのではなく、細川が二階堂殺害を決意してから少なくともドライアイスの凶器を用意する一日の余裕があった。だから細川の犯罪に関して、沢上夫妻や貝塚に知らせる時間は、二階堂には充分あったのだ。

すると、二階堂は一体、細川に口を塞がれるような、何を摑み、何を知ってしまったのだろうか。

(これが突破口だ)

と、私は考えた。

とにかく二階堂は、細川の殺人犯罪を感づいたのではない。細川を殺人者と知れば、幾ら二階堂が変りものでも、沢上氏に告げるか交番へ駈け込むかしただろう。

そうはしてないのだから、二階堂は、別段犯罪とは結びつきのない「不審」を察知したに違いない。ところが、細川にとってその「不審」は絶対に知られたくない事だったのだろう。知った口を塞ぐ為に二階堂を殺した位だから、その「不審」は一見しただけでは犯罪に直接結びつかないが、それを端緒に、鶴飼事件の真相が明らかとなるような重大な事実だったのだ。

その「不審」とは何だろうか。凶器とか血痕のような直接犯罪の証拠ではなく、細川にとっては致命的な秘密。しかも、それを知り得たのは二階堂だけであった。

細川に対する二階堂の特殊な立場というのは、

1　同性である。

2　起居を共にしていた。

この二点だけである。

この時、参考事情を聴取した際、沢上夫人が言っていた事を私は思い出した。

「一緒に寝起きしている女同士ですから、寝巻の貸借りぐらいはするでしょう」

つまり、女同士ともなれば女性の特質である強い羞恥心も捨てますよ、という含みのある言葉だ。女は、女同士となると、男同士よりはるかに恥らいを忘れる、と妻から言われた事もある。女の生理の話や肌の見せ合いなどは平気だという。

そうだ、と私は頷いた。二階堂の二点の特殊な立場から、二階堂だけが知り得た細川の秘密というのは、女の生理、または肉体的な事実だったのだ。

私の脳裡に、その結論が電光となって閃いた。それは、男なるが故に、他人なるが故に予想する事が不可能だった、突拍子もない考えであった。

(細川は妊娠していない！)

私は、自分で出した結論に自分で驚いた。

二階堂が殺された日の最後の晩餐の席上、二階堂と細川が交した会話を、貝塚が事情聴取の時に述べていたが、その中には二階堂のこんな言葉がある。

「健康体なのに毒よ」

「お腹《なか》の子が貴女を守護してくれる」

言葉のニュアンスから、二階堂の皮肉ともとれるではないか。

(妊娠なんてしてないのに。どうしてそんな妙な芝居をするのかしら)

と、言いたそうな口振りである。

一つ部屋に寝起きする女性の眼は、きっと偽装妊娠を見破ったのである。見破られた事を知った細川は二階堂殺しを決意した。細川が妊娠していない事が公になった場合、彼女は完全に窮地に追い詰められるからだ。

細川の妊娠——これは鶴飼事件と重大な関係がある。鶴飼事件の容疑圏から細川が逃れ出たのは、この妊娠が大きく作用していたからだ。動機の点では、現在妊《みごも》っている腹の子の父親を殺すはずがない、と有利になり、あの急角度で上りにくい非常階段の上で妊娠中の女子が短時間の中に殺人行為をするとは思えない、と遂行能力の点でも有利になった。

それが実は偽装妊娠だったと暴露されれば捜査本部は改めて細川を追及しただろうし、第一、何の目的で妊娠を偽装したのかという事だけでも、細川は有力容疑者とされただろう。細川はこの危機に立たされて、咄嗟に二階堂殺しを計画し、その口を塞いだのだ。

私はかつて、非常階段の上という限られた場所を殺人現場とした事こそ、細川の狙いである、と考えたが、今、細川の意図とした事がはっきりと理解出来た。妊娠を仮装しておいて、妊婦にとって困難とされるような場所で殺人を行なえば、妊娠していると思われている彼女は容疑圏から除外されるではないか。だからこそ、非常階段という場所をわざわざ選んだのだ。

鶴飼が死亡すれば、その子を妊っている細川が最大の被害者だ、などという事はとんでもない思いやりであった。女はお腹の子の父親を最も必要とします、と殊勝な台詞をならべていたが、そんな腹の中には、子供ではなくて赤い舌があったのである。

（だが……）

私は不審な点に気がついた。

一月十四日に自殺を計った細川は、新橋民生病院に担ぎ込まれたが、その際細川を診察した医師が、妊娠している事実を認めていたのである。

この医師の証明があったからこそ、我々は細川の妊娠にこれっぽっちも疑いを抱かなかった。

これは、特に男性にとっては盲点となるのだが、腹部のふくらみに急激な変化さえなければ、一度妊娠すれば分娩まで腹の中に胎児がいるものとばかり思い込むのである。例えば、今日、Aという妊婦と逢う。そして一週間後にやはり腹の大きいAを見る、とすれば、誰も別に不思議とも思わないし、また逆に本当に妊娠しているかな、と疑う者もいない。もし、そのAが一週間の中に妊娠を中絶して代りにスポンジで偽装していても、誰がそんな想像をするだろうか。

特に、細川のようにはっきりした相手があり、医師の確認があれば、疑惑を感ずる余地がなかった。

従って、最初から全くの偽装妊娠ではないのである。途中で秘かに中絶したに違いなかった。まず、一月十五日までは妊娠していたはずである。医師の診断は一月十五日に下されたものだからである。すると、一月十六日から、長岡へ出発した前の日の一月二十九日までの間という事になる。

妊娠中絶する為には、一時間や二時間の外出で事足りるとは考えられない。少なくとも半日、またはそれ以上の余裕を見なければならなかっただろう。しかも、細川はそれを絶対秘密裡に行なったのである。何か適当な口実を作って、沢上家を留守にしたはずである。

もう一つ費用の問題がある。自殺当時の細川は多くの所持金を持っていなかった。沢上氏にしても、引き取ったばかりの細川に、故なく数千円の小遣いを渡す事はないだろう。

細川は中絶費用を捻出しなければならなかったのである。

そんな事から、あの当時の細川の行動を追っている中に、私は、これだという結論に到達した。

一月十六日から一月二十九日までの間に、細川がまるまる沢上家から姿を消していた日が二日ある。脅迫電話に呼び出されて、鶴飼を求めに上野駅の待合室へ行ったという、一月二十日と二十一日である。勿論、こんな事は嘘に定《きま》っているから、これを口実として妊娠中絶の為に家をあけたのだ——とするなら、十九日にかかって来た脅迫電話とは、実は妊娠中絶に医者へ行こうという鶴飼からの連絡ではなかったのか、と私は思った。

鶴飼は一月二十二日までは東京にいた形跡があるし、細川の妊娠中絶をすませてから千葉県の保田へ行ったのだと考えられる。そうなれば、費用の捻出は鶴飼が中絶料を支払ったのだという事で納得がつくのである。

(細川は間違いなく、妊娠していなかった)

だからこそ、まるで足許に火がついたように長崎へ帰りたがっているのだ。何故、東京を離れようと焦るのか、私には不思議であったが、偽装妊娠であるならば一刻も早く、彼女が妊娠していると思い込んでいる人達の眼前から姿を消す必要があったのだ。

終始、和服姿で通したり、長岡のマーケットの女にまで妊娠中だと喋ったり、塚田婦人科医院へ診察に通っていると見せかけたりして、細川は自分の妊娠を強調しようと気を配っている。

だが、二階堂殺しの動機も非常階段上の殺人も、事件に関する全ての疑問は、細川が妊娠していなかったと前提するならば、すっかり氷解《ひょうかい》してしまうのである。

残る「鶴飼殺害の動機」も、この妊娠中絶が因であったとは充分考えられる。細川の出生の秘密とその生い立ち、子供を欲する異常な執念、「欺された」という鶴飼への怒り──これ等のものを綜合して、それを妊娠中絶という破壊行為に結びつけた時、そこに、相離反するもの同士の激烈な相剋を感ずるのである。

白い染野昭子のウェディングドレス、バー「草原」の緑色の壁、青い保田海岸の海、列車の窓から見た三国山脈の紫、灰色の長岡の朝、真赤な神田の街の夕景、そんな色に托した印象が次々に私の脳裡に点滅して、今、鶴飼、二階堂殺人事件をめぐる細川の行動の推移が、鮮明に、そして立体的に、読め始めたのである。

(勝った!)

と私は立ち上った。軀中の痛みなどすっかり忘れていた。

「ちょっと出掛けてくる」

私は妻に声をかけた。

「何ですって！」

妻は愕然として腰を浮かした。その拍子に茶碗が転倒して、畳の上に半円を描いて茶が散った。

私はさっさと寝巻を脱いだ。立ち上った妻が血相を変えて詰め寄って来た。

「電話をかけてくるのだ」

「いけません」

「何って言っても行く。言うだけ無駄だ」

「行かせないわ」

「俺は勝ったよ……」

と、一言口にしただけで、鼻柱を何かがツーンと走り、眼の前が霞んで来た。意味もなく涙が湧き出てくるのである。私はまだ一度も妻に涙を見せた事はなかった。何とかこの場を誤魔化そうと苦心した。口から出まかせの鼻唄で玄関へ逃げるように出た。

妻の視線を痛い程首筋のあたりに感じながら外へ出ると、春の明るい日射しが路地から隣家の塀へと溢《あふ》れるように充ちていた。晴れ上った空を見上げて、その蒼さに私は勝利を実感として嚙みしめた。

煙草屋の公衆電話で、まず東京医師会にダイヤルを廻した。目黒区に塚田という産婦人科医院があるか調べてもらう為だった。一軒だけあるという返事なので、その医院の電話番号を教えてもらい、再びダイヤルを廻した。

だが予想通り、その塚田医院の患者に細川マミ子という名前はなく、また医師が病気の為にこの一ヵ月は休診している、という結果が得られた。

定期の診察に行くと言って細川が通っていた医院は休業中だった。もう確固たる自信を得た私は、続いて「眼」社の沢上氏に連絡した。

「細川さんにはやはり貴方の庇護が必要だと思います。余計な事ですが心配なので電話したわけです。細川さんが長崎へ帰る事に反対して下さい」

沢上氏に対して、私は一気に喋った。沢上氏から細川の動静《どうせい》を聞き出すには、こう言うより仕方がなかったが、果して私の話に乗った沢上氏の返事は予期していた通りだった。

「御親切にどうも。しかしもう駄目です。マミ子は既に長崎へ帰る支度を始めてます」

「いつ帰るというのです?」

「明日です」

「明日……?」

「貴方は昨日、社で貝塚と逢われたでしょ」

「はあ」

「それを貝塚がマミ子に喋ったのです。マミ子はひどい剣幕で怒りましてね。貴方がまだ何か物欲しげに歩いているから不愉快だ、早く長崎へ帰りたいと言い出しましてね。到頭明日帰ると決めてしまったのです。仕様がないから五、六万円ばかり掻き集めて持たしてやろうと思っているんです」

「明日の何時の列車ですか？」

「東京発十時三十分長崎行急行雲仙です」

明日とは意外に早かった。私の動きをはっきりと感づいたのだろう。それに、偽装妊娠である限り、一日でも早く東京を離れないと、露見の危険性が強まるばかりであるからだ。

逃げるなら、こっちにも最終手段がある、と思いながら私は受話器を置いた。それにしても私の推理はぎりぎりで危く間に合った、と私は電話の赤い肌を愛撫した。この電話に始った私の一連の行動は、今、この電話で終ったのである。

その夜、食後に私は妹に言った。

「旅行したくないか。費用は俺が持つよ」

「へえ、耳よりな話ね。失恋の慰安旅行ってわけ？」

妹は外人の仕草のように肩をすくめた。この二日三日、急に明るさを取戻して来た妹だった。笑うと邪気のない可憐な顔である。こんな妹を捨てる男なんて、とんだ間抜け野郎だと思いながら、私は続けた。

「帰りは思いきり遊んで来いよ。しかし行きはそうはなりませんな」

「何だ、付録があるの。でも、まあいいでしょう。で、出発は?」

「明日だ」

「ええ?　明日?」

妹と一緒になって妻が同じ言葉を口走っていた。

「会社の方は俺から連絡しておくよ」

「一体、何処へ行くの?」

「東京と長崎の間の何処かだ。任務はある女性の尾行だ。途中変った事があったら電話で知らせてくれ。お隣の家の電話に厄介になろう。俺は家で待機している」

「何故兄さんが行かないの」

「顔を知られてるからさ。東京駅まではお前と一緒に行って、尾行する女を教えるよ」

「へえ、ちょいとしたスリルね、痛快じゃないの」

「どうだい、行くか?」

「うん、映画の主人公気取りで旅行してくるわ」

妹はすっかり興味をそそられたらしく、大はしゃぎだった。

私は柱に背をもたせて心から寛《くつろ》いでいた。それは難事克服の後に来る爽快さであった。峻嶮《しゅんけん》な山を征服して頂上に佇んだ時の気持に似ていた。

幾日ぶりの我が家の笑いであったろう。私も笑った。笑いながら亀田を思い浮かべた。彼もまた笑っているような気がした。

何処からかラジオの歌が小さく流れた。私はふと耳をそばだてた。

みかんの花が咲いている

思い出の道丘の道

はるかに見える青い海

………

台風の土砂崩れで両親を失った細川マミ子は、鶴飼範夫を頼って上京した。

当初は新婚家庭に似た二人の甘い生活が続いていた。マミ子は、やがて晴れて結婚する日を楽しみに張りのある毎日を送った。

間もなく軀の変調に気づき、妊娠した事を知ったマミ子は、長年の宿望を達した時のように狂喜し、また満足した。彼女の夢はいよいよ豊かに限りなくふくらんだ。自分こそは世界一の幸福者だと心底から母となる日を待ち望んでいた。

その為には、全商産労組の臨時書記となって働く事も厭《いと》わなかったし、鶴飼からスパイの手引をするように言われてそれに承服したのも、先の幸福を思っての事だった。

だが、マミ子の夢は急速に崩壊へと落ちて行った。今年に入って早々、スパイ事件が発覚しかかり、身の不安定を感じ始めた鶴飼は結婚を延期し、お腹の子の始末をつけよう、と言い出したのである。

「欺《だま》したのね！」

と、マミ子は激怒した。二人は争った。しかし、現実は鶴飼の言葉通りにせざるを得ないほど緊迫していた。事実、鶴飼は職を失うかも知れない状態であった。マミ子もやがては馘《くび》になる事を予期しなければならなかった。結婚しても生活は成り立つはずもなかったし、妊娠中のマミ子が働く術《すべ》もなく、まして子供を生み、育てて行く事など不可能である。

健在な両親に歓迎される幸福な子供を——というマミ子の理想は粉砕され、結婚を延期して失業するかも知れない鶴飼との間に、子供を生む事を諦《あきら》めたマミ子は、到頭妊娠中絶に踏み切った。

とは言うもののマミ子の受けた打撃は大きかった。夢が、期待が、喜びが大き過ぎただけに、絶望の度合は深かった。生き甲斐を半分失っていた彼女は、一月十四日臨時書記を解雇されて真冬の巷へ追いやられた時、もうこの世は灰色一色で塗りつぶされていた。

中野の下宿へ戻ってみると、鶴飼は既に姿を隠していた。だが鶴飼は、都内の某旅館に潜伏している事を、前もってマミ子には知らせてあった。マミ子もその旅館へ行く予定だったが、しかし、旅館へ行っても一体何があるのだろう。追われている犯罪者のように隠れて、あの意気地《いくじ》なしの鶴飼の顔を見ているのだ。そして間もなく、お腹の中の幸福の芽はちぎり取られてしまうんだ、とマミ子は鶴飼のいる旅館を訪れる事さえ面倒であった。

もう、生きてる必要はない――ふと、マミ子はそう思った。死にたかった。暗い星の下に生まれた自分が人並の幸福を望む事が間違っているのだ。自虐的なそんな気持で夜の東京を彷徨した彼女は、やがて睡眠薬自殺を計った。

だが不幸にして自殺は失敗した。担ぎ込まれた新橋民生病院の医師に、母子心中と同じだと諭《さと》され、また沢上七郎という思いがけない救いも現われて、マミ子は一応死ぬ事を断念した。

沢上家に引き取られたマミ子は、すぐ鶴飼にその居所を連絡した。生きている限り、やはり心から頼れるのは鶴飼だったのである。

一月十九日。鶴飼から電話がかかって来て「明日妊娠中絶をする手筈を整えたから逢いたい」と言う事であった。鶴飼はその費用と小さな産婦人科医院を用意して待っていたのである。

後日、脅迫電話と言って利用するつもりはまだなかったマミ子だが、この電話を切った時、さすがに蒼ざめていた。決心はしていたものの、いよいよ明日、中絶する、と言われてみれば、彼女の気持は穏やかではなかったからだ。

翌一月二十日、妊娠中絶するなどと言えば反対するに定《きま》っている沢上夫妻には、浅草の友達の所へ行くと口実を設けて、マミ子は外出した。鶴飼と待合わせて、案内された小さな産婦人科医院で彼女は妊娠中絶の手術をした。

ここで彼女は恐るべき体験をした。あれ程欲しがった自分の子供を、マミ子自身の手でズタズタに引裂くような苦悩であった。

夢破れたばかりではなく、マミ子が最も呪《のろ》い、憎悪した行為を、今、彼女は自分の肉体によって犯すのである。自分の生命に食い込んだ五寸釘を、自らの槌《つち》によってもっと深くもっと強く撃ち込むような、パックリと口を開いた生涯の傷跡へ熱湯を注ぎ込むような、それはあまりにも残酷で悲惨で苦痛で、マミ子は発狂しそうであった。

〈暗い生命だけは、そして銀色の器具によって招かざる客を追い出すような事は、私は許さない〉

と、学友誌に書いた彼女が、その通りの事をやってしまうのは、単なる宿命とは思えない、自分に対する冒瀆《ぼうとく》であった。

（裏切ったのは誰だ）

マミ子は闇に向かって吼《ほ》えた。初めて、鶴飼に対する煮えくりかえるような、凄惨《せいさん》な怒りと憎悪が、彼女の魂を粉砕した。人間の魂は砕け散って、新たに悪魔の魂がポッカリと生まれた。

麻酔注射で朦朧とした彼女の脳裡には、自分を葬ってしまった鶴飼への殺意が炎の輪となって激しく回転していた。

混濁《こんだく》して行く意識の中で、マミ了は、

「私から子供を奪ったやつは殺してやる。殺してやる。必らず殺してやる！」

と叫び続けていた。

招かれざる客が、招かれざる客を追い出す悲惨な行為が終った時、強靭な意志と緻密な頭脳を持った犯罪者として、マミ子は更生したのである。

「鶴飼を殺そう。しかし完全犯罪でなければならない。私は自由な身でもっと生きていたいのだ。そして、今度こそ私の理想〈幸福な子供を育てられる家庭〉を実現する」

犯罪者マミ子は、そう自らの悪魔の魂に固く誓っていた。それは直ちに計画され、実行に移された。

マミ子は、その日は沢上家に帰らなかったのである。妊娠中絶は四ヵ月位までなら、手術を了えてその日の中《うち》に帰宅を許される。だが、出来るだけ衰弱した様子を沢上家の人達に見せたくなかったし、それに彼女が完全犯罪を目指して案《あ》み出したトリック、偽装妊娠の準備をする都合もあった。

幸い新橋民生病院で妊娠している事を確認されたし、沢上夫妻もそう思い込んでいる。中絶した事を知っているのは、産婦人科医院の医師と鶴飼だけである。鶴飼がそういう目的で探した医師だから、マミ子の住所姓名も訊かないし、この医師の口から洩れる心配はなかった。それに鶴飼はやがて屍体となるはずだ。結局、誰もがマミ子の妊娠を信じて、疑ってみないだろう、と確信出来た。

綿なりスポンジなりで巧みに偽装すれば、妊婦の腹部に触れるような者はいないだろうし、何食わぬ顔で帰れば、まさか昨日の軀と今日の軀の違いがあると気づく人間はいないはずだ。

翌日の二十一日。充分に計画を練り上げたマミ子は沢上家に帰り、実は脅迫電話に呼び出されて上野駅へ行って来たと嘘の嘘をついたわけである。そしてこの時既に、数日前に偶然近所で逢った亀田克之助を出来るだけ犯人に仕立てよう、と計算されていた。

長岡へ出張する貝塚に同行しないか、という絶好の機会が訪れた。アリバイ立証の方法を考え、鶴飼へは充分に打ち合わせずみの通りに、暗号文の呼出状を送ったマミ子は、二月五日、長岡から東京へ飛び、商産省非常階段の上で鶴飼を殺した。亀田の名刺を使ったり、商産省発行の手拭いを凶器の一部としたり、万が一を考えて技巧を凝《こ》らした。

これでマミ子の完全犯罪は完了した。ところが、思わぬところから破綻《はたん》を生じた。二月九日、鶴飼の葬式から帰って来たマミ子は、ある生理的現象により、妊娠していない事を二階堂悦子に感づかれてしまったのである。

やむを得なかった。二階堂殺害を思い立ったマミ子は、泣き明かすと見せかけて実は、第二の完全犯罪を練る為に夜を徹したのだ。

翌十日。朝の中《うち》に木下商店を探し当て、マミ子はドライアイスを注文した。夕食後、ガレージで鶴飼の思い出を灰にすると称し、小一時間ばかり姿を消したマミ子は、ガレージ二階のストーブに多量の石炭を注ぎ込んでおいて、ドライアイスの凶器を受取りに行ったのである。

二階堂殺しも順調に遂行され、おまけに容疑者とされていた亀田が不慮の死を遂げて、捜査本部は解散、全てに終止符がうたれたものと、マミ子は安堵《あんど》した。

しかし、残された問題が二つある。一つは一人の警部補が何かと動いている気配であった。もう一つは赤ン坊である。沢上夫妻はその誕生を大いに期待しているし、日がたてばそれだけ偽装妊娠は困難となり、露見する可能性が強くなる一方である。

急遽、細川マミ子は長崎へ帰るという口実のもとに、東京を離れる事にしたのである。

これが鶴飼、二階堂両事件の全貌である。

以上が私の手記でありますが、唯今細川を尾行中の私の妹から電話連絡がありました。それによりますと、細川は名古屋で急行「雲仙」を下車、駅付近の旅館〈金鯱荘《きんしやち》〉に入りました。それまでは、車中もずっと妊娠偽装のまま和服姿でしたが、〈金鯱荘〉を出て来た細川は、洋装にハイヒールと変って、勿論今までのそれとわかる妊娠中のような外見は全く消えたそうであります。

その足で細川は食堂へ入りましたので、妹もそれに続き、細川の前に席を見つけて何気なく話しかけ、

「どちらまで？」

と尋ねると、

「大阪まで」

と答えたそうであります。

妹も、大阪まで行くのだと調子を合わせ、この私への連絡を了え次第、待っている細川と同行して、名古屋発十七時二十八分の特急「はと」で大阪へ向かうとの事であります。

Closing

有栖川有栖

作者とその作風について、もう少し。

破格のエンターテインメント作家・笹沢左保の根っこはミステリにある。子供の頃から江戸川乱歩ら戦前の探偵小説を愛読し、ホームズやルパンといったシリーズに親しんだ。

だからアンチ社会派推理を乱歩賞に投じたのかというとそうではなく、松本清張の登場に大いに刺激を受けて筆を執っている。犯罪をモチーフにするからには犯行の動機を通してもっと人間を描くべきだし、社会性もなおざりにすべきではない、という清張の提唱に賛同したのだ。

笹沢が目指したのは、社会派ブームの驥尾《きび》に付して続々と発表された〈汚職など新聞の政治面・社会面の記事＋殺人事件〉といった安直にして薄味の作品に対するアンチテーゼである。ミステリが社会性・同時代性を持つのは結構だが、そのために魅力的な謎、新奇なトリック、鮮やかな推理といった本来の面白さが損なわれては本末転倒――ということだ。

実践するとなると容易ではない。フェアに手掛かりを提示した上、論理的な推理によって読者の予想を裏切る意外な真相に着地しようとする本格ミステリは、どこかで無理や不自然さが生じがちだ。下手をすると、「この事件が起きたのは奇人・変人ばかり集まったパーティ会場か？」となってしまう。

無理や不自然さへの言い訳を用意し、リアリズムにも謎解きにもいい顔を見せようと腐心したわけでもない。笹沢が目指したのは〈謎とロマンの結合〉だった。理想としたのは、無味乾燥なだけの謎解きや、稚気に走った無邪気すぎるトリックを避け、虚仮威《こけおど》し的な怪奇趣味とは離れたところで本格ミステリという夢想を物語にすること。

笹沢流〈新本格〉がその難題にどう挑み、いかにクリアしたかのサンプルの一つが『招かれざる客』だ。この本が出る二年前、笹沢は飲酒運転の車に撥《は》ねられて瀕死《ひんし》の重傷を負い、病床で「乱歩賞を獲るまで死ねない」と繰り返したというエピソードが伝わっている。罷《まか》り間違っていたら、ミステリ界はとんでもない損失をするところだった。

前半は、被疑者死亡によって幕を閉じた事件の詳細が週刊誌のルポや公的資料によって紹介される。後半は、その処理に疑問を懐《いだ》いた倉田警部補の視点に切り替わり、隠された真相が暴かれていく。この二部構成によって、作者は開巻するや読者に惜しみなく情報を提供するのだ。

前半は乾いたハードな読み味にしてあるが、冒頭で倉田を「警部補という官職に似合わず情熱的な詩人肌」と紹介するのが印象的に残る。「彼の役どころは名探偵です」と作者が耳打ちしているかのようだ。

デビュー当時の作者は、転職を何度も繰り返した後、郵政省東京地方簡易保険局に勤め、熱心に組合活動を行なっていた。そんな経歴を反映させたリアリズムを基底にして、いかにも本格ミステリらしいトリックを織り込み、また職場で得た知識を無理なくトリック創りに利用してもいる。

第一の事件では鉄壁のアリバイ、第二の事件では密室の謎――作者はこれを密室トリックではなく意外な凶器トリックと見ていたらしい――が倉田を悩ませる。現実味が強いのは後者で、前者はやや空想的な観もあるが、本格らしい発想が楽しいし、そうでなければ辻褄《つじつま》が合わない証言でトリックをがっちり固めてある。

余談ながら、これと原理が同じアリバイトリックを本格派の大御所作家が長編で用いているのだが、執筆の時期から推すと両者はほぼ同時にそれぞれの作品を書いていた。その奇遇に気づいた時は、わくわくした。

昭和後半の一時期には、密室やアリバイを混ぜておけば本格ミステリでしょ、と言いたげな作品も多かった。『招かれざる客』は、それも否定している。作者が仕掛けた最後の罠《わな》を知った時、読者の前に物語が立ち上がり、巻を置いて題名を見直して、〈新本格〉の余韻を嚙《か》みしめるだろう。

本作は1999年6月刊の光文社文庫版を底本といたしました。作品はフィクションであり実在の個人・団体などとは一切関係がありません。

なお、本作品中に今日では好ましくない表現がありますが、著者が故人であること、および作品の時代背景を考慮し、そのままといたしました。なにとぞご理解のほど、お願い申し上げます。

（編集部）

徳間文庫

有栖川有栖選 必読! Selection 1

招《まね》かれざる客《きゃく》

2021年10月15日 初刷

著者 笹《ささ》沢《ざわ》左《さ》保《ほ》
発行者 小宮英行
発行所 株式会社徳間書店
東京都品川区上大崎三-一-一 〒141-8202
目黒セントラルスクエア
電話 編集〇三(五四〇三)四三四九
販売〇四九(二九三)五五二一
振替 〇〇一四〇-〇-四四三九二
印刷 大日本印刷株式会社
製本 大日本印刷株式会社

ISBN978-4-19-894683-8 (乱丁、落丁本はお取りかえいたします)

徳間文庫の好評既刊

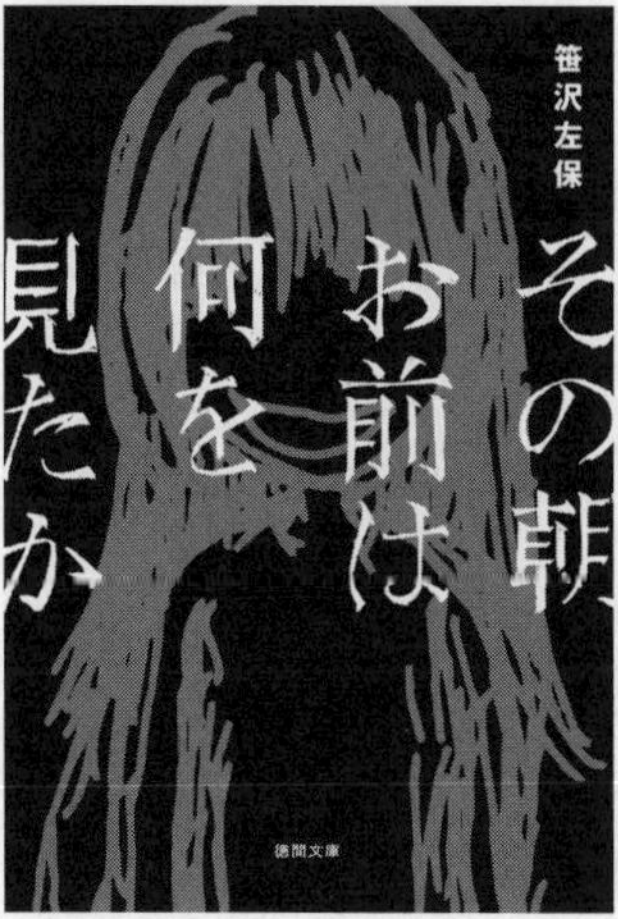

その朝お前は何を見たか

笹沢左保

休日は必ず息子の友彦を連れ、調《ちょう》布《ふ》飛行場へ行き、ぼんやりと過ごす三井田久志。実は彼はジェット旅客機のパイロットだったのだが、ある事情から乗れなくなり、今は長距離トラックの運転手をしている。ある日、関西で起きた女子大生誘拐事件の犯人の声をラジオで聞いて、愕《がく》然《ぜん》とする。それは、息子を置いたまま、蒸発した妻の声だった。彼は、息子を隣人に預け、妻の行方を捜そうとする。